KB132045

김이나의 작사법

김이나의 작사법

우리의 감정을 사로잡는
일상의 언어들

문학동네

■**일러두기**
이 책의 외래어 표기는 국립국어원의 외래어표기법을 따랐다. 다만 음악용어나 전문용어는 저자의
뜻에 따라 업계에서 관례적으로 쓰이는 표기로 기록했다.

좋은 일꾼으로서의 글쓰기,
팔리는 글을 쓰기 위해 애써온 10년간의 생존기

한 번도 내가 예술을 한다고 생각해본 적이 없다. 다만 좋은 일꾼이라고는 생각해왔다.

지금도 작사를 부탁받은 곡의 데모를 받아 들을 때면 변함없이 설렌다. 의지와는 달리 언제라도 이 산업으로부터 멀어질 수 있다는 걸 떠올리면 많이 두렵기도 하다. 이 일은 어디까지나 수요 없이 존재할 수 없기 때문이다. 그래서 나는 오늘도 어지간히 애쓰며 살고 있다.

언젠가 작사에 대한 책을 쓰게 된다면, 일이 가장 많을 때 아주 솔직하게 쓰겠노라 다짐한 적이 있다. 그런 생각을 하고 정확히 10년이 지났다. 좋은 편집자를 만났고, 한 권의 책을 채울 수 있을 만큼 할 이야기도 많아졌음에 감사한다.

상업작사가에게 '좋은 가사'란, 그 자체로 좋은 글보다는 '잘 팔리는 가사'이다. 잘 팔린다는 표현이 속물처럼 들리겠지만, 결국 대중음악이란 많은 사람의 공감을 통해 소비되는 것이니 다른 말로는 표현할 수가 없다. 싱어송라이터가 자기만의 화풍을 가진 화가라면, 상업작사가는 누군가가 꾸어낸 꿈을 토대로 밑그림을 그려내는 기술자다. 싱어송라이터들의 가사는 자신의 세계관을 끊임없이 그려낸다는 점에서 예술에 가깝다. 하지만 상업작사가는? 자신의 세계관을 고집하다가는 일이 끊긴다. 작사가로서의 자기 이름보다, 가수와 곡이 어떻게 하면 더 멋져보일 수 있을까를 걱정해야 하는 것이다.

책을 쓰면서 작사의 기본기들을 늘어놓는 일은 쉬웠다. 하지만 가사 뒤에 숨겨진 의도와 계획들을 표현해내는 것은 어려웠다. 다른 작사가들에게 실례가 되는 것은 아닐까, 또는 작사가라는 직업에 대한 관심을 가진 이들에게 실망을 주지는 않을까. 아니 그보다 무책임한 환상을 부추기지는 않을까. 여러 번 지우고 고쳐 썼다. 그래도 처음의 다짐처럼 솔직하고 싶었다. '꿈을 향해 뛰어라'라는 말보다는 낯부끄러워도 구체적이고 현실적인 조언을 할 수 있는 어른이 되고 싶었기 때문에.

제목처럼 이 책은 철저히 '나의 작사법'이다. 작사의 정석도 아니고, 이대로만 하면 기본은 할 수 있다는 정답도 아니다. 마치 누군가와 대화를 나누는 것 같아서 애초 계획보다 사적인 이야기도 많이 쏟아져나왔다. 난생처음 다른 사람의 것이 아닌 내 이야기를 쓴다는 사실이 여전히 부담스럽지만, 이곳에서의 내 생존기가 누군가에게 도움이 될 수 있으리라 믿는다.

다음 10년이 지난 뒤에는 지금보다 더 나은 작사가이기를. 꿈을 꾸고 있는 누군가의 지도가 되어 있기를 바라며.

2015년 3월
김이나

차 례

3부 세상에 합당한 이별은 없다_어떻게 사랑을 노래할까

4부 당신의 망상과 공상은 소중하다_나의 아이디어 사냥법

1부

감정의 언어, 작사가의 삶

; 작사의 기본기

나는 작사가가 되겠다는 꿈을 가져본 적이 없다.

다만 음악 프로덕션에서 일하고 싶다는 희망을 품고 있었다. 공연기획사에 이력서를 넣어보고, 작곡가가 되고 싶어서 화성학 책을 보고 남은 월급으로 전자키보드를 사서 작곡을 해보기도 했다. (물론 다시 들어보면 표절이라 번번이 좌절했던 기억이 난다.) 이 모든 일들은 평범한 직장생활을 유지하면서 아등바등 벌인 것이다.

나는 한 번도 꿈을 위해 무모해진 적은 없다. 대학생이 되기 전부터 아르바이트를 하고, 대학 졸업 직후부터 직장생활을 하며 경제적인 독립을 최대한 빨리 이뤘다는 게, 내가 생각하는 나의 가장 내세울 만한 점이다. 지극히 현실적이었기에, 작사가가 되겠다고 모든 걸 때려치우고 '시상詩想'을 떠올리는 데 몰입하는 등의 행동은 해본 적이 없다.

정말 간절하게 음악 일을 하고 싶다는 사람들에게 묻고 싶다. 불확실한 자신의 재능만 보고 현실을 포기하는 사람이 간절한가, 아니면 현실을 챙겨가며 서두르지 않고 차근차근 멀리서부터라도 그 일을 향해 살아가는 사람이 간절한가? 나는 '간절하다'는 마음 하나만으로 급하기만 한 사람들을 너무 많이 봤다. 그런 사람들은 쉽게 환경을 탓하고, 잘된 사람들에게서 다른 외부적인 이유만을 보며, 결국에는 쉽게 포기한다. 그럴 만도 하다. 당장 하루하루가 당신을 죄여올 텐데, 어떻게 마냥 재능이 터지기만을 기다리며 한우물을 팔 수 있겠나. 금수저를 물고 태어난 핏줄 부자가 아닌 바에야.

이런저런 직장을 옮겨 다니다가 모바일콘텐츠 회사에 취직했다. 이동통신사에 콘텐츠를 납품하는, 한때 여기저기서 난립했던 부류의 회사 중 하나였다. 모바일콘텐츠라 해봐야 당시만 해도 벨소리가 다였다. 어느 회사가 더 많은 음반기획사와 계약하여 벨소리를 납품하느냐가 관건일 때였다. 나는 벨소리 차트 페이지에 올릴 추천곡을 고르고, 벨소리를 더 많이 팔기 위해 이벤트를 기획하는 일 등을 맡았다. 마치 음반기획사에 입사한 기분이었다. 내가 음악에 관련된 일을 하고 있다니, 믿을 수 없을 만큼 재미있고 흥미로웠다. '음악 일을 하고 싶은데, 고작 벨소리 차트나 만들고 있다니' 따위의 생각은 들지 않았다. 내가 생각하는 나의 간절함은 그런 것이었다. 아무리 언저리 일인들, 음악 관련

일이면 밤샘도 마다않고 열심히 일했다. 그 일을 하고 있으면 언젠가는 음악에 닿을 수 있을 것 같았다.

바로 그즈음에 김형석 작곡가를 만나게 되었다. 지금 생각해보면 당돌하기 짝이 없다. 그 대단한 작곡가에게 대뜸 '작곡을 배우고 싶다'고 말할 용기가 있었다니. '팬이에요' 하고 사인이나 받고 말 법도 한데, 어려서 그랬을까. 낯짝이 굉장히 두꺼웠다. 그때는 그저 그 자리에 앉아 있는 김형석 작곡가가 '희망의 빛덩어리'로 보였을 뿐, 내가 이상해 보이지 않을까 하는 생각은 들지도 않았다.

"재능이 있어야 가르칠 수 있어요. 작업실에 한번 와봐요."

백 프로 빈말이었을 것이다. 내가 몇 번이고 "어떻게 하면 선생님께 배울 수 있나요"라고 묻자 그냥 웃기만 하시다가, 빨리 나를 보내려고 그냥 하신 말씀 같다. 하지만 나는 작업실 주소를 적어갔고, 며칠 지나지 않아 진짜 찾아갔다.

"피아노 칠 줄 알아요? 한번 쳐봐요."

뚱땅뚱땅. 뻔한 코드를 쳤던 기억이 난다. 멋부린답시고 말도 안 되는 멜로디도 넣어가며.

다소 난감해했던 그의 표정이 기억난다.

"글쎄요…… 기본을 좀더 배워야 할 것 같은데……"

나중에야 알게 된 김형석 작곡가의 특징은 한마디로 마음이 약해도 너무 약한 분이라는 거다. 나 같은 사람이 수두룩하게 덤비는데, 그런 사람들에게 참 많이도 기회를 주시더라. 거절을 잘 못하는 스타일, 그조차 나에겐 행운이었는지 모른다.

작곡가는 안 되는 모양이구나. 그럼 그렇지. 나는 그래도 감사한 마음에 '김형석 with Friends' 콘서트에서 내가 찍은 사진들을 보러 오시라고 내 홈페이지 주소를 적어드렸다. 사진을 구경하던 김형석 작곡가는 내가 쓴 일기 게시판을 둘러보고는, 글을 재미있게 쓰는데 작사를 해보면 어떻겠느냐고 말했다. "언제든지 기회만 주세요!"

이토록 작고 사소한 순간들이 이어져 이루어졌다. 작사가로서의 내 시작은.

음악에 대한 동경의 불씨를 꺼뜨리지 않게 해준 모바일콘텐츠 회사, 김형석 작곡가의 콘서트 맨 앞줄을 예매한 일, 그 콘서트의 사진을 찍어 블로그에 포스팅한 일, 별것 아닌 하루들을 기록한 일, 작곡가님을 만났을 때 뻔뻔스럽게 들이댄 일. 간절한 소망은 일상 속에서 작은 우연이 되어, 훗날 큰 기회가 왔을 때 폭죽이 되어 터진다.

작사가가 되고 싶은데 도대체 방법이 없다는 하소연을 많이 듣는다. 나에게도 방법은 없었다. 화가, 소설가 등등 창작 방면의 직업에는 '방법'이 명확하게 있는 경우가 거의 없다.

나는 간절함과 현실 인식은 비례해야 한다고 생각한다. 꿈이 간절할수록 오래 버텨야 하는데, 현실에 발붙이지 않은 무모함은 금방 지치게 마련이기 때문이다. 간절하게 한쪽 눈을 뜨고 걷다보면 언젠가는 기회가 온다. 그 기회를 알아보는 것도, 잡는 것도 평소의 간절함과 노력이 있어야 가능하다. 모든 직업은 현실이다. 그러니 부디 순간 불타고 마

는 간절함에 속지 말기를. 그리고 제발, 현실을 버리고 꿈만 꾸는 몽상
가가 되지 말기를.

눈이 트이는 순간이 진짜다

　여느 프리랜서 직종이 그렇듯, 좋아하는 일을 '본업'으로 삼는다는 것은 힘든 일이다.

　나는 성시경의 〈10월에 눈이 내리면〉을 통해 처음 작사가로 이름을 올린 후, 어림잡아 5년은 더 직장생활을 겸했다. 한 곡을 발표했다고 해서 눈부신 작사가의 길이 열리지는 않았다. 게다가 처음에나 '신선함'으로 뛸 수 있지, 이후부터는 본격적으로 프로 작사가들과 살벌한 경쟁을 치러야 한다. 일단 저작권료란 여러 곡이 쌓였을 때나 일반 직장인 초봉 정도의 수익이 될까 말까 하다. 〈10월에 눈이 내리면〉으로 처음 들어왔던 저작권료가 6만 원 정도였던 기억이 난다. 그다음 달에 조금 더 많아져서 십몇만 원, 그리고 다시 몇만 원. 작사한 곡이 타이틀 곡으로 낙점되고, 타이틀곡 중에서도 히트곡이 되어야 한 곡에 수익이 얼마가 났다더라, 하고 화제가 될 수 있는 수준이 되는 것이다. 게다가 수록곡 중 하나라면 작사가의 '광고판'이 되어주지 못할 확률이 크다. '광고판'이라 함은, 업계 사람들이 '아, 저 곡을 저 사람이 썼네. 괜찮은 데 한번 맡겨볼까' 생각하는 곡이란 뜻이다. 나는 운좋게 데뷔를 했지 만, 그후 셀 수 없이 많은 가사를 거절당했다. 소위 업계 말로 '까였다'.

고백하자면, 한 곡을 발표하고 난 후 수많은 가사가 탈락되는 과정 에서 나는 '내가 이름발이 없어서 이런 거다'라고 생각했다. 하지만 조 금 지나보니 잔뜩 힘만 들어갔을 뿐 특별한 표현도 없고 이렇다 할 결 론도 없던 게 내 가사였다. 까일 만했다. 반복된 감정의 하소연만 있고, 기승전결이 없었다. 그럼에도 나는 매번 그 바보 같은 생각을 하고 또 했다. 왜 작곡가들이 내 가사를 몰라보지. 발표된 걸 봐도 내 가사가 더 좋은 것 같은데. 서럽구먼.

그러다 어느 순간 눈이 트였다. 선배 작사가들의 가사가 다르게 보 이기 시작했다. 그전에야 그냥 '좋다'는 정도였다면, 디테일에서 어디가 프로페셔널한지 감지되기 시작했다. 발음을 다루는 법, 포인트를 주는 법, 서사를 끌어가는 법, 리듬을 살리는 법…… 그 눈이 트이면서부터 진짜 작사라는 걸 하기 시작했던 것 같다. 그리고 일시적으로 침체기가 왔다. 나는 제대로 된 작사가가 되지 못할 것 같았으니까. 첫 곡은 운이 좋아 발표된 것뿐이고, 그 이상의 무언가를 쓸 수 없을 것 같단 생각이 들었다. 작사를 하다보면 제일 많이 듣는 말이 "야마 있게 써주세요"라는 말이다. (그렇다. 작사가는 언뜻 보기엔 시적인 느낌의 직업이지만 작업 중 통용되는 단어들은 상당히 저렴한 표현이 많음을 고백한다. 까였다든가, 야마 있다든가.) '야마'란 일본식 표현으로 알고 있는데, '딱 꽂히게 써달라' 혹은 '잘 팔리게 써달라'는 정도의 뜻이다. 이 '야마'란 것이 참 개인적이면서도 절대적이어서, 분명히 내가 볼 땐 있는 것 같은데 남이 볼 땐 숭늉처럼 싱거운 가사인 경우가 많다. 나에게 이 '야마 있다'는 표현을 처음 피부로 느끼게 한 곡은, 당시 작곡가들이 입을 모아 칭송했던 김종국의 〈한 남자〉(조은희 작사)다.

한 남자가 있어,
널 너무 사랑한
한 남자가 있어,
사랑해 말도 못하는

아마 대부분의 사람들이 기억할 이 가사는, 멜로디의 매력을 백 프로 살림과 동시에 후렴구의 제1덕목인 '야마 있는' 표현을 갖춘 글이다. 적절한 도치법으로 다음 가사에 대한 집중력을 높이고, 화자의 입장을 간결하게 설명함과 동시에 누가 봐도 공감할 수 있는 짝사랑의 심경을 그렸다.

같은 멜로디를 떠올리며 다음 가사를 붙여서 불러보자.

그대는 몰라도
난 그댈 사랑해
가슴이 아파도
그녀를 기다리기만

위의 예는 극단적으로 '야마 없는' 가사다. 멜로디와 함께 문장이 끊어지지 않아 음의 매력을 죽이고, 너무나 평범한 글이라 감정을 살리지도 못한다.

매력적이면서도 작사의 교본이 될 수 있는 또다른 가사를 소개한다.

사랑한다는 그 말,
아껴둘 걸 그랬죠
이젠 어떻게 내 맘,
표현해야 하나

성시경의 〈내게 오는 길〉(양재선 작사) 후렴구다. 난 아직도 사랑의 마음이 깊어진 상태의 심경을 저만큼 정확하게, 그러면서도 범대중적 기준으로 모두에게 가닿을 수 있도록 표현해낸 가사를 본 적이 없다. 군더더기 없이 동의를 얻어내면서, '너무 행복해서 눈물이 나는' 감정을 짧고 굵게 표현했다. 멜로디를 살리는 역할은 기본 옵션이다.

그냥 좋은 곡이 있고, 가사가 곡의 매력을 백 프로 이상으로 끌어올리는 곡이 있다. 사실은 당신이 좋아하는 곡 중에는, 곡이 기본적으로 좋을 뿐 가사는 특별하지 않은 경우도 있다. 하지만 오랫동안 사랑받는 곡은 가사가 허술하지 않다. 나는 가사'만' 좋아서는 노래가 히트할 수 없다고 생각한다. 하지만 곡'만' 좋은 노래는 때로 히트를 칠 수 있다. 그렇다면 곡에서 가사의 비중이 적은 것인가. 그렇지 않다.

멜로디가 얼굴이라면 가사는 성격이라고 누군가 말했다. 멜로디는 말 그대로 얼굴과도 같아서, 첫 호감을 끌어오는 역할을 한다. 대중들은 대개 멜로디로 곡을 인지하고, 반복해서 듣다가 그제야 가사에 귀기울인다. 남녀관계에서는 상대가 아무리 잘생기고 예뻐도 성격이 별로 좋지 않으면 감정이 금방 식고, 외모도 호감인데 알아갈수록 성격까지 좋으면 사랑에 빠지게 된다. 마찬가지로 가사가 좋으면 곡은 롱런한다.

눈이 트이고 난 뒤 보이는 가사는 일반 대중일 때 보던 가사와는 전혀 다른 세계의 글이다. 작사가를 꿈꾸는 사람이라면 명심하라. 마치 외국어처럼, 어느 순간 귀가 트여 낯선 말들이 들어오듯 음악으로서의 글자가 보이는 때가 있다. 그러니 많이 듣고 분석하라. 내 맘에 드는 가사만 놓고 보지 말고, 히트를 친데다 롱런하는 곡이 있다면 왜 그 가사가 좋은 건지, 왜 그 가사를 작곡가나 제작자가 선택한 건지 파고들어라. 이것만 미리 훈련해놓아도, 당신에게 온 기회를 단숨에 잡을 확률이 아주 높아질 것이다.

다 같은 사랑타령?
매 순간 치열한 캐릭터 전쟁

'대중가요 가사는 왜 늘 사랑타령이냐?'

많은 사람들이 '가요'에 품는 흔한 불만이다. 이에 대한 나의 대답은? '사랑타령 아닌 가사 어엄청 많은데에~?'

사실이다. 넘쳐흐른다. 단지 사랑을 덜 받아서 덜 적극적인 리스너들에게 들리지 않을 뿐.

자기만의 독특한 세계가 있는 싱어송라이터가 아닌 이상, 모든 대중음악 종사자들은 대중의 니즈needs를 의무적으로 고려해야 한다. 수십년 넘은 가요의 역사를 돌아봤을 때, 대중이 가장 사랑하는 소재는 사랑과 이별 이야기이다. 다양한 가치관과 사상을 가진 여러 종류의 사람들을 공통분모로 꿸 수 있는 유일한 감정이 사랑과 이별 앞에 선 남녀의 감정이기 때문일 테다.

많은 작곡가, 제작자, 프로듀서, 가수 들이 대체로 타이틀곡에서 최소한 '어느 정도의 사랑 이야기'가 가미되기를 바라고, 이 요구에 부응하기 위해 나를 비롯한 많은 작사가들은 오늘도 비슷한 감정선에서 이야기를 짜내고 있다.

결국 문제는 사랑과 이별이라는 소재가 아니다. 이걸 어떤 화법으로 풀어내느냐가 곡의 개성을 좌우한다. 늘 같은 테마를 다룬다고 '죽도록 사랑해, 돌아와줘'라는 문장만 반복되는 가사를 쓰면서 '전문 작사가'가 될 순 없다. 주제의 한계를 극복하려면 캐릭터에 개성을 불어넣어야 한다.

가사 속의 캐릭터는 화자(가수)의 성격, 환경, 성별 등 다양한 요소로 이루어지는 한 명의 가상인물이다. 똑같은 이별을 겪더라도, 누군가는 말없이 보내주고 누군가는 지질하게 매달리고 또 누군가는 복수의 칼을 간다. 이러한 차이는 앞서 열거한 '다양한 요소'의 조합이 내는 결과다.

나는 작사 작업을 앞두고 가장 먼저 곡의 분위기를 파악한 뒤, 이 캐릭터 설정 단계에서 가장 많은 시간과 공을 들인다. 이번 주인공은 '소심한가' '순정파인가' 하는 굵직한 성격에서부터 '경험은 많은가' '연애 당시 최선을 다한 사람이었는가' 하는 세밀한 요소까지 스케치한다. 그래야만 가사 전체를 통해 나타나는 '인물'이 실제 존재하는 사람처럼 느껴지고, 다른 사랑노래들과 차별화되기 때문이다. 이를테면 작사가란, 익숙한 이야기를 끊임없이 새 그릇에 담아내는 일을 하는 사람들인 것이다. 이렇게 스케치한 캐릭터는 특정한 말투와 습관을 갖게 되며, 숱한 선택의 기로에 설 때마다 '캐릭터' 스스로 특정한 선택을 내리곤 한다. 예를 들어 사랑한다는 말을 '못'했다, 라고 말하는 화자와 사랑한다는 말을 '안' 했다, 라고 말하는 화자 간에는 나름의 다른 사연과 배경이 있는 것이다.

캐릭터를 잡을 때 내가 반드시 염두에 두는 점이 있다. 바로 그 노래를 부를 가수의 실제 모습이다. 여기서 실제 모습이란, 그 사람의 사적인 모습이라기보다는 범대중의 시선으로 바라보는 그 가수의 모습들을 말한다.

예를 들어 30대 중반의 남자가 말하는 이별과 20대 초반의 남자가 말하는 이별은 바라보는 시각에서부터 큰 차이가 있을 것이다. 어차피 노래는 '듣는' 것인데 그리 큰 차이가 있을까 싶을 수도 있지만, 그것은 라디오 매체가 주를 이루던 시절에나 통할 얘기다. 무대에서 라이브로 노래하는 모습을 볼 때, 가사와 가수 간의 이미지 차이가 너무 심하면 괴리감이 들지 않겠는가?

앳된 얼굴의 신인 여가수가 살 만큼 살아본 여자의 관점에서 이별을 이야기한다든지, 누가 봐도 경험 많아 보이는 남자 중견 가수가 처음으로 설레어 좌충우돌하는 이야기를 한다면 아무래도 몰입도가 떨어질 수밖에 없다. 물론 이례적으로, 어린 가수가 녹록지 않은 생을 살아본 듯한 가사를 노래할 때 느껴지는 전율도 있다. 하지만 그건 어디까지나 '이례적인' 일일 뿐, 그 색다른 시도가 당신의 손에서도 늘 성공하리라고 믿으면 안 된다.

화자의 실제 모습이 가수의 사적인 모습을 지칭하는 게 아니라고 했지만, 가끔씩 가수의 실제 특성과 대중적으로 알려진 모습이 일치하는 경우, 가사에 숨을 불어넣어주기도 한다.

예를 들어 〈돌이킬 수 없는〉을 부를 당시의 가인은 독기가 가득했다. 대중적으로도 〈아브라카다브라〉를 통해 '센 캐릭터'로 인지되어 있었다. 이런 실제 모습을 가사에 조금씩 녹여넣으면, 가수가 스스로 감정을 더 이입해 가창에 좋은 영향을 주기도 한다. 또한 보고 듣는 사람도 '왠지 정말 저 사람 이야기일 것만 같다' 싶은 일종의 진정성을 느낀다. 노련한 가수들은 가사에 맞게 '연기'를 하므로, 정말 자기 이야기를 하는 듯한 감정으로 노래를 부른다. 가수의 실제 모습을 가사에 반영하는 것은 이를 역으로 이용한 것이라고 생각하면 되겠다. 확실한 건, 녹음하기 전에 '나는 네가 이러이러한 면이 있는 것 같아서 여기 이 표현을 썼다'고 말해주면, 그게 맞아떨어졌는지 아닌지를 떠나서 가수의 표현력이 훨씬 풍부해진다는 것이다.

캐릭터를 설정하는 요소들은, 너무 사소하고 사적이지는 않게, 하지만 살아 있는 '인물'이 느껴지도록 디테일하게 깔아두는 것이 관건이다. 이제 내가 실제로 작업했던 가사들을 통해 작사 과정 중 '캐릭터 설정' 이라는 가장 재미있고도 결정적인 요령에 대하여 설명하겠다.

사랑을 갓 시작해 감정이 터져나오는 남자의 경우

　마냥 어리지는 않지만, 노련미 있는 어른이라기보다는 풋풋한 순정
파일 것 같은 이미지. 케이윌의 신곡 작사를 의뢰받았을 때 내가 본 그
의 이미지이다. 실제로 케이윌이 풋풋한 순정파인지는 전혀 모른다. 하
지만 〈왼쪽 가슴〉 〈눈물이 뚝뚝〉 등을 통해 알려진 케이윌의 이미지는
대중의 입장에서도 어느 정도 비슷했을 것이다.

　데모의 느낌 또한 밝고 순수하고, 무엇보다 '벅찬' 느낌이 강했다. 여
기서 캐릭터 설정만큼이나 중요한 작사의 기본을 잠시 언급해야겠다.
모든 가사는 '원곡의 분위기와 성격'을 우선시하여 써야 한다는 것이다.
(작사가가 원곡을 이해하는 것이 얼마나 중요한지는 뒤에서 다시 다룰 것이
다.) 이 곡의 경우 약간의 속도감이 있기에 즐거운 감정을 기반으로 하
되, 작곡가가 미리 알려준 편곡 방향—웅장한 현악 오케스트라 세션—
에 따른 진정성이 이 데모의 기본 정서였다.

　내가 바라본 이 화자의 개인적인 요소들은 다음과 같다.

　1) 어리지 않음.

　2) '밀당(밀고 당기기)'을 하지 않는 순수함.

　3) 고로 언변도 화려하지 않음.

　이런 남자가 일생일대의 사랑에 빠졌다. 과연 기분이 어떨까? 난생
처음 롤러코스터를 타보는 사람의 기분 같지 않을까? '우와! 장난 아니
야! 우와!'만 연발하게 되는.

정말 멋있는 표현으로 제 마음을 알리고 싶지만 '사랑한다'는 말밖엔 떠오르지 않고, 그 말이 식상하게 여겨질까봐 딴에는 참아보려 하지만 참았던 숨이 터져나오듯이 자꾸만 사랑한다는 말이 나오고, 보고 또 보아도 '어떻게 이런 굉장한 여자가 나한테로 왔을까' 순진무구한 생각이 자꾸만 들고……

아무래도 세련된, 닳고 닳은 선수가 아니기에 다소 투박하고 아이 같은 감정이 요령 없이 마구 흘러나올 것이다.

이 인물의 결정적인 감정을 한마디로 표현하자면 '아무리 참아봐도 감정이 숨겨지지가 않아'이다. 따라서 화려한 미사여구가 아닌 특별하지 않은 말을 반복함으로써, 그 반복성으로 이 남자의 투박한 사랑을 표현하고 싶었다. 그리하여 이런 가사가 나왔다.

가슴이 뛴다

작곡 김도훈
작사 김이나
노래 케이윌

verse 1)
입술 끝에 맺혀 있는 말 너만 보면 하고 싶은 말
너무 소중해 아껴두려고 참고 또 참는 말
할 수 있어 행복한 그 말 발음조차 달콤한 그 말
제일 좋은 날 제일 멋지게 네게 해주고 싶은 그 말

후렴 1)
너를 사랑해 사랑해 사랑한다* 한 번 두 번을 말해도 모자라서
아끼지 못해 숨기지 못해 솔직한 내 맘을 고백을 해
정말 너만이 너만이 전부인 난 너를 보고 또 안아도 벅차는 난
말할 때마다 다시 설레서 쉬운 적 없던 그 말 너를 사랑해

verse 2)
울다가도 웃게 하는 말 웃다가 또 울게 하는 말
아주 먼 훗날 너의 귓가에 하고 눈감고 싶은 그 말

후렴 1) 반복

* 반복 가사가 나와야 하는 멜로디. 그럴 땐? 반복의 이유를 충분히 만들자.
이 곡의 경우 클라이맥스인 후렴구에서 아마도 대중가요 역사상 가장
많이 쓰인 단어일 '사랑해'라는 말을 세 번이나 반복한다.
자칫 식상해질 수 있는 부분. 그래서 곧바로 뒤이어 나오는 가사에서
그 벅찬 외침이 '한 번 두 번을 말해도 모자라'기 때문이라고
반복의 타당성을 부여해준다.

김이나의
작사노트

d bridge)
니**가 다가온다 나를 본다 가슴이 뛰어온다
매일 너를 봐도 이런 건 기적일까 계속된 꿈인 걸까

후렴 2)
사랑해 사랑해 사랑해 널
다시 물어도 대답은 똑같은데 돌려 말하고 꾸며볼래도
(결국엔 내 맘은 이런 거야) 이런 거야
(정말 너만이 너만이 전부인 나)
(너를 보고 또 안아도 눈물이 나)
어떻게 니가 내게 온 거니 믿을 수 없을 만큼
너를 사랑해

** 표준어 표기로는 '네'가 맞지만, 가사 파일만
전달되는 경우 발음을 '네'라고 하게 되는 경우가
있어서 나는 대개 '니'라고 써서 보낸다.
심지어 발음도 '네'가 맞지만 청자 입장에선
'내'와 헷갈리게 들릴 수 있기 때문에
나는 '니'라고 불러주는 걸 선호한다.

김이나의
작사노트

노래로 직접 들어보았는가? 후렴구의 "사랑해 사랑해 사랑한다" 같은 부분은, 그렇게 반복해줄 때 멜로디와 리듬이 더 산다는 점도 느껴지는가?

'디 브릿지^{d bridge}'라고 불리는 "니가 다가온다 나를 본다 가슴이 뛰어온다"부터 "계속된 꿈인 걸까"에 이르는 구간은 듣는 사람이 마치 그 장면 속에 지금 들어가 있는 듯한 생동감을 준다. 디 브릿지는 멜로디가 전환되며 분위기를 환기하는 구간이어서, 이렇게 시점이나 시제에 갑자기 변화를 주면 그 구간의 매력을 더 강조해줄 수 있다.

이 곡의 주인공은 겉으로는 '사랑해'라는 말밖에 못하지만, 사랑한다는 말 하나에 저토록 다양한 감정을 실을 줄 아는 사랑스러운 캐릭터다. 사랑이란 입술 끝에 달린 말 같고 발음조차 달달하다 생각하고, '이 말을 너에게 할 수 있어서 행복하다'는 약간은 어른스러운 생각도 하며, '말할 때마다 설레는' 순진한 남자.

이 곡으로 활동할 때 케이윌은 처음으로 무대에서 안무에 맞춘 춤을 선보여 좋은 반응을 얻었다. 발라드 가수가 처음 보여주는 율동이니만큼 가사 속 캐릭터의 풋풋한 감정을 살리는 데 도움이 됐던 기억이 난다. 게다가 케이윌의 목소리톤 자체가 워낙 진정성이 느껴지는 스타일이라 캐릭터에 더 탄력을 받을 수 있었다.

재미있는 건 케이윌과 이후로도 여러 곡을 함께 작업했는데, 마치 현실세계에서처럼 이 '캐릭터'도 점점 성장해왔다는 점이다.

〈가슴이 뛴다〉의 케이윌이 풋풋하고 순수한 청년이었다면, 〈이러지 마 제발〉의 케이윌은 제법 성장한 청년이다. 내게는 실제로 예능 등에서 비치는 케이윌의 모습이 그랬다. 〈가슴이 뛴다〉 때보다 유들유들해지고 어른스러운 매력이 풍기는 것이 '어른 남자'의 이야기가 더할 나위 없이 어울릴 가수가 되어 있었다.

어른 남자가 되었다는 설정을 어떻게 가사로 표현할 수 있을까? 내면의 성장을 그릴 수도 있겠지만, 더 직접적이고 현실적인 방식으로 표현하고 싶었다. 일단 가사 속 상황이 어디냐에 따라 디테일은 달라진다. 나는 그래서 우선 '차가 있는 남자'로 캐릭터를 잡았다. 내 차에서 한 이별이냐, 택시에서 한 이별이냐, 버스정류장에서 한 이별이냐에 따라 처량함의 온도는 달라진다. 작사가는 가사를 쓸 때 이렇게 시공간을 마음대로 조정할 수 있다는 점에서 매력적이다.

이제 〈이러지 마 제발〉 가사 속으로 들어가보자. 먼저 차를 몰아봤든 그렇지 않든, 자기가 운전자라고 상상해보라. 연애하는 차주들은 보통 조수석에 탄 연인의 손을 잡게 마련이다. 그런데 상대의 손이 내 손을 잡지 않기 위해 다른 짓을 하고 있다. 이를테면 입술을 뜯는다든지. 상대방과 이야기를 나누고 싶어서 음악도 껐건만, 어떤 말보다 무거운 침묵만 흐른다. 어색한 공기 속에 이별이 가득 담겨 있다. 이별을 예감한 남자는 어떻게든 그 상황을 모면하고 싶지만 방법이 떠오르지 않는다. 수백 번도 더 지나본 그녀의 집으로 가는 길이지만, 괜시리 돌아돌아가며 시간을 끈다. 야속한 신호등은 오늘따라 파란불, 차도 하나

없고 더 돌아갈 길도 없다. 피해도 피해도 이별이 오듯, 아무리 돌아 돌아간 길이라도 그녀의 집 앞으로 도착한다. 여자는 말없이 차에서 내렸고, 남자의 눈에는 눈물이 고인다. 비 오는 유리창 너머로 보이듯, 뿌옇게 그녀가 멀어져간다.

　나도, 작곡가도, 제작자도, 대중도, 모두 케이윌의 어른 남자로서의 매력을 직감했던 것 같다. 전혀 차갑지 않게 생겼는데, 차가운 매력이 있는 반전의 남자. 밝은 곡도 어두운 곡도 소화해내는 가수이니만큼, 작사가로서 많이 욕심낼 수밖에 없는 가수가 바로 케이윌이다. 이후에 발표된 〈촌스럽게 왜 이래〉는 그런 매력이 최대치로 터진 곡이 아니었을까 싶다.

　'이단옆차기' 작사의 〈촌스럽게 왜 이래〉는 아마 나였으면 쓰지 못했을 가사이다. 아무리 성장한다고 해도 "야, 너 촌스럽게 왜 이래"라는 말을 할 정도로 본성이 확 달라지게 콘셉트를 잡지는 못했을 것이다. 이 곡의 제목만 들었을 때는 '케이윌과 안 어울리지 않나?' 하는 오지랖 넓은 생각을 했는데, 노래를 들어보고는 무척 좋아서 놀랐던 기억이 있다. 케이윌에게서 그런 나쁜 남자의 매력이 나올 줄은 미처 생각을 못했으니까. 그 곡으로 활동할 당시 유난히 '어머, 케이윌이 이렇게 섹시했어?'라는 반응이 많이 나왔던 걸로 기억한다. 역시 대중의 생각이나 내 느낌이나 비슷한 것 같다. 이런 경험을 하면 다른 곡을 작업하는 데 큰 도움이 된다. 내게는 익숙해진 가수의 완전히 새로운 면을 발견할 때— 아, 나도 저런 반전이미지의 가사를 써봐야겠다는 결심이 불끈 드는 것이다.

이러지 마 제발(Please Don't...)

작곡 김도훈
작사 김이나, 케이윌
노래 케이윌

verse 1)
나란히 앉은 자동차 속에선 음악도 흐르지 않아
늘 잡고 있던 니 왼손으로 넌 입술만 뜯고 있어

후렴 1)
니가 할 말 알아 그 말만은 말아
Don't know why Don't know why
일 분 일 초 더 끌고 싶은데 텅 빈 길 나를 재촉해

verse 2)
빙빙 돌아온 너의 집 앞이 나 익숙해 눈물이 나와
하루가 멀게 찾아온 여기서 길을 내가 잃은 것* 같아

후렴 2)
이러지 마 제발 떠나지 마 제발
Don't know why Don't know why
비도 안 오는 유리창 너머 뿌옇게 멀어지는 너

d bridge)**
말처럼 쉽진 않은 널 보내야 한다는 일
돌아서서 날 버리고 가는 널 보지 못하고 떨구고 마는
눈물도 이젠 닦아야겠지 주머니 속 니가 줬던 손수건을 써야 할지
이젠 버려야 할지
왜 떨림이 멈추질 않지

verse 3)
미친 척하고 널 잡아보려 해도 내 몸이 내 말을 잘 듣지를 않아
차 안에 남은 니 향기에 취해 영영 깨고 싶지 않은걸

후렴 3)
이러지 마 제발 (제발) 떠나지 마 제발 (제발)
돌아와 (돌아와) 돌아와 (돌아와)
니가 떠나간 빈자리 위엔 차가운 향기만 남아

이러지 마 제발 떠나지 마 제발
돌아와 (돌아와) 돌아와 (돌아와)
남은 향기만 안고 있을게 돌아와 니 자리로

* '길을 내가' '잃은 것 같' 최대한 라임을 주고자 '내가 길을'이 아닌
  '길을 내가'라고 표현했다.
** 녹음 당일에야 더 브릿지의 멜로디가 나와서 케이윌이 직접 가사를 썼다.

→ 다른 곡들과 구조가 다른 곡으로 짧은 벌스와 후렴이 세 번 나오는 형식이다.
  작곡가는 후렴을 세 번 반복하지 말고 각 후렴이 다른 이야기를 했으면 좋겠다고 했다.
  그래서 'verse=디테일, 후렴=최고의 감정' 이런 식의 일반적인 가사구조가
  아닌 처음부터 끝까지 시간의 흐름을 따라가는 구조로 완성되었다.

김이나의
작사노트

상대의 짐이 되기 싫어 자기를 감추는 여자의 경우

이별 앞에 놓인 한 인물이 있다.

여성이다. 나이는 어리지 않아서 이성교제 경험이 적진 않다. 상대는 무척이나 성숙한 사람이다. 한마디로 그녀가 '보는 눈이 있었던' 여자이자, 어느 정도 나이가 차면 끼리끼리 만난다는 법칙을 생각해봤을 때 상대방도 그녀만큼이나 성품이 좋았던 것이다. 그녀는 지고지순한 면이 있고, 늘 현명했던 그를 전폭적으로 신뢰한다.

이 정도의 캐릭터가 완성되었다. 이런 여자가 이별을 통보당한다면 어떨까? 여기서부터는 고맙게도 이 '캐릭터'가 내 질문에 답을 해준다. '왜 헤어져? 어이없네!' 하는 반응은 나오지 않을 것 같았다. 이 여자라면 상대가 헤어지자는 말을 하는 것조차 얼마나 어려웠을까 생각할 것이다.

박정현의 〈서두르지 마요〉 데모는 굉장히 드라마틱한 편곡에 섬세한 멜로디로 구성된, 박정현만 소화할 수 있을 듯한 스타일이었다. 나는 가사의 배경을 떠올릴 때 대체로 편곡에서 힌트를 얻는다. 어떤 '결정적인 순간'들은, 한 사람에게는 찰나이지만 다른 한 사람에게는 슬로모션이 걸려 움직이는 긴 순간으로 남곤 한다. 나는 이 가사에서 이별 직후 마지막 인사를 나누기 전까지의 일 분도 안 되는 순간에 화자가 느낀 복잡한 심경을 그렸다.

서두르지 마요

작곡 황성제
작사 김이나
가수 박정현

verse 1)*
서둘지 마요
그댈 잡으려 하는 게 아녜요
미안해도 마요
항상 옳았던 그대 뜻인걸요

고갤 들어 나를 좀 봐요
힘들겠지만 한 번만 웃어봐요
많이 그립겠죠, 지금 마주한 그대 모습이
난 눈으로 사진을 찍어요

후렴 1)
아름다운 그 입술,
더 아름다운 그 눈빛,**
나의 손이 외우는 따뜻한 그 얼굴
만질 수 없는 게 이별은 아닌데
아주 나를 잊진 말아요

* 노래가 시작되기 전, 남자가 "우리 헤어져"라고 말한 상황.
상황(이별)과 상대방의 캐릭터가 도입부에서 모두 설명되고 나면
이후의 감정을 발전시키기가 좋다.
청자도 그 상황을 눈앞에 그린 채 감상을 시작할 수 있기 때문에.
** 반복되는 멜로디에 두번째 줄에만 처음 한 음절('더')이
추가된 구성이다. 나열식 가사는 이런 구성을
살리기에 좋다.

김이나의
작사노트

내 마음이 느려서
내 사랑이 넘쳐서
그대 맘도 모르고 들떠 있던 내게
시간을 줄래요
그대를 내 맘에
조금 더 담을 수 있게

verse 2)
<u>어떤 말을 할까</u>
<u>고민하다가 예쁘게 웃었죠*</u>

걸음이 참 무거워 보여
그대 나처럼 아낀 말이 많아서
틀린 적 없었던 그대 선택을 믿기로 해요
모든 것엔 이유가 있댔죠

* 이 곡을 노래한 박정현은 정말 예쁘게 웃으면서 녹음하지
  않았을까 생각했을 정도로 가사를 잘 표현해주었다.
  그리고 실제로, 가수가 웃으면서 부른 구절과 아닌 구절은
  미묘한 차이가 있다.

김이나의
작사노트

후렴 2)
아름다운 그 입술,
더 아름다운 그 눈빛,
나의 손이 외우는 따뜻한 그 얼굴
만질 수 없는 게 이별은 아닌데
아주 나를 잊진 말아요

내 마음이 느려서
내 사랑이 넘쳐서
그대 맘도 모르고 들떠 있던 내게
시간을 줄래요
서둘지 말아요
조금만 더 그댈 볼래요

d bridge)
이별은 둘이서 하는 것
사랑 시작할 때처럼
지금부터 기나긴 기다림이 시작될 뿐야
안녕은 난 말할 수 없어
I'm standing here for you

후렴 2) 반복

잘 설정된 캐릭터는 거짓말처럼 곡에 이야기를 붙여주는 힘이 있다. 가사 속의 여자는 상대의 얼굴을 찬찬히 들여다보며 이별의 아쉬운 순간을 슬로모션처럼 찍어둔다. 입술을 보니 참 아름답고, 눈을 보니 '더' 아름다웠다고 고백하면서. 그러다 '환기' 구간인 더 브릿지에서는, 처음으로 솔직한 혼잣말이 나온다.

이 가사 속의 여자는 내가 개인적으로 가장 애정을 갖고 있는 캐릭터이다. 연애중에 최선을 다했고 좋은 상대를 만났으며, 그래도 쿨하게 보내주지만은 못해서 혼자 기다림을 시작하지만 상대에게 짐이 되는 건 싫어서 겉으로는 드러내지 않는 성숙한 여자. 나보다 남을 더 걱정하고, '아, 이 사람이 나랑 헤어질 기미가 있던 것도 눈치 못 채다니 내가 조금 둔했구나'라고 자책까지 하는 사람이랄까.

가사란 작사가 혼자서 다 쓰는 것이 아니다. 곡의 태생과 그 곡을 부를 가수가 그간 쌓아온 이미지가 절반을 차지한다. 그리고 나는 그 결정적 힌트를 붙들기 위해 오늘도 키보드를 두드리기에 앞서 곡을 느끼고 이 곡을 부를 사람을 상상한다. 그리고 캐릭터가 구체화된 순간, 그들은 스스로 입을 열어 자기만의 노래를 부르기 시작한다.

발음을 디자인하라

가사는 '듣고 부르는 글'이라는 말을 나는 이 책에서 눈에 못이 박이도록 언급할 것이다. 이 말은 인지하고 또 인지해도 막상 가사를 쓰다 보면 자꾸 잊기 때문이다. 작사가의 일은 그럴듯한 문장을 만들어내는 것만이 아니라, 하고 싶은 말을 곡을 최대한 살리는 발음으로 표현해내는 것이다. '그럼 좋은 글보다 발음이 더 중요하단 말인가요?'라는 질문에 대한 답은 한마디로 말할 수가 없다. 곡의 특징에 따라서 각각의 경중을 나눌 줄 알아야 하며, 아무리 경중이 나뉜다 하여도 발음에 대한 고민은 작사할 때 간과해선 안 되는 부분이다. 하지만 이를 세밀하게 나눌 줄 아는 단계에 이르기까지는 시간이 필요하므로, 극단적으로 댄스곡과 발라드곡으로 나누어 설명하겠다. 평균적으로는 발라드곡이 댄스곡에 비해 발음디자인 테크닉이 덜 필요하다는 점을 기억하자.

발라드—침 튀면 망한다

　개인적으로 발라드곡 작사를 의뢰받았을 때 조금 더 반갑다는 사실은 부인할 수 없다. 작사가가 작가로서의 나래를 조금 더 펼칠 수 있는 장르이기 때문이다. 발라드는 음절 간의 호흡이 짧지 않아서 발음에 대한 제재가 적다. 그리고 가사의 발음으로 리듬을 살려야 하는 부담도 적다. 무엇보다 청자들은 발라드를 감상할 때 가사를 들을 준비를 하고 곡을 듣는다. 행간의 숨결마저도 사랑받기 좋고 따라서 작사가들이 더 행복한 장르이다.

　물론 행복한 만큼 책임감도 따른다. 발라드는 '가사를 감상할 준비가 되어 있는' 청자들을 상대하는 장르이니만큼, 실망을 주어선 안 된다. 앞서 나는 '곡은 얼굴이고 가사는 성격이다'라고 표현했다. 발라드에서는 그 말이 백 프로 들어맞는다. (댄스곡의 경우 어디가 성격이고 어디가 얼굴인지 경계가 애매해진다.) 첫 감상에 홀리는 역할을 작곡가가 해냈다면, 몇 번을 들어도 질리지 않고 또 듣게 하는 역할은 작사가가 해내야 한다.

　그렇다고 발음의 요소들은 깡그리 무시해도 될까? 당연히 그렇진 않다. 발라드에서는 튀는 발음을 최소화할수록 좋다. 말이 부드럽게 귀에 들어가야 하기 때문이다. 다음은 이승철의 〈열을 세어보아요〉(조은희 작사)의 후렴 가사 중 한 대목이다.

난 열을 세어보아요
그리고 돌아섰을 땐
어디에선가 버릇처럼 그대가 날 부를 것만 같아서

"난 열을 세어보아요". 이 문장을 소리내 읽어보자. 침이 튈 공간이 없는, 부드럽기 짝이 없는 발음들의 연속이다. 부드럽게 상승전개되는 멜로디와 만났을 때 더없이 아름다운 가사다. 멜로디가 부드럽게 오르내리는 발라드곡일수록 발음은 실크처럼 부드러워야 한다. 가수가 매끄럽게 소리를 뱉어낼 수 있도록 작사가가 세밀하게 발음을 재단해주어야 한다. 특히 고음을 길게 끄는 부분에서는 받침이 없을수록 좋고, '아'나 '어' 등 목을 최대한 열 수 있는 발음을 넣어야 한다. 심지어 가수마다 고음을 내기 쉬운 발음이 각기 다른 경우가 많다. 이런 차이는 나도 전부 미리 알 수는 없어서, 녹음현장에서 그때 그때 수정하곤 한다. (또는 연락이 오면 바로 수정해서 보내줘야 한다.) 부드러운 느낌의 곡을 예로 들어 설명했지만, 발라드라고 해서 기계적으로 부드러운 발음만 내야 하는 건 아니다. 곡에 따라 부분적으로는, 아래 '댄스곡' 파트에서 설명하는 테크닉이 필요할 때도 물론 있다.

어쨌든 발라드의 경우 감성적인 부분이 더 필요하고, 감정을 끌어올릴 수 있도록 기승전결 구조를 만들어주는 것이 가장 중요하다. 발라드곡의 작사 테크닉은 다른 장에서 더 자세히 이야기하겠다.

댄스곡—대중의 칭찬을 너무 의식하면 망한다

댄스곡은 작사가가 테크닉을 많이 써야 하는 장르다. 전문 작사가가 그냥 '글을 잘 쓰는 사람'과 구분되는 영역이 바로 댄스곡 가사를 쓰는 기술에 있을 것이다. 즉, 이 테크닉이 바로 당신이 가장 열심히 갈고닦아야 하는 부분이다.

댄스곡 작사를 다루면서 꼭 미리 말하고 싶은 점은 '대중의 칭찬을 너무 의식하면 망한다'는 것이다. 대중을 고려하지 말라는 얘기가 절대 아니다. 이 부분은 작사가 지망생들에게 가장 중요한 부분이니, 책을 다 읽고 나서도 꼭 기억해두길 바란다.

초보 작사가들이 댄스곡에서 가장 많이 우를 범하는 이유는 아마 '누군가 봤을 때 그럴듯한 문장을 써야 한다'는 압박감 때문일 것이다. 극단적으로 말하자면, 댄스곡에서는 작가로서의 자아를 최대한 죽여야 한다. 리듬을 살리고 곡의 흥을 더 끌어올리는 것이 당신의 최선에 놓인 의무다. 축구로 치자면 발라드에서의 작사가 포지션이 (가수를 제외하고) 공격수라 한다면, 댄스곡에서는 레프트윙, 라이트윙, 또는 수비수가 되어야 한다는 말이다. 수비수가 골을 넣겠다는 욕심으로 앞서 달리기만 하면 게임을 망치지 않겠는가? 작사가가 내 가사를 '읽을 눈'을 의식해서 리듬 수비보다는 감정 공격에 치중한다면, 곡을 망치게 된다.

나 또한 여전히 어려운 것이, 문장력 면에서 완성도를 갖춘 문장과 리듬을 살리는 문장 사이에서 밸런스를 잡는 일이다. 탈락된 내 댄스곡 가사 중 하나를 누군가가 '읽는'다면, 내 버전이 더 좋다고 해줄 수도 있다. 하지만 내 것이 탈락한 이유는 픽스된 버전의 가사보다 내가 리듬을 잘 살리지 못했거나 멜로디의 개성을 잡아주는 데 실패했기 때문인 경우가 많다.

브라운아이드걸스의 〈Sixth Sense〉의 경우가 온 문장들이 발음디자인에 무게를 많이 실은 케이스이므로 이 곡의 가사를 예로 들어 설명하겠다. 이 곡은 멜로디의 절반 이상이 음역대가 높은 가수들조차 고음이라고 느끼는 곡이라 '발음 재단'에 공을 많이 들였던 경우이다.

> 멀리서 봐도 너를 일으키는 내 눈빛이, 빛이 guilty, guilty (1절)
> 니 맘대로 그 손 뻗지 마라, 그대로 sit, sit 그렇지, 그렇지 (2절)

위에서 '빛이, 빛이' 부분은 가이드에서 'bitch, bitch'로 불렸던 파트다. 'bitch'라는 단어는(이 단어의 불편한 뜻은 잠시 접어두고) 발음상 한 음절이지만 여음(-ch)이 있는 발음이다. 하지만 그 단어는 심의 때문에 부적합한 단어이므로 대체할 무언가가 필요하다. 그럴 땐 우리말 단어 중 '-ch' 발음을 낼 수 있는 말을 떠올려야 한다. '빛이'를 제외하고는 '같이' '끝이' '낮이' 등이 있겠다. 떠오른 말들 중에서 문장을 만드는데 가장 적절한 것을 고른다. 이 곡의 경우 그 단어는 '빛이'였다. 바로 앞에 나오는 '일으키는 내 눈'은 음절 간의 간격이 매우 짧은 멜로디이므로 후루룩 하고 쉽게 발음될 수 있는 말을 고른 것이다. 이런 발음의 조합을 고려하여, 테마에 맞으면서도 가수가 퍼포먼스하기에 매력적인 문장을 만들어내는 것이 작사가의 업이다. 이런 일은 잘 풀릴 때는 제일 재밌고, 막힐 땐 한없이 끔찍한 일이다.

다시 저 가사로 돌아가면, '내 눈빛이'까지는 이해가 되는데 마지막에 'guilty, guilty'는 뭐냐는 의문이 들 수도 있다. 이것은 사실 문법적으로 완성도가 높은 문장은 아니다. 하지만 'guilty'라는 단어는 같은 구간의 라임을 살리면서도, 전체적인 테마에 어울리는 이미지를 가진 단어이기에 선택한 표현이다. 굳이 해설하자면, '멀리서 봐도 너를 일으키는 내 눈빛이 죄라면 죄겠지' 정도가 되겠다. (〈Sixth Sense〉는 자기 검열에 대한 저항, 전투적일 정도의 자신감, 새로운 교감 등을 테마로 하며, 이는 뮤직비디오로 최대한 잘 표현하기 위해 미리 논의된 것이었다.)

두번째 문장을 보자. '그렇지, 그렇지'라는 말은 한글이지만 'bitch'와 발음구조가 비슷하다. 글자로는 3음절이지만 2음절로 발음하는 구간이라고 설명해줘야 한다. 그렇지 않으면 내 의도와 다른 녹음 결과가 나오므로. 영어로 표기하자면 'grutch'가 되는 발음이다.

같은 곡의 가사를 더 살펴보자.

목마르는 니 얼굴엔 땀방울이 맺히고
날카로운 내 손끝엔 니 살점이 맺히고

'마르는'과 '카로운'이 발음구조가 비슷하다는 점을 눈치챘는가. 같은
멜로디의 2절 가사는 다음과 같다.

너 가지고 있는 촉을 좀더 높이 세우고
저 차원을 넘어 오는 느낌에 널 맡기고

1절만큼 정확히 맞지는 않지만 발음이 스르륵 넘어가는 구간은 동
일하다. 나는 이 대목을 부르는 나르샤의 캐릭터를 굉장히 동물적인
여자로 잡았기 때문에 최대한 그 느낌에 맞는 표현을 찾으려고 노력했
다. 리듬을 타기 가장 힘든 파트이기도 했다. '땀방울' '맺히고' '손끝엔'
'높이' '차원' '느낌' 모두 센 발음을 배치하기 위해 선택한 된소리나 파
열음, 파찰음이 포함된 단어들이다. 업계의 속된 표현으로 '씹힌다'는
말이 있는데, 말 그대로 잘근잘근 씹히는 느낌의 발음이 리드미컬하게
들어가는 경우를 말한다.
　　방금 나열한 단어들을 발음 그대로 풀어쓰면 이렇다. [땀빵울] [매치
고] [손끄텐] [노피]…… 이 부분에서 작곡가는 멀리서 치타가 뛰어오는

것처럼 불러야 한다는 표현을 썼다. 노련하고 명민한 나르샤는 이 디렉션을 한 방에 캐치해서 표현해냈다. 녹음실에서 가장 속시원하게 진행됐던 파트이기도 하다.

정글 안에 갇힌, 두 마리같이

이 가사 또한 발음을 풀어 써보면 이렇다.
[정그라네 가친, 두 마리가치]
어떤가. 이제 발음으로 리듬을 타게 하는 것이 어떤 작업인지 대충 감이 오지 않는가?

가이드 가사가 대체로 정체불명의 외국어로 돼 있는 이유는 간단하다. 발음이 어디에서 '씹혀'주고, 어디에서 흘러줘야 하는지에 대한 스케치 역할을 해줘야 하기 때문이다. 따라서 이 '발음디자인'에 익숙하지 않을 땐, 데모를 듣고 또 들어야 한다. 발음으로 타는 리듬이 혀에서 자동으로 맴돌 때까지.

이 버릇이 직업에 도움이 된 건지는 데이터로 검증된 것은 아니기에 확신할 수 없지만, 나는 어릴 때부터 책을 읽을 때 혼자서 귓속말하듯 글자를 소리내어 읽는 버릇이 있었다. 그리고 특정 단어들이 가진 고유의 발음들이 좋아서, 그 단어를 반복해서 읊곤 했다. 물론 그 발음이 예쁜지 안 예쁜지를 가르는 객관적인 기준 따윈 필요 없다. 단지 글을 읽을 때 '발음'에 집착했다는 게 중요한 사실이다. 여러분도 오늘부터

글을 읽을 때, 그 글의 의미와는 별개로 문장 자체에 실려 있는 리듬과
발음에 집중해보길 바란다.

Sixth Sense

작곡 이민수
작사 김이나, 랩메이킹 미료
노래 브라운아이드걸스

verse 1)
길들여질 수가 없어
나를 절대 don't touch, touch, rush it, rush it
멀리서 봐도 너를 일으키는 내 눈빛이, 빛이 guilty, guilty
목마르는 니 얼굴엔 땀방울이 맺히고
날카로운 내 손끝엔 네 살점이 맺히고
the bubble in champagne
터지는 good pain
(No need to worry, love is just a game)
Hit that high

후렴 1)
Pop~ (pop) Pop~ (hoohoo~)
너와 내 사이를 가득 채울 뮤직
Pop~ (pop) Pop~ (hoohoo~)
가빠진 숨소리 그 이상의 뮤직
Pop~ Pop~
내가 너와 나누고픈 이 감정은 more than emotion
better than the love motion

verse 2)
니 맘대로 그 손 뻗지 마라
그대로 sit, sit 그렇지, 그렇지
빈틈을 줄 때까지 기다리다 그때 kiss, kiss frenchy, frenchy
너 가지고 있는 촉을 좀더 높이 세우고
저 차원을 넘어 오는 느낌에 널 맡기고
정글 안에 갇힌
두 마리같이
(No need to worry, love is just a game)
Hit that high

후렴 2)
Pop~ (pop) Pop~ (hoohoo~)
너와 내 사이를 가득 채울 뮤직
Pop~ (pop) Pop~ (hoohoo~)
가빠진 숨소리 그 이상의 뮤직
Pop~ Pop~
내가 너와 나누고픈 이 감정은 more than emotion
네 비밀을 숨긴 꿈속에
마치 난 무의식처럼 스며가
좀더 자유로운 그곳에
hey, live it up, right away, huh?

d bridge)

지금 내가 에스코트하는 대로만 나를 따라와봐

(New world) 짙은 경험할 수 있어 못 믿겠음 이걸 봐봐

(Follow me) uh (Say my name) 좀더 louder

You won't forget me, Sing it to me, baby

(Follow me) 그렇지 (Say my name) Gracias

Can you follow?

이걸 듣고 나면 너는 못 잊을걸

다른 음악들은 이제 boring일걸

(Raise arms) Halt and fire

후렴 1) 반복

작사가가 되고 싶은 건가,
잘되는 작사가가 되고 싶은 건가?

음반 산업시스템은 다른 직장들과 마찬가지로 하나의 '조직'이다. 게다가 '상업조직'이다.

'작사가'라는 직업군을 흔히들 시인이나 소설가군과 비슷한 느낌일 거라고 짐작하는 사람들이 많다. 작사가를 지망하는 사람들조차 그렇다. 그래서 나는 이 책을 통해 작사가가 정말 되고 싶다면 알아야 할 것들이 단순히 '글짓기'만은 아니라는 걸 알려주고 싶다.

'창작'으로 분류되는 일을 하는, 하지만 상업조직에 속한 직업군들이 있다. 이런 직업군들은 정체성이 모호하고, 직업의 실체가 불분명하거나 잘못 알려져 있는 경우가 많다. 그도 그럴 것이 어쨌든 개인의 개성이 포함되는 '창작'을 바탕으로 하니 명확한 가이드라인을 제시할 순 없기 때문일 것이다.

나는 아직 나 스스로를 훌륭한 작사가라고 생각하지 않는다. 하지만 '잘 팔리는' 가사를 썼다는 것은 사실이니, 내가 알고 있는 모든 것들을 얘기하면 당신에게 언젠가 어떤 식으로든 도움이 되는 요소로 작용할 것이라 믿고, 조금은 오만하게 들릴 수 있는 위험을 감수하고 이야기하겠다.

먼저, 작사가는 음반업계 시스템 전반에 대한 이해도가 있어야 한다. 나무를 심는 사람이 나무만 알고 숲을 몰라서는 곤란하다. 물론 예쁜 나무 한 그루를 심고 자기만족을 하고 싶다면야 괜찮겠지만.

영화 시나리오 작가를 예로 들어 이야기해보자. 기승전결이 뚜렷한 글을 짓는 재미난 이야기꾼이라고 해서 전부 시나리오 작가로 성공할 수 있을까? 당연히 아닐 것이다. '때는 경성시대'라는 설정의 시나리오는 그 배경을 재현하는 데 막대한 예산이 들 것이고, "수많은 인파에 쓸려 그녀를 놓쳤다"라는 한 문장을 시각화하는 데는 수백 명의 엑스트라를 동원할 예산이 들어간다. 그래서 프로 시나리오 작가들은 이 모든 상황을 고려하며 이야기를 쓴다.

시나리오 작가가 염두에 두어야 하는 점과는 많이 다르겠지만, 작사가 또한 시스템을 알수록 유리한 점이 많아진다. 유기체의 일원으로서 일하는 환경일수록, 전체를 알아야 좋은 '일부'를 만들어낼 수 있다.

아! 물론 몰라도 될 수는 있겠다. 하지만 당신도 그렇고 나도 그렇고 무엇이 되는 것이 문제가 아니라 잘되는 것이 중요하지 않은가?

우선, 작사가와 가깝게 일하는 음반업계 직업군에 대해 간략히 이야기하겠다. 같은 배를 탄 사공들에 대한 대략적인 이해를 돕기 위함이다. 특히 일반적으로 알려진 면들이 아닌 그들의 이면에 대해 말해볼 참이다. 물론 모두가 이렇다는 이야기는 아니다. '잘되는' 사람들의 이야기이기 때문이다.

작곡가—문제는 '현장'이다

좋은 멜로디를 만들고 훌륭한 편곡을 한다. 이것이 작곡가의 전부일까? 그렇지 않다.

내가 지켜봐온 결과, 작곡가들의 결정적인 능력치는 현장 '디렉'('directing'의 준말)에서 나타난다. 나는 디렉이 작곡의 절반이라고 생각할 만큼, 그 과정이 중요하다는 사실을 수없이 목격했다. 디렉이란 참 기묘한 것이다. 가수와 기싸움을 할 때도 있고, 너무 익숙한 가수와 억지로 긴장감을 만들어야 할 때도 있으며, 가수의 컨디션이 난조일 땐 그를 뒷받침할 수 있는(단순한 오토튠이 아닌) 테크니컬한 노하우들을 다양하게 가지고 있어야 하는 곳이 디렉 현장이다.

작곡가는 가수가 어떤 음역대에서 가장 매력적인 음색을 내는지, 반대로 어떤 음역대만은 피해야 하는지를 안다. 작사가에게 원하는 바를 정확히 전달하고, 좋은 결과물을 뽑는 데 필요한 소통의 기술을 가지고 있다. 상상과 다른 음색이나 박자감으로 현장에서 당혹스러운 일이 벌어지는 경우 곧바로 해결할 수 있는 순발력이 있다. 짧은 구간을 수십, 수백 번 녹음하는 경우에 대부분의 스태프들은 어느 버전이 가장 좋았는지 헷갈리게 된다. 하지만 작곡가는 귀신같이 기억하고 조합해낸다. 예컨대 "열여덟번째 녹음한 '사랑'과 세번째 녹음한 '해', 그리고 아홉번째에 했던 '요'를 붙여주세요"라고 하면, 레코딩 엔지니어의 편집을 통해 완벽한 '사랑해요'라는 한 구절이 완성된다.

가수—'쿠세' 없는 스펀지 같은 보컬을 찾아서

노래를 조금만 잘하면 '가수 해도 되겠어'라고들 말하지만, 천만의 말씀. 스튜디오 부스 안에서 녹음한다는 것은, 그냥 노래를 잘하는 것과는 전혀 다르다. 작곡가의 요구사항은 생각보다 많다. 호흡, 리듬, 발음, 음정, 감정 등등. 수없이 들어본 노래를 잘 따라 부르는 일과 이제 막 탄생한 노래를 처음 녹음하는 일은 전혀 다른 일이다. 하나를 신경쓰면 다른 하나가 틀어지기 일쑤인데, 아무리 작곡가가 후편집을 통해 완성하는 게 레코딩이라지만 원본이 잘 나와야 가능한 것이니 쉬운 일이 아니다. 오디션 프로그램 등을 통해 노래를 끝내주게 잘한다고 알려

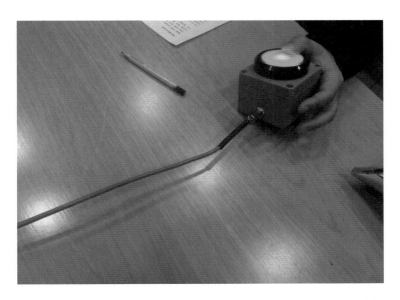

버튼을 누르면 녹음부스에 들어간 가수와 이야기를 나눌 수 있는 토크백. 가수 입장에선 녹음을 하다가 마가 뜨면(멈추는 시간이 생기면) 왜인지 이유를 알 수 없기 때문에 불안할 때가 있다고 한다. 예를 들어, 음향 문제로 잠시 녹음을 멈췄는데 왜인지 설명을 안 해주면 가수는 자기가 뭔가를 잘못해서인가 싶어서 긴장할 수 있는 것이다. 보통 녹음부스 안에서는 바깥의 소리를 들을 수 없고 때로는 바깥의 장면을 볼 수도 없기 때문에, 밖의 스태프들이 온전히 가수에게 집중하고 있다는 사실을 이 토크백을 통해 끊임없이 알려야 한다. 디렉에 신중을 기하는 작곡가일수록, 이 토크백에서 거의 손을 떼지 않는다. 토크백을 잘 쓰는 이민수 작곡가의 손.

진 가수의 첫 녹음 현장에서 많은 사람들이 '멘붕'하는 일은 허다하다. 특히 나쁜 버릇(업계에서는 '쿠세'라고들 한다) 없이 노래 부르는 사람은 생각보다 많지 않다. 일단 나쁜 버릇이 있으면 다양한 작곡가들과 작업하기가 어렵다. 깨끗한 스펀지처럼 각 작곡가의 스타일을 흡수한 후 표현하는 것 또한 가수의 실력이기 때문이다. 실제로 일반 대중들에게는 가창력 절대자 중 하나로 불리는 사람이, 녹음실에서는 스태프들에게 애물단지 취급을 받는 경우도 있다. 싱어송라이터라 할지라도 보컬 디렉터는 따로 두는 경우가 많은데, 스스로 녹음 상태를 객관적으로 유지하기가 그만큼 어렵기 때문이다.

A&R—창작자들에게서 최대치를 뽑아내는 숨은 조련사

A&R이 하는 일들은 다음과 같다. 기획 단계 참여, 작곡가와 작사가에게 곡을 의뢰, 녹음 현장 책임, 가수의 녹음 스케줄을 매니지먼트 팀과 정리, 모든 수정 단계에서의 소통, 세션 녹음 및 믹싱, 마스터링 현장 책임 등등.

A&R을 하던 사람들이 작사가, 작곡가, 프로듀서가 되는 일도 왕왕 있다. 현장의 A to Z를 가장 빠삭하게 알고 있는 것도 이들인데, 이렇듯 시스템 전체를 잘 아는 것이 작곡가, 작사가 등이 되기에 얼마나 유리한지를 입증하는 예다. 나는 내가네트워크와 YG엔터테인먼트, 로엔

엔터테인먼트에서 A&R 일을 한 경험이 있다. A&R은 작곡/작사가들과 회사 간의 소통창구인데, 작곡/작사가들 중에는 예민한 사람들이 많기 때문에 여러모로 배려와 소통의 기술까지 갖춰야 하는 경우가 많다. 창작자들을 대상으로 예의바르게 매너를 유지하며 원하는 바를 뽑아낼 때까지 사실상 창작자를 '조련'하는 사람들이다.

미국 등 해외에서는 잘나가는 A&R의 수입이나 영향력이 굉장히 높다. 특별한 능력치를 가져야 할 수 있는 일이므로 나는 우리나라 A&R의 입지가 더 좋아져야 한다고 본다. 대개의 A&R들은 프로듀서를 꿈꾸지만, 나는 이들의 입지가 앞으로 더 좋아져서 전문 A&R들이 많아지면 좋겠다. 그럴수록 음반 퀄리티는 좋아질 게 틀림없기 때문이다.

프로듀서—성공도, 실패도, 다 책임지는 인간

음반의 큰 방향성을 결정한다. 예산을 컨트롤하고 기획한다. 나는 농담반 진담반으로 이런 말을 종종 한다. '나는 A&R은 해도 프로듀서는 절대 되고 싶지 않다'고. 히트곡이 나오면 A&R은 회사 내에서 그 공을 인정받지만, 실패할 경우 그게 A&R의 책임은 아니다. 실패했을 때 모든 책임은 프로듀서의 것이다. 어찌 '곡'에 대한 책임감뿐이랴. 프로듀서는 직책상 높은 자리이니 세세한 부분은 신경 안 써도 될 것 같지만 전혀 그렇지 않다. 음반의 기획 방향부터 재킷의 종이 재질, 의상과 안무까지(예산이 좌지우지되므로), 프로듀서가 관여하고 결정해야 할 것은 상상 이상으로 많다.

'결정만 하는 게 뭐가 그리 힘드냐'고도 할 수 있겠지만, 수많은 의견을 하루에 몇십 개씩 받으면, 그 결정이란 게 말처럼 간단한 일이 아니게 된다. 게다가 최악은, 인간 관리를 해야 한다는 것이다! 수없이 많은 예민한 영혼들을 하나의 목표를 향해 이끌어가는 일은, 나로서는 머리털이 다 빠질 일이다.

유명 작곡가의 곡을 의뢰했다가 거절하는 일은, 직접 실행하는 사람에게는 쉬운 일이 아니다. 게다가 몇 차례 수정을 요청한 후에도 그런 일은 일어날 수 있기 때문에 굉장히 난처하다. 이럴 때 모든 짐은 프로듀서가 진다. 어느 관리직이 그렇지 않겠느냐만, 음반 제작은 창작의 영역이 크다보니 그만큼 많은 '감정'들을 상대해야 한다. 골치 아프다. 확실한 건, 나는 절대로 프로듀서가 되고 싶지는 않다.

아티스트 앤드 레퍼토리, A&R의 세계

앞서 A&R의 역할을 간단히 소개했다. A&R은 작곡가와 더불어 작사가들의 첫번째 클라이언트이다. 아마 앞으로 점점 더, 작곡가보다는 A&R이 첫번째 클라이언트가 되는 경우가 늘어날 것이다. 이 장에서는 A&R에 대해 좀더 깊고 자세히 다뤄보도록 하겠다.

순수예술이 아닌 대중음악이기에, 기획자로서의 시각을 갖춘다는 것은 작업에 큰 도움이 될 수밖에 없다. 또한 작사가만을 꿈꾸는 사람이 아닌 음반업계 입문을 꿈꾸는 사람이라면, 더 흥미로운 이야기가 될 것이다.

단언컨대 A&R은 음반업계의 꽃이다. 보통의 직업군에서 직책상

하위 직급들이 '나무를 베느라 산을 보지 못하는' 경우가 있는 반면, A&R은 나무를 베다보면 산을 볼 수 있는 일이다. 어떤 직업은 개인의 역량이 뛰어나도 직책에 따라서 전체를 절대 파악할 순 없는 일들이 있지만, A&R은 다르다. 개인의 역량에 따라 무수히 많은 것을 볼 수 있다.

예전에는 매니저를 하다가 역량에 따라 제작자가 되는 경우가 많았다면, 요즘은 A&R이 프로듀서 혹은 고위 직책으로 올라가는 경우가 자주 보인다. 아직도 발전하고 있는 분야인지라, 몇 년 안에 A&R 출신 제작자도 볼 수 있을 것 같다.

미국 음반산업에서는 A&R직이 오래전부터 발달한 데 반해, 과거의 한국 음반산업에서는 A&R이라는 직책 자체가 없었다. 한국은 방송 PR 역량에 따라서 가수의 흥행 여부가 크게 갈리는 환경이었다보니, 홍보 잘하는 매니저가 음반 잘 만드는 사람이 되고 제작도 잘하는 사람이었던 것이다. 여전히 음반 흥행에 큰 영향을 미치는 열쇠는 방송 PR이지만, 음반업이 '홍보하는 사람의 역량에 달린 일'에서 '체계적인 시스템'을 필요로 하는 '산업'이 되면서부터 이야기는 달라졌다. 방송만이 홍보 채널의 전부가 아니게 되면서부터 생긴 변화다. A&R의 사전적 의미, 즉 미국 음반산업에서 통용되는 의미는 'Artist and Repertoire(아티스트 앤드 레퍼토리)'의 약자로, 아티스트를 발굴하여 해당 가수에 맞는 음악들(레퍼토리)을 뽑아내고 정리하는 업무들의 책임자라고 할 수 있겠다.

그렇다면 현재 한국 음반산업에서의 A&R의 역할은 어떨까?

몇 년 전만 해도 3대 기획사에서나 볼 수 있었던 직책이 A&R이지만 요즘은 작은 기획사에서도 핵심적인 역할이 되었다. 회사나 프로듀서가 추구하는 큰 방향성 아래에서 작곡/작사가들에게 곡을 의뢰하는 일이 주요 업무다. 또한 녹음 현장의 책임자이므로 '전체'를 조망하며 '디테일'을 챙기는 수많은 일을 담당한다.

A&R의 광범위한 직무는 기획 방향을 잡는 회의에 참석하는 일로 시작된다. 그리고 곡을 섭외한다. 작곡/작사가들에게 곡을 의뢰한다는 것은, 단순히 전화를 걸어 부탁한다고 성사되지 않는다. 왜냐하면 잘 쓰는 사람들은 너무 바쁘다! 지속적으로 부탁하지 않으면(업계에서는 흔히 '쪼은다'라고 말한다), 나의 의뢰는 잊힌다. 여차여차해서 곡을 받았는데 회사에서 수정을 필요로 할 경우, 창작물이기 때문에 말하기가 더더욱 곤란하다. 수정은 그나마 괜찮다. 하지만 곡을 거절해야 할 때의 곤란함이란! 아무리 '나'의 결정이 아니라는 걸 모두 알고 있다 해도, 이를 직접 말하는 사람은 늘 신경이 곤두설 수밖에 없다.

그리고 주요 업무(실제로 가장 많은 시간을 쓰는 일들)로는 작곡가, 작사가, 가수, 엔지니어 등의 스케줄을 체크해서 녹음 날짜를 잡는 일, 녹음실 대여(사내 녹음실을 쓰는 경우에도 여러 녹음 일정이 겹치는 일이 많으므로 조율이 필요하다), 작곡가가 선호하는 세션맨 섭외, 믹싱과 마스터링 스케줄 조정 등등이 있다.

잠깐 다시 한번, 이 모든 과정에 참여하는 인원들은 전부 바쁘다! 잘

나가는 작곡/작사가들부터, 그 작곡가들이 선호하는 세션맨들, 심지어 레코딩 엔지니어와 녹음실까지. 그리고 언제나 시간은 없다.

내가 가장 애를 먹었던 A&R 시절의 에피소드가 있다. YG엔터테인먼트에서 근무할 때, 이틀 안에 네 곡의 오케스트라 세션 녹음을 마쳐야 하는 일이 있었다. 스트링 세션팀이라 해봤자 국내에 두세 팀밖에 안 될뿐더러, 웅장한 편곡인 경우 30인까지 섭외해야 하는 일이라 세션 단장 또한 연주단원을 모을 시간이 필요하다. 게다가 규모가 큰 스트링 녹음의 경우 그 모든 인원이 들어가 녹음할 수 있는 공간이 한정되어 있는데, 이곳을 잡는 것 또한 쉬운 일이 아니다. 전화 몇 통으로는 해결이 안 되는 경우가 많다. 일단 세션팀 섭외부터가 문제였다. 당시엔 특히 스트링 세션을 많이 쓰던 때라, 하루 안에 팀을 섭외하는 건 거의 불가능한 일이었다.

그럼 이럴 때 A&R은 어떻게 해야 하는가?

일단 나보다 앞서 세션팀 섭외에 성공한 그 곡의 작곡가와 가수가 누구인지를 알아내야 한다. 그리고 해당 가수의 소속사를 통해, 또는 작곡가에게 물어본다. 아니, 정확히는 '애원한다'. 제발 한 프로만 나눠 쓰게 해달라고. (여기서 '프로'란 녹음실을 빌리는 시간이자 세션맨들의 연주 시간의 단위로 보통 세 시간 반이다. 스트링 세션은 인원수가 많아 비용이 크기 때문에 보통 두세 곡을 묶어서 한 프로 안에 녹음한다. 이는 회사 입장에서는 비용 절감의 수단인데, 이를 관장하는 것 또한 A&R

의 몫이다.)

이미 다른 회사에서도 세 곡을 한 프로에 묶어서 녹음하기로 한 경우 '한 프로 나눠 쓰기'를 할 수 없다. 다른 시간대에는 누구의 곡을 녹음하는지 알아내어 또 '애원'해야 한다. 성사되면 당연히, 녹음실 비용과 세션 비용을 각 회사에서 나누어 부담한다. 유능한 A&R은 오케스트라 세션 녹음을 한 곡만 할 때는 다른 회사와의 연락망을 통해 '묶어서' 녹음을 진행함으로써 제작비를 알아서 줄이기도 한다.

어쨌든 일련의 '애원'을 거쳐 이틀 안에 네 곡의 세션 녹음은 성공적으로 마무리했다. '녹음 스케줄을 잡는다'라는 한 가지 일만 해도 이렇게 많은 과정과 노력이 따른다. '사람'이 하는 일이고, 잘나가는 프리랜서들을 상대하는 일이다보니, 평소에 미운털이라도 한번 박혔으면 애원해봤자 소용없을 때가 있으니, 평소 행실이 능력치로 연결되는 경우가 허다하다. 아, 이 모든 일은 내가 혼자 해낸 일이 아니었다. 이 지면을 통해 당시 나와 함께 너무 고생했던 나의 유일한 팀원, 이성우 A&R에게 감사를 전한다. 이성우 A&R은 내가 YG를 퇴사한 이후에도 몇 년 더 근무하다가 현재는 로엔엔터테인먼트의 A&R로 일하고 있다.

들이는 시간에 비해 티도 안 나고 공도 덜 인정받는 듯한 일이 많을 수밖에 없는 게 A&R의 직무이기도 하다. 믹싱실에서 일고여덟 시간 동안 한 곡을 믹싱하면서 가만히 앉아 있는 일은 생각보다 고역이다. 내가 여기 굳이 있지 않아도 될 것 같은데도 불구하고 장시간 현장을 지키는 일은, 사람을 위축되게 한다. 유출 위험 등의 문제로 믹스, 마스터 파일들은 사람이 하드에 직접 저장해서 전달해야 하기 때문에 반드시 현장을 챙겨야 한다. 하지만 '파일 전달' 역할이 아닌 현장에서의 일고여덟 시간은 무의미한 것일까? 그렇지 않다. 사운드가 완성돼가는 과정을 지켜본 A&R과 그렇지 않은 A&R은 단기간에 역량 차이가 심하게 난다. 믹싱에 문제가 생길 시 커뮤니케이션할 때 쓰는 용어부터 차이가 난다.

수없이 많은 현장에서 잔뼈가 굵은 A&R들만큼 귀한 인력은 없다. 지금도 내가 아는 소수의 '그들'은, 큰 회사에서 모셔가고 싶어서 안달이다. 사실 밥먹듯이 야근하고, 예민한 창작자들을 상대하며 멘탈에 스크래치가 나는 것에 비해 수당은 좋지 않다. 하지만 한 가지 약속할 수 있는 건, A&R은 잘하면 업계 내에서 확실히 빛난다. 소문도 빨리 난다. 아직 자리잡는 단계에 있는 직무이기 때문에, 향후 몇 년 동안도 그럴 것이라고 생각한다.

나는 음반산업이 더 '산업화'되려면, A&R이 단순히 더 높은 곳으로 올라가기 위한 직책이 아닌 더더욱 전문화된 직무로 자리잡아야 한다고 생각한다. 그리고 이 업계 사람들 대부분이 그렇게 생각하고, A&R 부문을 강화하고 있다. 당신이 '작사가'뿐만 아니라 음반산업에 대한 진지한 동경이 있다면, A&R 채용은 각 기획사에서 수시로 열리는 길이니 도전해보라. 그 노력은 당신을 배신하지 않을 것이다.

SM에서 원하는 A&R과 노랫말에 대하여

김이나 바쁘실 텐데 시간 내주셔서 고맙습니다.

이성수 아닙니다. 저도 (작사를) 잘 부탁드려야 하는 입장이라 영업하는 거라고 생각해주시면 됩니다. 사실 회사 특성상 인터뷰를 최대한 피하는 편이긴 합니다.

김이나 SM이 현재 국내 기획사 중에선 A&R이 가장 잘 시스템화돼 있는 걸로 알고 있는데, A&R이 총 몇 명인가요?

이성수 일단 저를 포함해 19명이고요. 조직은 A&R 1, 2, 3팀, 인터내셔널 A&R팀, 스튜디오팀, 퍼블리싱팀, 트레이닝팀, 신인개발팀 등으로 나뉘어 있습니다.

김이나 한국의 일반적인 A&R팀보다 규모가 굉장히 크네요? A&R의 국제 사전적 의미(아티스트 픽업 및 레퍼토리 구성)에 가깝기도 하구요.

이성수 SM은 아시다시피 팀이 워낙 많다보니, 이 정도 규모로도 사실 빠듯합니다. 모든 앨범의 '프로듀서'는 이수만 회장님 한 사람인데, 프로듀서의 기획 방향들을 현실화시키는, 재밌는 표현을 하자면 프로듀서라는 뇌를 구성하는 뇌세포조직 같은 개념이라고 볼 수 있겠네요.

김이나 그래도 SM은 다른 회사에 비해 A&R에게 상당한 권한이 있는 걸로 알고 있습니다.

이성수 저희 팀은 회장 직속기관이긴 하고요(SM의 조직도는 대기업 수준이며, 회장 직속기관은 주요 몇 부서로만 구성돼 있다). 권한이 많다기보다는 프로듀서와 적극적으로 의견 교환을 한다고 볼 수 있습니다. 그룹장인 저와 팀원들 간의 의견 교환도 활발하고요.

김이나 프로듀서와 A&R의 차이점이 뭐라고 생각하시나요?

이성수 어려운 질문이네요. 사실 저희 SM의 기준으로 보자면 미국이나 한국의 일반적인 기획사와도 다른 부분이 많습니다. 미국에서의 '프로듀서'란 일반적으로 편곡이 가능한 사람으로, 곡의 장르적 특성이나 전체적인 방향성을 스케치하고 그에 맞는 멜로디메이커, 톱라이너Top liner

라고도 불리는 작곡가들을 섭외하여 곡을 완성해내는 사람을 뜻합니
다. A&R은 말 그대로 가수와 프로듀서를 연결시키고, 앨범을 제작하
는 과정을 맡고 있고요. 아무래도 미국의 음반산업 특성상 음반을 제
작하는 레이블과 에이전시(매니지먼트/소속사)가 분리되어 있기에 생긴
조직적인 특성이기도 하구요. 미국의 A&R 중 다수는 프리랜서이고 '포
인트 제도'라고 해서 앨범 인세의 일부를 인센티브처럼 가져가기도 합
니다. 그들이 말하는 A&R은 전적으로 비즈니스적인 접근방식이 많죠.

저희 회사에서는 그들이 정의하는 '프로듀서' 역할의 상당 부분을
A&R이 진행합니다. 그래서 같이 작업하는 미국이나 유럽의 작곡가들
이 많이 생소해하기도 해요. '너희들은 A&R이 이런 부분도 관여하네?'

하고요. (실제로 이성수 실장이 작곡가와 나눈 이메일 내용을 보니, 코드 진행부터 악기 소스에 관련한 내용까지, 웬만한 음향전문가/작곡가들이 논할 수 있는 전문적인 깊이의 의견 교환이 이루어지는 것을 볼 수 있었다.)

쉽게 이야기하자면, 저희는 '프로듀서의 업무를 대행'하는 역할이라고 보시면 됩니다. 물론 타이틀곡 선정이나, 어느 팀의 장기적인 미래를 내다보고 추구하는 색깔 등의 핵심 부분은 프로듀서의 영역이지요. 하지만 A&R도 '내년의 팀 색깔'까지는 예측해야겠지요?

김이나 개인적으로 동방신기까지는 SM의 음악 색깔이 '그들만의 리그' 같다는 느낌을 받기도 했습니다. 일반인들은 잘 모르지만, 굳건한 성벽 안에서 수많은 사람들이 열광하는 느낌이랄까요? 하지만 샤이니를 기점으로 많이 달라진 느낌이에요. 제가 개인적으로 그 팀의 앨범을 워낙 좋아해서 그렇게 느끼는 것일 수도 있겠지만요.

이성수 제가 SM에 입사해서 처음 맡았던 팀이 샤이니입니다. 〈줄리엣〉이 수록된 정규앨범을 마지막으로 그룹장 자리로 옮기게 됐지요.

요즘도 가장 많이 하는 고민이지만, 그때 처음으로 회사에서 대중성과 팬덤 사이의 밸런스에 대한 고민이 시작됐던 것 같습니다. 지금은 약간 달라진 부분이 있지만, 당시 저희가 원하는 샤이니의 음악적인 색깔은 '라이브세션이 가능한 팝'이었어요. 이번에 일본에서 그런 음악으로 나와서 기대하고 있습니다.

김이나 SM의 A&R들이 작사나 작곡에 종종 참여하는 경우를 본 적이 있는데 요새도 그런가요?

이성수 초기에 그런 일이 있었는데요. (이성수 실장은 샤이니 앨범에 작곡가로서 이름을 올린 적이 있다. 〈소년, 소녀를 만나다〉와 〈내가 사랑했던 이름〉이 그 예다.) 요즘은 저나 저희 팀원들이나 우선 그럴 수 있는 물리적 시간이 없습니다.

김이나 제가 SM과 작사가로서 작업하면서 가장 인상 깊었던 점은 팀장, 팀원 누구와 통화를 하든 그들이 한결같은 매너와 예의를 지킨다는 점이었습니다. 너무 굽실거리지도, 권위적이지도 않고, 무엇보다 저 자신이 존중받는 느낌이랄까요?(웃음) 제가 가사를 엄청 많이 까였는데, 그럼에도 불구하고 계속 작업하는 이유이기도 해요. 창작자와 업무관계를 기분좋게 유지하는 것 또한 A&R의 중요한 능력이라고 생각하는데요. 어떤 매뉴얼 같은 게 있는 건지 궁금할 정도로 태도가 한결같더라구요.

이성수 그렇다니 우선 정말 다행입니다. 말씀해주신 부분은, 아마도 이수만 회장님의 철학이기 때문인 것 같은데요. 프로듀서로서 모든 기획의 출발점에는 '곡'이 있다고 생각하십니다. 자연히 그 곡을 만들어주는 작곡/작사가들을 가장 중시하게 되지요. 회장님이 창작자들을 대하는 자세도 저희가 그분들을 대할 때와 다를 게 없습니다. 화법에서도 이런 면이 느껴지는데요. 일례로 이수만 회장님은 아직도 저에게 존댓 말을 하십니다.(웃음) 그리고 실제로 매뉴얼도 존재합니다. 창작자들과 통화할 때의 화법 등은, 당연히 교육해야 하는 부분이라고 생각하고요.

김이나 그나저나 도대체 제 가사는 왜 그렇게 많이 까일까요? 진지합니다.

이성수 아 그랬나요?(웃음) 정말 필요하시다면 제가 천천히 살펴보고 나중에 답변드릴 수도 있는데⋯⋯

김이나 늘 고민되더라고요. SM 색깔을 흉내내서 써볼까? 싶다가도, 그런 색깔로는 이미 잘 쓰는 작사가분들이 있는데, 나한테 의뢰가 왔다는 건 내 색깔이 필요한 게 아닐까 해서 원래 스타일대로 써오긴 했어요. 또 픽스됐던 작품들을 보면 특별히 SM 색을 내려고 노력하지 않은 가사이기도 하구요.

이성수 저희 회사가 원하는 가사는 대개 함축적인 표현이 많은 가사입니다. '너를 너무 사랑해'라고 말하기보다는, '너를 기다리는 달빛'처럼 쓰는 식? 그냥 예를 들어본 것이긴 하지만요.

댄스곡에는 직설적인 표현들이 많은데, 저희는 그런 쪽을 지향하진 않는 것 같긴 합니다. (이 대답은 실제로 나에게 큰 도움이 될 것 같다!)

김이나 작사가님이 주셨던 가사 중에 엑소의 〈Lucky〉 같은 곡은, 팀원들이나 저의 의견이 전부 같았어요. SM 색깔과 좀 다르긴 한데, 이런 곡이 하나 필요하다는 생각이 들었죠.

김이나 의미를 한번 더 생각해볼 수 있는 표현들을 선호한단 말씀이시죠? 댄스곡인 경우일지라도.

이성수 그렇죠. 직설적으로 툭 던지는 말들보다는, 삼 분 안에 생각할 거리들이 많이 함축된 가사를 좋아합니다. 물론 곡에 따라 직설적인 표현이 필요할 때도 있었습니다만, 프로듀서가 선호하는 가사는 대체로 함축적인 가사입니다.

김이나 제가 샤이니 가사를 한번 섹시하게 써본 적이 있어요. 워낙 소년 같은 이미지라, 이제 한 번쯤은 회사에서도 남성적인 섹시미를 추구할 때가 아닐까 해서 그렇게 썼는데, 잘못 짚었던 건가요? (샤이니의 〈셜록〉에 나는 야심차게 섹시한 가사를 썼다가 거절당한 경험이 있다.)

이성수 아, 저희가 결정적인 기준이 하나 있네요.(웃음) 딸이랑 엄마가 같이 즐길 수 있는 가사여야 한다는 겁니다. 엄마가 '내 딸이 좋아하는 곡인데 들어볼까?' 했을 때 실제로 즐길 수 있는 곡이냐 아니냐가, 실제로 히트곡이 되느냐 아니냐의 차이가 되거든요. 같이 들었을 때 조금 민망해질 수 있는 가사는 그래서 피하는 것 같습니다. 예외적으로 약간의 섹시코드가 들어갈 때도 있지만요.

김이나 방금 그 대답은 앞으로 제가 SM과 작업할 때 결정적인 도움이 될 것 같네요.

이성수 다행입니다!

김이나 SM의 A&R팀은 신입사원들을 많이 고용하는 편인가요?

이성수 많죠. 대부분이 신입이에요.

김이나 면접자로서 A&R을 선발할 때는 주로 어떤 면들을 보시나요? A&R의 자질 같은 게 따로 보이시나요?

이성수 우선 모든 회사가 그렇듯이 한 회사의 직원으로서 일할 수 있는 기본적인 자질을 봅니다. 학력은 그 사람의 성실성을 나타내는 척도 중 하나라 고려하고요(SM 모든 부문의 직원들은 고학력자나 명문대 출신이 유난히 많다). 외국어 능력은 회사 특성상 당연히 중요합니다. 대인관계는 면접에서 대화를 나눠보면서 예측하기도 하고요.

A&R을 채용하면서 특히 유심히 보는 점이라면, 이 사람이 이 일에 관해 충분한 고민을 했나? 하는 부분입니다. 이건 말로 설명하긴 힘들지만, 몇 가지 질문만 해봐도 느껴져요. '저는 음악 일이 너무 해보고 싶었어요. 정말 열심히 할 자신 있어요'라는 사람과 'SM의 어떤 가수를 보면서 어떤 앨범을 만들어보고 싶다는 생각을 했다'는 사람 간의 차이랄까요? 그게 저한텐 보일 수밖에 없어요.

A&R은, 재미있는 일이 아니에요. 정말, 많이 힘듭니다. 단순히 '음악 일을 해보고 싶다' 정도의 열정만 갖고 입사하신 분들은 그래서 빨리 포기하는 경우가 많고요. 어떤 곡이 너무 좋아요, 하는 취향보다는 어떤 곡이 왜 좋을까? 하는 의문을 가질 줄 아는 사람이 좋은 A&R이 될 재목이라고 봅니다.

김이나 마지막으로 A&R로서 가장 뿌듯했던 작업에 대한 얘기 듣고 싶어요.

이성수 제가 샤이니를 담당하던 때에 정말 좋아하던 곡이 알레한드로 산스^{Alejandro Sanz}의 〈Y Si Fuera Ella〉라는 곡이었는데요. 이 곡을 샤이니의 종현이 부르면 정말 멋있겠다고 생각했어요. 그 곡이 〈혜야〉라는 곡으로 탄생했지요. 과정은 정말 힘들었는데 개인적으론 참 뿌듯한 작업이었습니다.

김이나 제가 바로 그 곡으로 샤이니에 소위 '입덕'했는데요! 그 곡의 탄생 배경에 실장님이 계셨군요?

이성수 아니요, 그건 전적으로 곡을 편곡하고 가사를 쓰고 디렉을 봐주신 작곡가 켄지 씨와 노래를 부른 종현이가 만들어낸 곡이에요. 이건 겸손해 보이려고 하는 말이 아니라 정말이에요. 녹음하는 데만 5일을 꼬박 썼는데, 원곡의 어감(스패니시)을 최대한 살리는 게 정말 얼마나 힘들었던지…… 종현이도 탈진할 지경이었고 켄지 씨도 엄청 고생했어요. 그런데 결과물을 듣고 이수만 회장님이 무척 마음에 들어해서, '이건 방송해야겠다'고 결정을 하셨죠. 그 곡을 부르는 종현의 모습이, 샤이니의 당시 포지셔닝에 도움이 될 거라는 판단을 내리신 거예요.

김이나 그런 게 A&R이 빛나는 순간이죠. 아티스트들 간의 케미스트리를 만들어내는 일. 제가 우리나라에서 '성공한 A&R'로 꼽는 분이 두

분인데, 한 분이 실장님이고 다른 한 분은 울림엔터테인먼트의 정병기 본부장님이에요. 두 분이 친구라는 사실도 이번에 알았고요. 실장님이 보시는 '정병기 본부장'의 A&R로서의 강점은 무엇일까요?

이성수 정본부장은 무엇보다 곡에 대한 객관적인 시선을 유지할 줄 알아요. 아무리 경력 있는 A&R이라 해도 사람인지라, 자기 취향 때문에 객관성을 잃을 때가 있거든요. 그리고 음악을 굉장히 많이 알아요. 그 데이터베이스는 업계에서도 알아주는 수준이고요. 평론가적인 시선도 갖추고 있어서인지 기획 면에서의 접근성 자체가 탁월하다고 생각합니다.

내가 이성수 실장과의 인터뷰 내내 느낀 것은, 아티스트들에 대한 그의 존중이 진심에서 우러나오고 있다는 점이었다. 맨 처음의 질문과 답은 사실 중요한 내용이 아닌데도 굳이 넣은 이유는 그 점을 알리고 싶어서였다. 그는 내게 인터뷰 시간을 '내어준' 입장이 아니라는 것을 알리기 위해, 처음부터 끝까지 "좋은 가사 부탁드리는 입장이라 영업하는 겁니다"라고 거듭 언급했다. 내가 우쭐할 수도 있는 부분이지만, 오랜 시간 SM의 수많은 A&R들과 소통해본 나는 안다. 그 말은 그들에게 뼛속까지 각인된 창작자들에 대한 존중과 배려라는 것을.

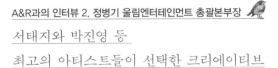

서태지와 박진영 등
최고의 아티스트들이 선택한 크리에이티브

김이나 서태지컴퍼니, JYP를 거쳐 울림엔터테인먼트까지…… 경력이 화려하십니다. 성공한 A&R의 아이콘 같아요.

정병기 그래도 우리나라 최고의 A&R은 SM 이성수 실장이죠.(웃음)

김이나 이 일은 처음에 어떻게 시작하게 되셨나요?

정병기 PC통신 시절부터 음악게시판에 글을 썼습니다. '평론가'라는 수식어를 스스로 붙일 수 있을 만큼 쓴 적은 한 번도 없었다고 생각하고요. 그냥 음악이 좋아서 음악에 대한 이런저런 글을 쓰다가, 음악평론가 강헌씨가 뭔가 같이 해보면 재밌겠다고 하셔서 그때부터 교류하다가 여기저기 글을 기고하게 됐습니다. 사실 '글쓰는 걸 업으로 삼겠다' 이런 목표는 없었던 것 같고, 순전히 재밌고 신나서 했던 일이었어요. 그러다 서태지씨가 제 글을 접하고는 직접 연락을 해왔죠.

김이나 서태지컴퍼니측이 아니라 서태지씨가 직접 연락을 했다니 뭔가 신기하네요.

정병기 네 뭐, 직접 연락을 주셨고…… 당시 서태지컴퍼니가 막 설립됐을 때인데, 여러 분야의 최고전문가들로 구성돼 있었어요. 저는 사실 그중에 서태지씨가 직접 뽑은 예외적인 케이스였죠. 당시 나이가 스무 살이었고 이쪽 일 경력도 없었으니까요.

김이나 그때부터 A&R을 시작하신 건가요?

정병기 당시(서태지 6집 〈울트라맨이야〉 발매 시)만 해도 A&R이라는 개념은 거의 없었고요, 콘텐츠 기획을 담당했습니다. 본격적인 A&R 업무를 맡은 건 그 이후 박근태 작곡가의 개인 A&R로 일하면서부터였어요.

김이나 개인 A&R이라니, 독특한데요.

정병기 당시 박근태 작곡가에게 일이 굉장히 많이 들어올 때였어요. 특히 일이 앨범 단위로 들어오는 경우가 대부분이어서 팀을 이뤄서 체계적으로 일을 하고 싶어하셨죠. 그러다 저에게 같이 일하자고 제안하셨고요.

정병기 울림엔터테인먼트 총괄본부장

김이나 당시에 주로 했던 일은 어떤 것이었나요? 회사가 아닌 한 작곡가의 A&R이라니, 뭔가 생소하기도 하네요.

정병기 박근태 작곡가가 워낙 그런 쪽으로 개념을 빨리 잡기도 했고요. 당시 했던 재미있는 일 중에 이효리씨랑 작업했던 〈Anymotion〉이 있네요.

차은택 감독, 박근태 작곡가와 함께 새로운 개념의 광고음악을 만들면 어떨까 생각했어요. 요즘에야 광고 콘텐츠가 워낙 다양해져서 그다지 새로운 일이 아니지만, 당시에는 꽤 혁신적이고 신선한 개념이었거든요. 제일기획 쪽에서 광고음악 제작 의뢰가 들어왔는데, 저희가 그걸 확장시킨 거죠.

기존 광고에서는 애니콜 상품을 전면에 내세우고, 음악은 백그라운드로 깔리는 개념이었는데, 그걸 뒤집어보면 어떨까 생각했습니다. 스토리가 있는 뮤직비디오와 하나의 곡으로 승부할 수 있는 퀄리티의 노래, 그 안에 애니콜이 살짝 숨겨져 있는 식으로요.

김이나 그때 〈Anymotion〉 센세이셔널했죠. 곡이 히트를 친 건 물론이고, 비디오도 엄청난 화제였고요. 완전히 색다른 기획마인드로 음악에 접근하셨군요?

정병기 어릴 때라 가능했던 아이디어인 것 같아요. 지금은 사실 꼰대가 다 됐거든요.(웃음) 해선 안 되는 것들이 본능적으로 떠오르고, 제어되고 하다보니, 신선한 아이디어라는 게 나오긴 힘들어진 게 아닐까 싶어요.

김이나 JYP 재직 당시 많은 제작자들이 탐내는 A&R이셨어요. 그즈음에 A&R의 존재감도 업계에 부각되기 시작했던 것 같고요.

정병기 A&R을 가장 전문적으로 시스템화한 건 SM이죠. 십 년 전부터 그쪽에 투자하고, 실제로 '시스템'으로 정착시키는 데 성공한 건 단연 SM이라고 생각합니다.

JYP는 '비'가 독립하는 시점쯤에 회사 내에서도 스태프 구성에 변화가 있던 때였어요. 연이어 제 입으로 말하자니 자랑 같지만, 박진영씨가 이메일로 연락을 해왔고요.

김이나 A&R 업무를 맡아달라고 한 건가요?

정병기 아니요. 처음에는 그냥 이야기해보고 싶다, 정도로만 연락 주신 건데, 얘기하다가 제가 인디레이블을 만들고 싶다는 말을 했습니다. 그때 욕심났던 일이거든요. 박진영씨는 그럼 그 일 나랑 같이 하면 어떠냐고 불러주셨는데…… 회사가 급변하던 시기이다보니 JYP 일을 그냥 하게 됐죠.

김이나 입사했을 때는 A&R 시스템이 만들어진 상태였나요?

정병기 그렇진 않았고, 제가 팀을 꾸려서 만들었습니다. 처음 했던 작업은 원더걸스의 〈Tell Me〉였어요. A&R팀이라는 이름을 붙이진 않았고, 크리에이티브팀이었습니다. 그 팀에 A&R과 비주얼 디렉팅팀이 포함돼 있었죠. 저는 지금도 A&R이 비주얼 쪽의 일에도 깊이 관여하게끔 일하는 스타일이에요. 그 두 가지 일이 분리될 수 없다고 생각하거든요.

김이나 박진영 프로듀서도 상당히 까다로운 분이라고 정평이 나 있는데, 함께 일하니 어떠셨나요?

정병기 본의 아니게, 운좋게도 저는 처음부터 당대 최고의 뮤지션들이랑 일할 수 있었어요. 서태지씨나 박근태씨나…… 두 분 다 보통 센 분들은 아니잖아요.(웃음) 박진영 프로듀서도 만만치 않게 예민하고 까다로운 분이셨습니다만, 이전의 이력이 도움이 많이 됐던 것 같습니다.

박진영 프로듀서의 장점은 자기 곡을 객관화하고자 노력을 많이 하는 사람이라는 거예요. 곡을 쓰고 늘 저한테 모니터를 맡겼는데요. "형, 이건 좀 아닌 것 같아요"라고 하면 "오케이, 다시 쓸게" 하고 바로 재작업을 하셨으니까요. 보통 곡 쓰는 사람들은, 그렇게 하기 힘들거든요.

김이나 박진영 프로듀서의 성격이라기보다는, 그분이 판단하기에 본부 장님이 모니터링을 맡길 만하다는 신뢰감이 있었기 때문 아니었을까요?

정병기 그럴 수도 있겠습니다만, 체계적이고 객관적인 모니터를 하는 하나의 '팀'에 대한 필요성은 느끼셨던 것 같습니다.

김이나 A&R을 지망하는 사람들에게 조언해주시겠어요?

정병기 이쪽 일의 특성상 결과물에만 매혹되는 사람들이 많아요. A&R은 그 결과물을 만들어내기 위해 지루하고 고단한 일을 해내야 하는 직업이구요. 이건 좀 동떨어진 얘기일 수도 있는데…… 사실 저는 이런 이야기를 어떤 매체를 통해 말하는 것 자체에 거부감이 있어요. (웃음) 이 일을 하고 싶어하는 사람들은 알아야 하는 얘기지만, 대중들이 다 알 필요는 없는 얘기 같거든요. 한마디로 적당히 환상도 있어야 하는 일 같아서요. 제가 무슨 일을 하는지, 어떤 곡이 탄생하기까지 현실적으로 뒷얘기가 어떠했는지는 순간적으로는 재미있겠지만, 장기적으로는 좋지 않을 것 같아요.

어쨌든 질문을 받았으니 답변을 드리자면…… 일반적으로 흔히들 꿈꾸는 A&R로서 하는 일들, 이를테면 창작자들과의 활발한 토론, 아이디어를 내고 실현시키는 일 등은 신입 A&R에겐 일어날 수 없는 일이라는 걸 알아야 합니다. 저는 개인적으로 4, 5년은 옆에서 보고 듣고 배워야 비로소 아티스트들과 직접적으로 교류하는 A&R이 될 수 있다고 생각해요. 실제로 여기(올림엔터테인먼트)에서도 팀을 꾸린 지는 2년 정도 되었으니…… 앞으로 2년 정도는 더 제가 직접 실무를 볼 예정입니다. 아티스트들을 직접 상대한다는 게 생각보다 예민한 작업인데다가, 제작사 입장에선 그 결과물이 너무 중요한데 그걸 '신입에게 주는 기회'라는 명목으로 떡하니 맡길 수는 없거든요. 그냥 '아이디어를 내는 사람'이라고 생각하면 절대 안 돼요. 아이디어는 많은 사람들이 내는데, 그중에서 현실화할 수 있는 것들을 가려내는 것이죠. 그리고 그것들을 현실화하는 것은 하나하나 경험치가 필요한 일들입니다. 하지만 저는 A&R로서 느끼는 성취감은, 배우는 시간 동안에 느끼는 힘듦 이상이라고 생각해요.

김이나 그 배우는 시간을 '내가 왜 이런 일을 해야 하나' 하고 받아들이는 사람과 '이런 걸 배우고 있구나' 생각하는 사람이 있는데, 분명 차이가 있는 것 같아요.

정병기 그렇죠. '만드는 과정' 자체에 스태프로서 흥분하는 사람들은 따로 있다고 생각해요. 그게 A&R의 덕목이라면 덕목이겠죠. 하지만 저는 굳이 인고의 시간, 예를 들어서 긴긴 녹음 시간 동안 녹음실에서 계속 앉아 있는 일, 믹싱실에서 대기하는 일이 꼭 필요한가 싶긴 해요. 사람을 굉장히 지치게 할 수 있거든요. 저희 오너(이중엽 대표)는 꼭 필요하다고 생각하는 것 같아서, 제 팀원들도 여전히 그렇게 하고는 있지만요.

김이나 SM의 이성수 실장님은 정병기 본부장님의 A&R로서의 탁월한 장점으로 음악에 대한 해박한 지식과 객관적인 시선, 기획력을 꼽았습니다. 그렇다면 본부장님이 보는 이성수 실장님의 탁월한 면은 어떤 부분일까요?

정병기 SM에는 아주 많은 팀들이 있죠. 그런데 그 한 팀 한 팀을 제각기 세그먼트를 나눠서 철저하게 그들만의 색깔을 정의할 수 있게 한 데 이성수 실장의 공이 크다고 봅니다. 그러면서도 그 나뉜 색깔들을 모아 놓고 보면 SM만의 독보적인 컬러가 있고요. 이성수 실장은 개별 가수들에게 철저히 집중하면서도, 회사와 업계, 대중의 시선까지 동시에 멀리 내다볼 줄 아는 A&R이죠.

김이나 신입사원을 많이 고용하시는 편인가요?

정병기 저는 전부 신입으로 팀을 꾸렸습니다.

김이나 A&R로서 보는 '좋은 가사'란 무엇인가요?

정병기 누가 뭐래도 저에게는 최근 가장 좋았던 가사는 엑소의 〈으르렁〉입니다. 그 안에 비주얼 콘셉트, 팀 색깔, 곡 정서 등이 다 녹아 있거든요. 사람들은 보통 '시와 비슷한 형태의 가사'를 좋은 가사라고만 인식하는데요, 그건 발라드 곡에 한정된 얘기죠. 가사는 곡을 잘 살리는 게 최우선인 글이어야 한다고 생각해요. 저는 작사가들이 발라드곡에 가사를 쓸 때 훨씬 쉬울 거라고 생각하는데, 어떠세요?

김이나 맞아요. 발라드에서는 이야기를 풀 수 있는 여지, 공간이 많으니까요. 댄스곡은 그 '여지'가 참 좁죠. 하지만 댄스곡 가사로는 욕먹기 십상이긴 해요.(웃음)

정병기 이 말이 좀 뻔하거나 유치하게 들릴 수 있는데…… 저는 곡 자체에 이미 스토리나 이미지가 다 들어 있다고 생각하거든요?

김이나 전적으로 동의합니다. 늘 "이 가사는 어떻게 썼어요?"라는 질문에 "곡이 가진 느낌을 쓴 거예요"라고 말해와서, 제 답이 좀 허무하진 않을까 생각했거든요. 비유하자면, 저는 작사가는 어떤 의미에서는 일종의 복원예술가라고 생각해요. 왜 옛날 미술작품들에서 본래의 색깔을 찾아내는 예술가들 있잖아요. 작사가도 그런 면이 분명히 있죠. 저는 작사가가 2차 창작자라고 생각해요. 어떤 곡이 있고 그 곡의 성격을 잘 끌어내는 게 작사가의 업 중 하나라고 봤기 때문인데요. 그런 부분을 명확히 짚어주신 것 같습니다.

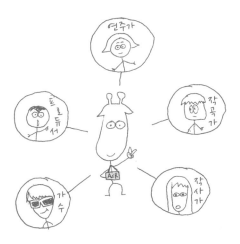

날마다 데드라인,
잘 쓰고 빨리 써야 살아남는다

음반을 만드는 과정의 디테일은 회사에 따라 조금씩 다를 수 있지만
공통 순서는 같다. 이 과정을 알면, 작사가라는 직업에 대한 이해도도
더 높아질 수 있으니 짚고 넘어가보자.

1. 회사측(프로듀서, 제작자, A&R)이 작곡가들에게 곡을 의뢰.
2. 작업된 곡들을 모아 회사 내 모니터를 통해 수록곡을 결정.
   이 단계에서 많은 곡들이 탈락.
3. 회사측 또는 작곡가가 작사가에게 가사를 의뢰.
4. 작곡가와 회사의 모니터를 통해 가사 결정.

이 단계에서 많은 가사들이 탈락.

5. 보컬 녹음.

6. 세션 녹음. (때로 5, 6 순서 변경)

7. 믹싱/ (비슷한 시기에) 재킷 사진 및 뮤직비디오 촬영.

8. 마스터링.

9. 재킷 및 CD 인쇄, 제작.

10. 음원 발매.

음원 발매 시기는 대체로 몇 개월 전에 정해지고 이는 변경하기 어렵다. 방송국 컴백무대 스케줄, 음원사이트와의 마케팅 스케줄 등을 미리 잡아야 하는데다 변경도 어렵다. 피치 못하게 변경하는 경우, 많은 불이익과 금전적 손해를 본다. 하루에도 수없이 많은 음원들이 발표되니, 당연한 일이다. 음반 제작이라는 것이 골치 아픈 게, 모든 과정 중에 계획대로 진행되는 일이 참 없다. 설계도가 먼저 나오고 그에 따라 각자가 무언가를 만드는 일이 아니다보니, 마음에 드는 곡이 나올 때까지 수 개월을 기다려야 하는 경우가 허다하다. 심지어 정해졌던 콘셉트가 다양한 이유로 틀어지다가 중간에 모든 게 무산되기도 한다. 이외에도 무수히 많은 이유로 음반 제작 일정은 늘 꼬이고 또 꼬인다. 약속된 날짜에 음반이 나오지 않아서 발을 동동 구르는 팬들의 입장에선 늘 답답한 일이겠지만, 회사에서도 일부러 게으르게 일하거나 천천히 음반을 내고 싶어서 그러는 게 아니니 서로 답답한 노릇일 테다.

가수가 녹음하는 단계 직전에 놓여 있는 과정이 '작사'다. 즉 작사가들은 데드라인에 매우 가까이 있다. 시간이 많이 주어지는 일이 드물다는 뜻이다. 너무 촉박하고 힘들 때는, 안 써도 된다. 나 아니더라도 가사를 맡길 사람은 많을 테니. 하지만 작사가가 이 기한을 맞추지 못하면 자신의 기회와 신뢰를 잃는 것이다. 따라서 작사가에게는 빨리 쓰는 것 또한 능력치 중 하나이다.

물론 기한을 맞춘다고 해서 다 되는 것은 아니다. 마치 '원서를 넣는 일'과 같다고 보면 된다. 픽스(내 가사로 녹음이 확정되는 일) 여부는 늘 안갯속에 있다. 나는 여전히 이것을 기다리는 시간이 짜릿하고 초조하다.

내가 잘 못 썼거나 기한을 못 맞춰서 작업조차 못한 음원이 여기저기서 울려퍼질 때의 기분은 참으로 묘하다. 솔직히 말해서 어떨 땐 뼈아프게 아깝다! 고로 작사만으로 잘 먹고 잘살길 바란다면, 잘 쓰고 빨리 써야 한다.

다섯 곡 중 하나 꼴로 '녹음이 내일이다'라며 데모를 보낼 정도로 이 일은 늘 급박하게 돌아간다. 그래서 나는 웬만하면 선약을 잘 잡지 않는다. 녹음 당일에 급하게 수정해야 하는 경우도 있고, 꼭 녹음실에 가야 하는 일도 생기며, '내일까지' 가사를 마무리해야 하는(심지어 오늘밤 내로 보내달라는 요청까지!) 의뢰도 잦으니 말이다. 하지만 이 모든 것도 일이 많을 때의 얘기고, 일이 많다는 건 감사한 일이니 사적인 약속을 미리 잡기가 어려운 정도야 감수해야 하지 않겠나?

정신없이 일하다보면 아무 생각 없이 며칠이고 늘어지고 싶은 마음이 들지만, 막상 한가한 시간이 2주일을 넘기면 불안해진다. 이 일은 특히 시류와 트렌드에 민감하기 때문에, 아무리 경력이 많고 노하우가 있다 한들 소용없다. '잘 써왔던 사람'이라는 것보다 지금 당장, 오늘 잘 쓰는 사람의 가사가 필요한 것이다. 실은 나는 오늘도, 지금 이 글을 쓰고 있는 순간에도 불안하다. 일이 즐거운 만큼 욕심도 커진다.

눈으로 읽는 글과
귀로 듣는 글의 차이

많은 사람들이 작사에 대해 가장 많이 하는 질문 중 하나가 바로 이
거다.

"이 노래는 가사를 먼저 썼나요, 곡을 먼저 썼나요?"

정답은 98%의 경우 '곡이 먼저 나오고 가사를 거기에 맞춰 썼다'이
다. 더군다나 전문 작사가인 경우, 당연히 '완성된 곡'에 대한 가사를 의
뢰받는 입장이니 100%라고 보면 된다. 사람들이 일반적으로 생각하는
'작사'는 아무래도 방송에서 극히 일부의 '싱어송라이터'들이 말하는 작
사에 관한 에피소드를 바탕으로 해서인지 약간은 왜곡돼 있다. 작사를
하는 순서가 크게 상관없다고 생각하거나, 아니면 순서에 대한 의문조

차 아예 갖지 않는 것 같다. 작사가들은 가사를 쓰다가 '이 말은 이대로 살리고 싶은데 멜로디 음절이 조금만 더 길어질 순(혹은 짧아질 순) 없을까 하고 상상만 해볼 뿐이다. 하지만 이게 싱어송라이터들에게는 가능한 일인 것이다. 때때로 부러운 점이다. 싱어송라이터라고 해도 생각나는 문장을 멜로디로 죄다 살릴 수는 없겠지만, 확실히 글자 수에 대한 제약은 적을 것이다. 그들은 작사가이자 멜로디의 주인이기도 하기 때문이다. 스스로 부를 곡이니 좋은 가사가 나오면 그에 맞춰 멜로디를 조금씩 수정해나가며 작업하는 게 가능하다. 물론 전문 작사가들은 글자 수 제약으로 스트레스를 받아서 서로 이런 얘기를 하다가도 결론은 '꼬우면 멜로디 쓰든가!'라고 내린다.

나 또한 싱어송라이터가 되어본 적은 없으니, 뭐가 더 어렵고 뭐가 더 쉬운지는 알 수 없는 노릇이다. '아무리 그래도 좋은 가사가 나오면 그에 맞게 멜로디를 조금씩 고치면 되는 거 아닌가?'라고 생각할 수도 있지만, 그게 말처럼 간단한 게 아니다. 작곡은 듣는 사람에게나 감상적인 콘텐츠이지 만드는 사람에게는 수학 같은 일이다. 멜로디의 음절 수가 달라지면 밸런스가 깨진다.

자, 어쨌든 작사가가 데모를 받으면 일차적으로 해야 하는 일이 주어진 곡의 멜로디에 맞는 가사의 정확한 음절 수를 추정하는 작업이다. 이를 '자수를 딴다'라고 말한다. 내가 하고 싶은 말이 아무리 산더미같이 많아도, 주어진 음절 수 안에 끼워넣지 않고선 글이 될 수 없는 것이 '가사'다. 자수는 작사가가 임의로 정할 수 없다. 작곡가가 의도하는 자수의 정답은 대체로 정해져 있다. 드물게 작업중에 수정되는 경우가 있긴 하지만, 말한 대로 아주 '드문' 경우인데다 수정돼봤자 한두 글자다. 자수의 개념은 피아노 악보를 상상하면 쉽다. 오른손으로 치는 '멜로디'의 음표 개수가 바로 음절이다. 하지만 악보에서도 음표 수는 두 개지만 이음표가 붙어서 연음이 되는 부분이 있다. 노래로 치자면 악보상으로는 건반을 두 번 치는 멜로디이지만, 글자 수로는 한 음절로 쳐야 하는 부분이 있다는 말이다. 반대로 한 글자여야 하는 부분에 자기가 어떤 말을 하고 싶다고 해서 두 글자를 끼워넣을 수도 없다. 초보 작사가 시절 가장 어려운 부분이 이 '자수를 따는' 작업이다. 심지어 나는 십 년을 썼는데도 어떤 곡의 경우는 아직도 자수 맞추기에 틀려서 수정 요청을 받는다.

바로 떠올릴 수 있는 팝송을 예로 들어보자. 마이클 잭슨 외 다수가 부른 〈We are the world〉의 후렴구 파트 가사는 다음과 같다.

We are the world, we are the children
We are the ones who make a brighter day,
so let's start giving

이 부분을 '음절'과 '자수'로 표기하면,

○○○○, ○○○ ○○
○○○ ○○○○ ○○○
○○○ ○○

이런 구조가 된다. 나는 본격적으로 가사를 쓰기 전에 '1234, 123
45'와 같이 음절에 숫자를 붙여 불러보곤 한다. 숫자로 재구성된 가이
드는 정확한 자수를 따는 데 큰 도움이 된다. 그리고 비록 '○'으로 표기
했지만, 띄어쓰기가 보일 것이다. 띄어쓰기는 음절 간의 리듬이나 쉬어
부르는 구간을 구분하는 역할을 한다. 이것을 예민하게 고려하지 않고
문장 욕심만 부리면, 흔히들 표현하는 '아버지가방에들어가신다'와 같
은 오류를 범하게 된다.

다시 〈We are the world〉로 돌아가, 저 노래가 유명한 팝송이 아닌
한 작곡가가 준 데모라고 상상해보자. ○표시와 띄어쓰기에 맞게 문장
을 만들어보는 거다. 우선 띄어쓰기를 무시하고 쓴 다음 문장을 위 멜
로디에 따라 불러보자.
"그대와 내가 만든 세상"
겉보기엔 아무 문제가 없는 문장이지만, 멜로디에 맞춰 부르면 엉망
이 된다. '그대와내/가만든―세상' 이렇게 들리는 가사가 될 테니.
같은 내용을 저 멜로디에 맞는 가사로 쓴다면, '그대와 나, 커다란 하
나'가 적절한 것이다.
어떤 곡은 이 자수 따는 작업이 매우 쉽고, 어떤 곡은 아무리 들어

도 헷갈린다. (댄스곡의 경우 자수 따기가 애매한 경우가 많다.) 이런 경우 작곡가에게 전화를 걸어 상의하면 된다.

　많은 사람들이 '개사' 작업을 '작사'로 혼동하고 연습하는 경우를 본다. 이미 가사가 붙어 발표된 곡의 가사를 바꿔보는 작업은, 비치는 종이에 밑그림을 따라 선을 그리는 그림과도 같다. 자기만의 표현을 연습해보는 의도라면 말릴 게 없지만, 작사가로서의 기본기를 다져나가고 싶다면 추천하지 않는 방법이다. 이미 띄어쓰기와 자수 구분이 되어 있는 곡에 가사를 쓰는 것과, 그게 없는 상태로 스스로 가사를 쓰는 일은 천지 차이다. '자수 따기' 훈련에 가장 좋은 방법은 팝송을 개사하는 것이다. 여기서부터는 글로만 설명하면 헷갈리는 부분이니 잘 읽고, 예로 드는 곡들을 다시 잘 들어보자.

　영어를 한글로 풀어 쓸 땐 2~3음절인 자수가 발음으로는 1음절인 경우가 있다. 앞서 예로 든 〈We are the world〉만 봐도, 가사 중 'children'은 그대로 받아쓰자면 '칠드런', 3음절이지만 발음상으로는 '칠/드런' 2음절인 멜로디이다.

　하나만 더 예를 들겠다. 브라운아이드걸스의 〈My Style〉에는 "넌 내 스타일이야, 딱 내 스타일이야"라는 가사가 있다. 이 부분은 데모 가이드에서 "유고슬라비아, 아랍 사람이야"라고 녹음되어 있었다. (당시 이 곡을 쓴 이민수 작곡가가 한국-유고 전 축구를 보고 있었다고 한다……) 가이드를 글로 옮겨 쓰면 글자 수가 여섯 글자, 여섯 글자이지만, 소리

내 부를 자수는 '다섯 글자+다섯 글자'다. 이유는 '슬라'와 '사람'이 글자로는 두 글자이지만, 가이드를 들어보면 한 음절로 빠르게 흘려 부르는 부분이기 때문이다. 즉, 띄어쓰기로 표기하자면 '유/고/슬라/비/아', '아/랍/사람/이/야'인 것이다.

심지어 거기에 붙인 가사("넌 내 스타일이야, 딱 내 스타일이야")는 글로 써보면 일곱 글자+일곱 글자다. '방금 소리내 부를 자수는 다섯 글자+다섯 글자라고 하지 않았냐!'라는 의문이 드는가? 이는 '스타일'이 글자로는 3음절이지만 발음상으론 1음절인 단어이기 때문이다.

물론 '스타일'이라는 단어를 3음절로 풀어 부를 수도 있지만, 그렇게 하면 가사가 촌스럽게 들린다. 이효리의 〈미스코리아〉 후렴구 가사 중 "Because I'm a Miss Korea"에서 'Miss Korea'를 '미/스/코/리/아'라고 5음절로 풀어 부른 것이 불편하게, 혹은 촌스럽게 들린다는 사람도 있었다는 점을 떠올리면, 이게 어떤 느낌인지 대충 감이 올 것이다. 나는 이 곡에서는 그 발음이 한국의 어르신들이 '미스코리아'라는 단어를 발음해온 특성을 그대로 반영한 의도적 장치였다고 생각한다. 뮤직비디오 느낌이 복고풍인 것만 봐도 그렇다. 하지만 그런 기획의도 없이 뮤직비디오나 무대를 현대적으로 풀 작정이었다면? 그런 경우 나였다면 저 부분을 "Because I am a MissKorea"라고 쓰고 'Miss'를 한 음절로 사용했을 것이다.

영어 단어가 가사에 들어가는 경우는 아주 많다. 아예 영어 문장이 통째로 들어갈 때도 있고, '스타일' '게임'처럼 흔하게 통용되는 외래어가

한글 문장 사이에 들어갈 때도 있다. 이런 경우 단어를 '스타일리시하게' 다루는 감은 전적으로 개개인의 몫이다. 많이 듣고 써보고, 무엇보다 스스로 불러보라. 가사는 '쓰는' 글이 아니다. '부르고 듣는' 글이다.

아, 이 부분은 글로 설명하기 정말 어려웠다. 하지만 나 또한 거듭된 작업을 통해 '감'으로 얻은 부분인지라, 한 장이 아니라 한 권의 책으로 쓴다 한들 완벽하게 설명하긴 어렵다. 앞서 말한 대로, 외국곡(자신이 전혀 못 알아듣는 외국어일수록 좋다)에 가사를 붙여보는 연습을 하고, 가사를 완성하면 멜로디에 맞춰 따라 불러보라. 심지어는 처음엔 스스로 이상하다고 여기지 못할 수도 있다. 주변 사람들을 붙잡고 모니터를 해서라도 감을 익히고 또 익혀라. 한두 번이라도 이런 방법으로 습작해본 다음 이 장을 다시 읽으면, 흡수되는 양이 다를 것이라고 믿는다.

작사가 전문용어 사전

제목만 보고 마치 거창한 용어들이 나올 거라 예상했다면 사과부터 하겠다. 더불어 한글을 너무 사랑하는 독자들에게는 불편한 장이 될 수 있음을 경고한다. 이 장은 이 업계에 발을 디디면 많이 듣게 될, 더불어 내가 작사에 대한 이야기를 하면서 수시로 쓰게 될 업계용어 사전이다. 가요에 관심이 아주 많은 사람들에게는 이미 익숙한 말들도 있겠고, 비속어와 외국어에서 유래한 정체불명의 말도 많다. 외워두라는 의도의 장은 아니지만, 보다 사실적인 설명을 위해 이 책에서 내가 피하지 않을 단어들이니 숙지해두면 좋겠다. 게다가 의뢰인들의 요구를 100% 이해하기 위해서라도 알아두면 좋으니, 왜 굳이 저런 이상한 단어를 쓰지? 하는 의문은 잠시 접어두고 읽어보시라.

데모—날것 상태의 음원

미완성 단계의 곡으로, 제작자에게 들려주기 위한 용도의 음원이다. 한 곡을 완성하는 데에는 곡에 따라 엄청난 시간과 돈이 들어가므로, 제작자들은 녹음이 확정되기 전 이 '스케치' 버전의 데모로 곡의 채택 여부를 결정한다. 작사가들이 받는 음원도 '데모'다. 'Demo'라는 표현은 '시연' 등의 뜻으로 많이 쓰이는 표현이니 쉽게 와닿을 것이다.

이 '데모'의 느낌은 완성곡과 완전히 다를 수도 있고, 거의 완성단계에 가까운 경우도 있다. 예를 들어 데모에서는 심플한 피아노 반주로만 구성된 발라드가, 모든 녹음이 완성된 후에는 풍부한 오케스트라에 박진감 넘치는 리듬이 추가되는 경우가 있다. 작곡가나 제작자가 귀띔해주는 경우도 많지만, 나는 곡의 감정선을 잡기 위해서 "편곡은 많이 변할 예정인가요?" 하고 꼭 미리 체크한다. 소근대는 말투로 쓴 가사가 30인조 오케스트라 편곡과 만나면 굉장히 난감하지 않겠는가.

가이드—외계어 속의 힌트 찾기

보컬의 멜로디가 이러이러하게 진행될 것이라고 누군가가 시범으로 먼저 불러놓은 것이다. 아무 뜻이 없는 외국어(혹은 외계어)로 녹음돼 있는 경우가 많은데, 이 안에 발음디자인의 힌트가 많이 숨어 있다. 작곡가가 이 발음이 이 멜로디에 최선이라고 생각하고 만든 '스케치'이므로, 가이드에 최대한 어울리는 발음을 찾아가며 가사를 쓰면 좋다. 경우에 따라 웃음이 '빵' 터질 정도로 막 불러서 보내주는 사람도 있고, 웬만한 가수는 이 느낌을 내기 힘들 정도로 완성도 있는 가이드가 올 때도 있다. 특히 외국인 작곡가의 곡인 경우 별 뜻은 없고 듣기에 좋은 말들을 외국 가이드 가수가 불러놓은 데모가 많다. 가사를 유심히 듣지 않으면 언뜻 완성된 팝송처럼 들리는 상태라고 생각하면 된다. 이럴 때 개인적으로 가장 힘들다. 그 가이드만이 곡에 최적화된 것처럼 들려서, 다른 말(특히 한글)을 넣어서 부르면 느낌이 확 달라지기 때문이다. 나는 노래를 잘 부르고 말고를 떠나서 작곡가가 이상한 말로 녹음해놓은 가이드가 작업하기에 가장 편하다. 가사를 입혔을 때 어떤 느낌이었으면 좋겠는지를 가장 직접적으로 표현해줄 수 있는 사람은 작곡가이기 때문이다.

라임이란 일종의 각운, 압운이다. 라임을 잘 쓴다 함은 문장이나 단어의 일정한 위치에서 같은 발음을 되풀이하여 그 부분에 대한 주목도를 높이는 기술이 좋다는 뜻이다. 힙합 뮤지션들은 멜로디보다 가사만으로 많은 것을 표현하는 데 익숙하므로 이들의 랩 가사를 많이 보면 라임에 대한 이해도를 높이는 데 큰 도움이 될 것이다. 곡에 따라서 '라임에 많이 신경써달라'는 주문을 받는 경우가 있는데, 이때는 깊이 있는 문장보다 발음에 더 신경써야 한다는 말이다. 1차원적인 라임이긴 하지만 가인의 〈피어나〉 가사 중 "넌 내가 선택한 <u>우주</u>, 안아줄래 <u>would you?</u>"에서 밑줄 친 부분이 라임의 쉬운 예다. 멜로디가 반복되는 부분은 대체로 이 라임을 잘 맞춰서 써야 멜로디를 잘 들리게 하는 좋은 가사가 된다.

일전에 큰 이슈가 되었던 힙합 신의 '컨트롤 비트^{control beat}' 대란 때를 기억하는가? 당시 래퍼 이센스가 다이나믹 듀오의 최자를 향해 "네 옆의 랩퇴물"이라고 디스했더니, 다이나믹 듀오의 다른 멤버인 개코가 재치 있게 "내 옆의 랩대물"이라고 응수했다. 핫이슈를 만들어낸 핫라임이라고 볼 수 있겠다.

야마—창작자들이 목숨 거는 그것

가사의 매력도를 뜻한다. 기자들끼리는 데스크에서 '기사의 요점'을 뜻하는 말로 쓴다고 한다. '이 기사의 야마가 뭔데?'라는 식으로.

음악업계에서의 예문은 다음과 같다.

"전체적인 감정이 분명한, 귀에 잘 들어오고 부르기에도 쉬운, 대중들이 익히기 쉽고 매력적인 가사를 써주세요."

진실→ 야마 있게 써줘.

"가사가 좋긴 한데 뭐랄까 딱 꽂히는 한 부분 없이 풀어져 흐르는 느낌이에요. 수정해주실 수 있을까요?"

진실 → 야마가 없어. 다시 써.

가사뿐 아니라 곡만 가지고 얘기할 때도 멜로디에 야마가 있다, 없다는 식으로 많이 쓰인다. 모든 제작자들이나 대중음악 창작자들은 늘 이 '야마'에 목숨을 거는 것이다. 수정 요청을 받거나 거절을 당할 때 무슨 뜻인지 정확하게 알 수 없는 변명 비슷한 말을 듣는다면, 그냥 당신의 가사에 야마가 부족했다는 게 진실인 것이니 상처받지 말고 직시하길 바란다. '야마'는 일본어로 '산'인데, 산 정상의 모양새가 클라이맥스로 향하는 느낌을 주는 데서 유래했다는 업계 '카더라' 통신도 있다.

펀치라인—기발하고 튀는 '꽂히는' 한마디

힙합 장르에서 많이 쓰이는 표현이다. 직역하자면 '한 대 맞은 것 같은 느낌을 주는 강한 구절'쯤 되겠다. 인터넷에서 검색해보면 힙합에서 동음이의어를 사용한 중의적 표현을 목적으로 사용하는 가사로, 중의적인 의미를 가지고 있는 낱말(예를 들어 영감, 말, 분수, 밤 등)을 사용해서 자기가 표현하고자 하는 구절을 표현하는 것이라는 설명도 있으니 이 말의 용도에 대한 감을 잡는 데 참고하자. 주로 라임과 언어유희적 표현에 공을 들인 구절이 바로 '펀치라인'이다. 하지만 힙합 장르가 아닌 곡에서도 이 표현은 방금 설명한 '야마'와 비슷한 용도로 쓰일 때가 있다. 기발하고 튀는, 한마디로 '귀에 꽂히는' 한 구절을 표현할 때 쓰인다.

댐핑—일반인과 전문 가수를 가르는 파워

흔히 '땜핑'이라고들 발음한다. 아마도 'damping'이라는 영어에서 유래된 말 같다. 음압, 출력 등을 나타내는 오디오 용어이기도 하다. 소스의 파워가 센 것, 특히 중저음 영역대에서의 파워를 말한다.

음반업계에서는 가수의 목소리에 얼마나 파워가 압축돼 있는지를 뜻하는 말로 쓰인다. 이건 '성량'과는 다르다. 사실 일반인과 전문 가수의 차이는 이 댐핑에서 나오기도 하는데, 스킬이나 음정, 리듬감 등이 좋아도 이 댐핑이 약한 사람들은 프로와 확연히 구별된다. 일반인들이 모창을 하는 〈히든싱어〉 같은 프로그램을 보면(특히 TV로 보면) 스킬이나 목소리는 흉내내도 이 '댐핑'의 차이에서 감별되는 경우가 많다. 작사가들은 종종 '이 가수가 댐핑이 약한 편이라 좀더 센 발음으로 수정해야 할 것 같아요'라는 요청도 받는다. 된소리 발음을 내야만 댐핑이 높아지는 가수도 있기 때문이다.

벌스와 싸비—가사 해부도 1

싸비sabi란 후렴구, 곡의 꽃과 같은 부분이다. 작사가가 가장 힘 있게 '야마'를 줘야 하는 부분이다. 다른 부분보다 이 부분에서 수정 요구가 가장 잦다. 다른 부분을 아무리 잘 써도 후렴이 약하면 머리 없는 인형이나 다름없다. 훅hook, 혹은 코러스라고 칭하기도 하는데, '코러스'는 화음을 넣는 구간이나 중창 부분을 일컫는 다른 용도로 더 많이 쓰이니 주의하자.

싸비와 디 브릿지를 제외한 모든 부분을 '벌스'라 칭한다.

"벌스 부분에선 디테일하게 진행하다가, 싸비에선 쉬운 말이 나와줬으면 좋겠어요"라는 요구사항은 흔하다.

누구나 알 만한 노래로 예를 들겠다.

가사만 봐도 멜로디가 떠오를 곡이니 각 파트의 명칭을 이해하기도 쉬울 것이라 믿는다. b파트는 '브릿지'라고들 말하기도 한다.

요즘엔 a, b파트가 명확하게 나뉘어 있지 않거나 b파트가 없는 경우도 많아서, 나는 a, b파트를 통으로 'verse'라고 표기하고 싸비는 *표시를 한다. 2절의 후렴은 주로 반복되므로 '*repeat'라고 표기하고, 다른 테마가 나와야 하는 마지막 싸비(흔히 '막싸비'라고들 한다)는 **로 표기한다.

하지만 정확한 표기는 작곡가와 통화할 때 구체적으로 어느 부분이라고 서로 길게 설명하지 않고 소통하는 데 도움이 되니, 되도록이면 확실히 하자.

디 브릿지는 마지막 싸비가 나오기 직전 환기해주는 구간을 칭한다. 곡에 따라서 이 부분이 아예 없거나 가사 없이 연주로만 채워지는 경우도 있다.

I believe

작곡 김형석
작사 양재선
노래 신승훈

a 1)
I believe, 그댄 곁에 없지만
이대로 이별은 아니겠죠
I believe, 나에게 오는 길에
조금 멀리 돌아올 뿐이겠죠

b 1)
모두 지나간 그 기억 속에서
내가 나를 아프게 하며 눈물을 만들죠

sabi 1)
나만큼 울지 않기를 그대만은
눈물 없이 날 편하게 떠나주기를
언젠가 다시 돌아올 그대라는 걸
알기에 난 믿고 있기에
기다릴게요, 난 그대여야만 하죠

a 2)
I believe, 내가 아파할까봐
그대는 울지도 못했겠죠
I believe, 흐르는 내 눈물이
그댈 다시 내게 돌려주겠죠

b 2)
자꾸 멈추는 내 눈길 속에서
그대 모습들이 떠올라 눈물을 만들죠

sabi 2) (sabi 1 반복)

d bridge)
나 그댈 알기 전 이 세상도
이렇게 눈부셨는지
그 하늘 아래서 이젠 눈물로 남겨졌지만
이 자릴 난 지킬게요

sabi 3)
그대란 이유만으로 나에게는
기다림조차 충분히 행복하겠죠
사랑한 이유만으로 또 하루가 지나가고
오는 길 잊어도
기다릴게요, 난 그대여야만 하죠

AR, MR

이젠 웬만한 대중들에게 낯익은 용어. AR^{Audio Recorded}은 보컬이 녹음된 버전이고, MR^{Music Recorded}은 목소리 없이 반주만 녹음된 버전이다. 가끔 코러스와 멜로디가 범벅이 돼서 글자 수 확인이 애매한 경우, 코러스가 따로 녹음된 MR을 요청해서 코러스와 메인 멜로디를 확실히 구분하여 작업해야 한다.

이외에도 수많은 '업계 용어'들이 있지만, 작사가로서 알아둬야 할 표현만 정리해보았다. 다 쓰고 보니, 점잔을 빼는 표현들만 쓰기엔 현실적으로 설명하기 힘든 부분이 너무 많다! 아, 마지막으로 가사가 채택되면 '픽스됐다'라고 하고, 거절당하면⋯⋯ '까였다'라고들 한다. 픽스와 까임, 작사가들의 천국과 지옥이랄까.

노래 한 곡은 보통 삼 분 안팎이다. 그 짧은 시간 안에 하나의 캐릭터가 느껴지게 하고, 감정선을 청자에게 전달하는 것은 쉬운 일이 아니다.

가사가 아무리 사랑받아도, 작사가가 만든 디테일을 다 이해해서 그런 것은 아닐 수 있다. 그리고 그건 자연스러운 현상이다. 가사에 내 의도를 구구절절 설명하면 후진 가사가 되니까. 감상자 각자의 상상의 영역 또한 가사에 보탬이 되니까.

그럼에도 불구하고 답답함을 느낄 때가 있다. 이 캐릭터의 뒷얘기를 모두 알릴 수 있다면, 가사가 더 좋게 들릴 텐데, 더 남다르게 들릴 텐데 하는.

OST는 그 갈증을 가장 시원하게 해소해준다. 드라마에서 캐릭터가 모두 설명되고, 가사 전후의 감정선 또한 스토리를 통해 공유한 상태로 노래를 듣게 되니까! OST는 음악 장르가 아닌 하나의 카테고리이지만, 일반 가요와는 다른 특성을 띠는 요소들이 있다. OST곡의 가사를 쓸 때 어떤 것들을 고려해야 하는지, 어떤 점에 힘을 줘야 하는지 이야기 하겠다.

처음 달아본 간판

타이틀곡은 작사/작곡가에게 '간판'이나 마찬가지다. 앞서 '광고판'이 라는 표현도 썼다. '이 곡 제가 썼어요. 저 이만큼 씁니다. 저에게 맡겨 주세요'라고 작곡가들과 프로듀서들에게 알리는 광고판.

작사가의 클라이언트는 일차적으로 작곡가와 프로듀서이지, 대중이 아니다. 나 혼자 하는 예술이 아니기에, 클라이언트 없이는 애초에 일 도 없다는 건 당연한 사실이다. 한두 곡만 발표해서는 이 클라이언트들 이 나를 인지하지 못한다. 게다가 신인인 경우, 합을 맞춰본 경험이 없 기에(음악이란 철저히 합의 결과물이기에) 웬만해선 나를 찾을 일이 없 다. 끌리는 간판을 갖고 있지 않은 이상.

나의 첫 간판은 드라마 〈궁〉의 OST인 〈Perhaps Love〉다. 나의 첫 히트곡. 길거리에서 처음 들은 내가 작사한 노래.

이 곡의 의뢰는 참 희한하게 들어왔다. 놓칠 뻔한 기회였다. 그때도 나는 직장에 다니고 있었다. 퇴근시간이 넘어서 슬슬 일을 정리하려던 중이었다. 낯선 번호로 전화가 왔다. 박근철 작곡가였다. 한 시간 뒤에 녹음을 무조건 시작해야 하는데 아직도 픽스된 가사가 없는 상태다, 혹시 작업이 가능하겠느냐고 물어왔다. "당연하죠, 빨리 쓰겠습니다."

때마침 사무실이라 컴퓨터 앞에 앉아 있었던 게 천운이 아니었을까. 그날 일찍 퇴근했더라면 지하철 안에서 얼마나 원통했을까.

지금 와서 생각해보면 그건 OST라서 가능한 일이었다. 대개는 좋은 가사가 나오지 않으면 녹음이 미뤄지거나, 가사가 픽스된 후에야 녹음이 잡힌다. 하지만 OST는 다르다. 방영일자가 정해지면, 첫 방송 또는 특정 회차에 무조건 그 노래가 나와야 한다. 그래서 OST 작업은 늘 시간에 쫓긴다. 방영 날짜가 다 되어서야 타이틀곡이 정해지고, 가수가 정해진다. 나중에 박근철 작곡가가 알려주길, 나는 혹시나 하는 마음에 맡겨본 사람 중 하나일 뿐이었다. 워낙 급하지만 중요한 곡이라, 이 사람 저 사람에게 다 맡겨보자 하다가 나에게까지 와준 게 아닌가 싶다.

『궁』이라는 만화를 원작으로 한 드라마라는 정보만 받고, 나는 작업을 시작했다. 나는 그 만화를 본 적이 없었다. 하지만 세상도 잘 만났지, 인터넷 검색 한 방으로 해결될 일. 대략의 시놉을 파악하니, 많은 드라마의 러브라인이 그렇듯이 '이 사람과 사랑에 빠질 줄이야' 하는 것이 감정의 골자였다.

아쉬울 게 없는 남자 주인공(주지훈 분)이, 선머슴 같은 여자 주인공(윤은혜 분)에게 서서히 마음이 끌린다는 신데렐라 스토리. 남자 입장에선 당황스러운 마음이 있겠지? '아니 내가 왜 이 사람과?' 여주인공 역시 신데렐라 스토리의 특성상 잘난 남자라고 해서 무조건 넘어가지 않는 캐릭터일 테니 감정선은 크게 다르지 않다.

OST이니만큼 이 노래가 깔릴 장면들을 상상했다. 아마 서로 문득 들어온 낯선 감정에 혼란스러워하는 장면에서 나오겠지. 오해와 어긋남에 힘들어하며 과거를 회상하는 몽타주 신에도 들어가겠지. 결국엔 사랑이 이루어지는 장면에도 들어가겠지.

후렴구는 확정적인 말투보다는 의문형이 좋을 것 같았다. 각 주인공이 혼자 상념에 빠진 장면에 들어가도 어색하지 않도록.

다행히도 가사는 시간에 맞춰 나왔고, 작곡가도 좋아해주었다. 픽스였다. 드라마 OST 타이틀곡이라고 하는데, 그때까지만 해도 믿기거나 와닿진 않았다. 그러다 드라마 〈궁〉의 방영날이 왔고, 그 노래가 처음으로 등장하는 신을 봤다. 아, 그때의 기분이란!

그 정도만 해도 충분히 행복한 경험이었는데, 심지어 드라마가 점점 인기를 끌기 시작했다. 당연히 메인 테마인 그 노래도 사랑받기 시작했다.

OST는 시청자가 드라마에 몰입할수록 점점 좋게 들리는 복리 효과가 있는 장르다. 뒤로 갈수록 점점 극적인 장면에 OST가 등장하며, 그 노래를 들으면 자동반사적으로 드라마의 감정을 떠올리게 되기 때문이다. 로맨스물이면 더더욱 그렇고.

다른 곡들과는 달리 OST는 서서히 인기를 끌어가기에, 나 역시 서서히 곡의 인기를 체감하는 경험을 했다. 어느 날에는 지하철에서 그 곡을 누군가의 벨소리로 듣고, 어느 날에는 미용실에서도 들리더니, 나중엔 길거리 곳곳에서 울려퍼졌다. 개인적으로는 그 노래를 들으면 드라마 속 장면보다 내가 직접 겪은 이 세 장면이 더 선명히 떠오른다. 그만큼 소중한 첫 히트곡이었다.

이 곡이 발표된 이후로, 나는 몇몇 작곡가들에게 곡을 의뢰받기 시작했다. 전화가 오면 벌떡 일어나서 받았던 기억이 난다. 너무 흥분하지 않은 척하느라 애썼지만, 아마 그들도 느꼈으리라, 나의 흥분을.

Perhaps Love(사랑인가요)

작곡 박근철
작사 김이나
노래 하울, J

verse 1)
언제였던 건지 기억나지 않아
자꾸 내 머리가 너로 어지럽던 시절
한두 번씩 떠오르던 생각
자꾸 늘어가서 조금 당황스러운 이 마음

별일이 아닐 수 있다고 사소한 마음이라고
내가 내게* 자꾸 말을 하는 게 어색한걸

후렴 1)
사랑인가요, 그대 나와 같다면 시작인가요
맘이 자꾸 그댈 사랑한대요
온 세상이 듣도록 소리치네요
왜 이제야 들리죠
서로를 만나기 위해 이제야 사랑 찾았다고

> * 스스로에게 하는 말이라는 의미로
> '내가 내게'라는 표현을 썼는데
> 노래방 등에서 '내가 네게'로
> 나오는 걸 많이 봐서 당혹스러웠다.
>
> 김이나의
> 작사노트

verse 2)
지금 내 마음을 설명하려 해도
니가 내가 되어 맘을 느끼는 방법뿐인데

이미 난 니 안에 있는걸 내 안에 니가 있듯이
우린 서로에게 이미 길들여진지 몰라

후렴 1) 반복

d bridge)
생각해보면 (생각해보면) 많은 순간 속에
얼마나 많은 설레임 있었는지
조금 늦은 그만큼 난 더 잘해줄게요

후렴 2)
함께할게요 추억이 될 기억만 선물할게요
다신 내 곁에서 떠나지 마요
짧은 순간조차도 불안한걸요
내게 머물러줘요 우—

그댈 이렇게 많이 (그토록 많이)
사랑하고 있어요 (그대여야만) 이미—

드라마 〈시크릿가든〉의 첫 4회까지 대본과 시놉시스를 받았다. 〈궁〉의 경우 원작이 있어서 대본 없이도 등장인물 파악이 가능했지만, 대본과 시놉을 보고 쓴 가사는 확실히 인물과의 합이 좋다. 드라마 작가가 완성해놓은 '캐릭터'의 성질들이 대본에 고스란히 있기 때문이다. 많은 로맨스 드라마가 그렇듯, 또 〈궁〉도 그랬듯 남자 주인공은 부족할 것 없는 도련님이다. 〈궁〉과 다른 것이 있다면, 스스로에 대한 '자뻑' 지수가 높았다는 점이다. (드라마에서의 '부잣집 도련님'은 뻔한 설정이지만, 이렇듯 히트 작가들의 도련님은 확실한 자기만의 색깔이 있다. 작사가에게 '사랑' 테마가 뻔하지만, 곡마다 다른 색깔을 부여해줘야 한다는 점과 비슷하다.)

내가 대본을 읽으면서 특히 인상 깊었던 장면은 현빈이 혼자 집 주변을 걷고 책을 읽는데, 하지원이 눈앞에 자꾸만 나타나는 장면이었다. 보통 드라마에서는 남자 주인공이 생각에 빠지면 → 여주인공과의 지난 장면이 회상신으로 인서트되고 → 꿈에서 깨어나듯 다시 현재로 돌아오는 형식으로 '상대가 아른거린다'는 감정이 표현됐지만, 이 드라마는 마치 만화처럼 실제로 하지원이 현빈 앞에 나타나는 장면이 등장했다. 즉, 촬영은 실제로 둘이서 하지만, 시청자들은 그것이 현빈의 상상이라는 것을 아는 것이다. 마침 데모의 가이드 또한 발음이 '나타나'와 비슷했다. 최종적으로 "왜 내 눈앞에 나타나"라는 가사가 붙은 구간이 "이

115

마니모또 아따나"로 불리고 있었다. 가이드의 많은 외계어들은, 그 발음에 가까운 말을 입혔을 때 곡이 가장 산다는 점을 작곡가들이 본능적으로 알고 선택한 발음이다. '아따나'라는 말이 '나타나'와 비슷한데다가, 가장 인상 깊은 장면 또한 남자 주인공의 눈앞에 여주인공이 '뿅'하고 나타나는 장면이었으니, 테마는 바로 잡혔다.

여주인공이 아른거릴 때 당황스러워하는 남주인공의 감정은, 많은 드라마에서 쓰이는 감정선이다. 〈Perhaps Love〉 또한 설레는 감정이 당황스러움에서 사랑으로 받아들여지는 과정을 묘사한 가사다. 이렇듯 드라마 속 감정의 흐름은 비슷하지만, 캐릭터가 완전히 다르다. 〈궁〉의 남자 주인공(주지훈 분)은 사랑 자체에 낯선 고독한 남자였고, 〈시크릿가든〉의 남자 주인공(현빈 분)은 좀 놀아본, 자기가 멋있다는 것을 스스로 잘 알고 있는 남자다. 곡의 구조도 완전히 달랐다. 기승전결 구조를 띤 〈PerhapsLove〉와는 달리, 〈나타나〉는 싸비부터 터지고 시작하는 구조다. 그런 경우 가사도 주된 감정이 터지고 그 감정에 대해 파고들어가는 구조를 취해야 한다.

내가 쓴 가사의 노래가 등장하는 드라마라 〈시크릿가든〉을 챙겨봤다. 드라마 2화에 처음 그 곡이 나온다고 했다. 하지원 눈에는 백수건달쯤이었던 현빈이, 처음으로 백화점 사장으로서 모습을 드러내는, 말그대로 '백마 탄 왕자님' 등장 신이었다.

위기에 처한 하지원 앞으로 인파를 가르고 성큼성큼, 처음으로 정장을 차려입은 멋진 현빈의 워킹과 함께 나의 노래가 터져나왔다. 워낙 임팩트 있는 장면과 함께 첫 등장을 해서인지, OST에 대한 반응도 뜨거웠다. OST의 맛은 그런 것이다. 어떤 장면과 만나서 실제 곡이 가진 포텐, 그 이상이 터지는 것을 느끼는 일.

아, 또 재밌는 드라마에 좋은 OST 가사를 쓰고 싶다.

나타나

작곡 윤일상
작사 김이나
노래 김범수

후렴(싸비))
왜 내 눈앞에 나타나
왜 네가 자꾸 나타나
두 눈을 감고 누우면
왜 니 얼굴이 떠올라
별일 아닌 듯하다가
가슴이 내려앉다가
스치는 일인 게 아니라는 걸
그것만은 분명한가봐
사랑인가봐

verse 1)
내 모습이 부족하다고 느낀 적 없었어
하루 끝자락이 아쉬운 적도 없었어
근데 말야 좀 이상해 뭔가
빈틈이 생겨버렸나봐
니가 와야 채워지는 틈이 이상해
삶은 다 살아야 아는 건지
아직 이럴 맘이 남긴 했었는지
세상 가장 나 쉽게 봤던
사랑 땜에 또 어지러워

후렴) 반복

verse 2)
그리 놀랄 건 아닐지라도
그게 너라는 건 믿기 힘든걸
코앞에 너를 두고서도
몰랐던 내가 더 이상해

후렴) 반복

이럴려고 니가 내 곁에 온 건가봐

OST 작사에 관한 팁을 기억하자. 먼저 해당 드라마의 시놉을 파악해야 하는데, 대개는 의뢰 시 시놉시스와 초회 대본을 같이 보내주지만 그렇지 않은 경우 스스로 검색해서 알아봐야 한다. 대체로 드라마 홈페이지가 나왔을 즈음은 되어야 가사 의뢰가 시작되므로 드라마에 관한 사전정보를 알아내는 건 어렵지 않다.

예를 들어 로맨스물일 경우, 보통 각자의 감정이 피어오르기 시작하는 장면부터 노래가 결정적으로 등장하기 시작한다. 극 초반에도 엔딩이나 인트로에 OST가 깔릴 때가 있긴 하지만, 그때는 감정선이 생성되기 전이라 결정적인 역할을 하진 않는다. 처음으로 남녀 주인공이 싱숭생숭 혼란스러워하는 장면에도, 둘의 사랑이 이루어지는 결론(혹은 그 반대의 결론)에도 모두 어울리는 감정선을 잡도록 노력하자. 요즘은 OST가 세분화되며 각 주인공별로 테마가 따로 있고, 러브 테마도 스토리 전개에 따라 여러 개가 들어간다. 질문과 조사를 통해 최대한 많은 정보를 얻어 드라마 영상에 어울리는 글을 쓰는 것이 OST 작사의 관건이다.

2부

좋은 사람들의 삶은 노래로 남는다

; 소통과 관찰의 기록

거장의 삶은 노래가 된다
―조용필, 이선희, 임재범

　극화되는 것만으로도 대중을 사로잡는 인물이 있다. 최근에는 영화 〈명량〉의 이순신 장군이 그랬고, 세종대왕이나 사도세자도 그 예가 될 수 있겠다. 그들의 인생 자체가 더할 나위 없이 좋은 이야기가 되는 것이다.

　연륜이 쌓인 가수들의 노래는 가사에 그들의 실제 모습을 모티브로 넣었을 때 그 몰입도가 배로 커진다. 이미 대중들이 인지하는 그들의 이미지가 존재하기 때문이다. 이런 작업의 경우, 특히 가사 몰입도가 더 큰 발라드일 경우 실제 그들의 입에서 나올 법한 이야기를 쓰는 것이 좋다. 의뢰할 때 그런 요구가 붙어서 오기도 하고, 상업적으로도 유리하다. 말 그대로 '살아 있는 전설'인 사람들이니, 그 이미지만큼 좋은 캐릭터 베이스가 어디 있겠는가.

흠결 없는 전설, 조용필

조용필 선생님 곡의 가사를 의뢰받았던 순간의 기분을 굳이 설명하진 않겠다. '조용필 선생님과의 작업'이라는 책을 따로 써도 될 만큼 만감이 교차했던 순간이었으니 말이다. 솔직히 처음엔 욕심이 나기보다는 어깨가 무거웠다. 내 이야기 바구니에 담을 수 있는 분이 아니라는 생각이 들었고, 어떤 표현을 써도 유치하게 느껴졌다. 실존하는 거장 '조용필'의 모습에 압도되는 것 같았다. 심지어 데모는 깊은 감정이 배어나와야 하는 진중한 스타일의 발라드곡이었다. 나는 데모를 처음 들은 순간의 느낌이 날아가기 전에 가사를 써야 하는 스타일이라, 작업하려고 엉덩이를 붙이기 전까지 데모를 듣지 않는 고집스러운 습관이 있는데, 이 곡은 고민이 많이 필요해서 본격적으로 작업을 시작하기 전에 정말 많이 반복해서 들었다.

담담하게, 감정을 꾹꾹 누르는 식으로 전개되다가 후렴에서는 울부짖듯 터지는 느낌의 멜로디였다. 다른 가수의 노래였다면 이별 후 회상하며 가슴 아프다는 이야기를 썼겠지만, 조용필 선생님이 부를 곡인데 그 정도의 서사는 너무 가벼울 것 같았다. 그래서 처음에는 누군가를 위로하는 이야기를 쓰려고 가닥을 잡았다. 그래도 글은 잘 풀리지 않았다. 전형적인 문장들이 난무했다. 이러다가 내가 못 쓸 수도 있겠구나 싶었던 순간, 마음을 다잡은 계기는 지극히도 사적이었다. 바로 엄마랑 할아버지, 할머니가 내 가사가 붙은 조용필 노래를 들으면 얼마나 좋아할까, 라는 이유였으니.

마음을 다잡고 관점을 바꿔보니 새로운 생각이 떠올랐다. 선생님이 누군가를 위로하는 이야기는 이전의 수많은 명곡들에서 이미 다뤘다. 선생님 또한 누군가에게 위로를 받고 싶진 않을까. 조용필 선생님은 팬들의 기대를 저버리지 않기 위해 가수로서 평생 최선을 다하며 살아오신 분이다. 이런 분이라면 불특정 다수의 광범위한 위로보다는 단 한 사람에게서만 사적인 위로를 받을 수 있을 것 같았다. 다른 사람들에게 약한 모습을 불쑥 꺼내놓지 않으실 것 같았다. 그렇게 팬들의 기대치에 부응하며 살아오신 삶이니만큼, 가끔씩은 모든 걸 다 놓고 한 사람과 소박한 일상을 나누고 싶으실 것 같았다. 여기까지가 내가 실제 조용필 선생님으로부터 받은 모티브이다.

별일 없이 사는 듯하다가 문득 행복이 실시간으로 느껴지는 순간이 있다. 이 곡의 가사를 쓰기 며칠 전 샤워를 하는데, 평생 그런 시선으로 본 적 없었던 샤워기 물줄기가 그렇게 반짝거리고 예뻐 보였다. 수압과 수온이 적당한 것이, 이게 바로 행복이 아닌가 하는 생각이 문득 들었다. 사실 이 곡의 시발점이라고 하기엔 너무나 보잘것없어서 창피할 지경이지만, 그렇게 '사소한 순간'이 행복으로 느껴질 때 나는 그 어떤 대단한 순간들보다 내가 참 행복한 사람이라는 느낌을 받는다. '살에 닿는 듯한 행복'은 살면서 그리 자주 오진 않지만, 이 또한 훈련하다 보면 좀더 자주 느낄 수는 있다고 생각한다. 어쨌든 그런 순간은 나만 느끼는 것이 아니라고 생각하기에, 나는 그 사소한 행복의 찰나를 바탕으로 이야기를 시작했다.

앞서 '여기까지가 실제 선생님 모습에서 온 모티브'라고 선을 그은 이유는, 내가 선생님의 사별을 소재로 삼은 게 아니라는 것을 이야기하기 위해서다. 나는 개인 가족사의 경우 본인에게서 동의를 구하지 않는 이상 다루지 않는 것이 옳다고 생각한다. 하지만 이 노래가 발표된 후 많은 사람들은 조용필 선생님의 실제 삶을 떠올리며 감정이 훨씬 크게 울렸다고 하니, 작사가의 의도보다 가수의 아우라가 클 때 일어날 수 있는 현상이 아니었나 싶다.

내가 이 가사에서 포인트로 둔 부분은 "전부 놓고, 모두 내려놓고서"라는 파트이다. 그저 단순한 반복인데, 조용필 선생님의 캐릭터(너무 많은 책임을 안고 살아오신)와 목소리가 멜로디와 조합되어 불렸을 때 엄청난 시너지가 날 것 같았다. 그리고 그 예감은 틀리지 않았다! 그 부분은 멜로디가 고조되기 전의 도움닫기 같은 구간이었는데, 그후 이어지는 "너와 걷고 싶다, 너와 걷고 싶어"라는 클라이맥스가 나오기 전의 드라마틱한 브릿지가 되어주었다.

가사에서 화자의 캐릭터만큼이나 '상대 캐릭터'도 중요하다. 역시나

주인공이 주인공이니만큼 상대 캐릭터 또한 '훌륭한 사람'으로 설정했다. 화자가 유일하게 소리내 울며 기대는 사람이지만, 항상 화자를 웃으며 안아주던 사람. 큰 잔소리 없이 맞아주던 사람으로.

걷고 싶다

작곡 MGR
작사 김이나
노래 조용필

verse 1)
이런 날이 있지 물 흐르듯 살다가
행복이 살에 닿은 듯이 선명한 밤
내 곁에 있구나, 네가 나의 빛이구나
멀리도 와주었다 나의 사랑아

고단한 나의 걸음이 언제나 돌아오던
고요함으로 사랑한다 말해주던 오 나의 사람아

후렴)
난 널 안고 울었지만 넌 나를 품은 채로 웃었네
오늘 같은 밤엔 전부 놓고, 모두 내려놓고서
너와 걷고 싶다, 너와 걷고 싶어
소리내 부르는 봄이 되는* 네 이름을 크게 부르며
보드라운 니 손을 품에 넣고서

verse 2)
불안한 나의 마음을 언제나 쉬게 했던
모든 것이 다 괜찮을 거야 말해주던
오 나의 사람아

후렴) 반복

* "소리내 부르는 봄이 되는"은 원래
"소리내 부르면 봄이 되는"이었는데
발음에 민감하신 조용필 선생님께서
'부르면'보다 '부르는'이 발성하기에
좋다고 하셔서 수정되었다.
발음이란 가수에게 이토록 중요하고,
그 지점은 가수마다 많이 다르다는 것을
기억하자.

김이나의
작사노트

개인적으로 인상 깊었던 선생님의 에피소드를 하나 얘기하겠다. 마침 이 곡의 뮤직비디오를 나와 여러 곡을 작업한 황수아 감독이 연출해서 현장에도 놀러갔다. 햇볕이 꽤나 따가운, 구름이 거의 없는 날이었다. 선글라스를 써도 눈이 부신 그런 날. 여느 촬영장에서 그러듯이, '컷' 사인이 나면 스태프가 달려가서 우산을 받쳐드렸다. (촬영장에선 이게 당연한 일인 것이 연기자가 햇볕에 그을리면 안 되는데다가 자칫 햇살에 지쳐 좋은 연기가 나오는 데 방해가 될 수 있기 때문이다.) 그런데 선생님은 우산을 거부하셨다. 이미 햇볕에 눈이 익숙해졌으니 감정몰입하는 데만 집중하고 싶다고 하셨다.

또하나, 황수아 감독은 립싱크하는 부분을 촬영할 때 몇 테이크는 꼭 가수가 실제로 노래하길 원하는데, 이는 노래를 직접 불러야 목의 핏줄이나 입 모양이 생생히 잡히기 때문이라고 한다. 그렇지만 가수의 목 관리나 피로도도 감안해야 하기 때문에, 매 테이크마다 이것을 요구하진 않는다. 그게 정상이기도 하고. 그런데 선생님은 또 거부하셨다. 어차피 노래는 연습해둘수록 좋기 때문에, 이참에 연습도 충분히 하고 싶으시다는 게 이유였다. 정말 멋지지 않은가? 신인가수들에게서도 쉽게 보지 못하는 노력하는 뒷모습을, 나는 조용필 선생님으로부터 보았다.

연차가 쌓여도 그 위치에 계속 머물 수 있다는 것은, 남들보다 몇 배씩은 더 노력하고 있다는 뜻이다. 나 역시도 '짬밥'이 좀 생길수록 요령을 피우게 되는 부분이 있었는데, 조용필 선생님과 함께한 뮤직비디오

현장에서의 이 에피소드들로 인해 다시 초심을 잡았다. '초심보단 요령' 이라는 잘못된 생각은 아무리 경계해도 가랑비에 옷 젖듯이 사람을 파고든다. 오래 일하고 싶은 욕심이 있거든, 경계하고 또 경계해야 한다.

여전히 고운 '여인', 이선희

엄청난 가창력에 묻혀 외려 고운 외모가 화제가 덜 되는 사람, 바로 이선희 선생님이다. 워낙 대단한 경력을 가진 분이라 레전드로 칭송받지만, 그 앳되고 고운 미모에 대한 언급은 상대적으로 적게 느껴진다. 이선희 선생님이 부를 곡의 의뢰가 왔을 때 가장 먼저 든 생각이 바로 그것이었다. 그래서 가사를 쓸 때 '선생님'으로서의 이선희가 아닌, '여인'으로서의 이선희를 그린 가사가 덜컥 나왔던 것 같다. 경력이나 나이를 제쳐두고, 결 고운 사랑 이야기를 쓰고 싶었던 거다.

그럼에도 불구하고 엄연히 이선희 '선생님'이므로, 최대한 성숙하게 써야 했다. 내가 생각하는 가장 이상적이고 진실된, 이별에 대한 심정과 인연에 대한 시각을 쓰고 싶었다. 하지만 성숙하기만 하면 이야기는 자칫 고리타분해질 수 있다. 가르치려는 이야기가 될 수 있다. 나는 '꼰대스럽지 않음'과 '어른스러움' 사이에서 균형감각을 찾으려고 애썼다.

흔하디 흔한 소재이지만, 이별 후 가장 순수한 마음은 '운명'에 기대는 것이 아닐까 생각했다. 게다가 성숙한 사람이, 아이러니하게도 결국엔 붙잡을 수밖에 없는 게 '운명론'이라 하면, 더 절절하게 느껴질 것 같았다. 헤어짐을 받아들이지만, 운명이라는 걸 믿으며 무너지지 않으려고 버티는, 결국엔 소녀와 다를 게 없었던 어른 여자의 이야기.

나이가 들면서 운명론 따위 믿지 않게 되지만, 나는 가끔 하늘에 무수히 떠 있는 별을 보면 이 세상의 모든 인연을 다스리는 거대한 운명이 존재할 것만 같다는 생각이 든다. 그리고 절실한 무언가를 잃었을 때 마지막 보루로 그 운명에 기대고 싶어진다.

'이선희 선생님' 하면 어딘가 모르게 그냥 호칭으로서가 아닌, 정말 학교 선생님 같다는 생각이 든다. 아닌 게 아니라 유일하게 제자로 두신 가수도 올바른 학생 이미지인 이승기이니, 실제 모습도 크게 다르진 않으리라, 혼자 생각했다. '~하오'체와 '억겁' 같은 예스러운 표현은, 그 이미지가 이 곡에 긍정적인 요소로 작용할 듯하여 의도적으로 사용했다. 또 유행하는 구어체 위주의 가요 사이에서 오히려 개성 있게 띌 수 있을 것 같았다. 캐릭터와 말투에 대한 의견을 작곡가님과 공유한 뒤 가사를 썼는데, 정말 오랜만에 가사가 짧은 시간에 쭉 나왔다. 삼십 분 이내에 가사가 나왔는데 곡의 반응도 좋은 경우, 나는 왠지 그 글은 나 혼자 쓴 게 아닌 것 같다는 느낌을 받는다. 이것은 아마 당신이 성공적으로 가사를 썼을 때, 또 결과가 좋았을 때 틀림없이 느끼게 될 기분이니 더 자세히 묘사하진 않겠다.

가사를 쓰면서 가수가 불렀을 때 이 부분이 어떻게 들릴까 혼자 상상할 때가 많다. 그 상상이 정확히 현실화되었을 때, 쾌감은 크고 가수에게 감사한 마음이 든다. 이런 일은 매번 일어나는 것이 결코 아니므로. 이 곡에서는 2절의 "그대라는 인연을 놓지 못하는" 가운데 '그대라는', 또 그중에서도 '라는'이 그런 부분이었다. 가이드에서 그 부분은 흘림음처럼 불렸는데, 나는 그 대목에서 뭔가 약해지려는 마음을 다잡는다는 느낌을 받았다. '그대'라는 단어에 많은 기대치를 건 듯한 느낌으로. 그래서 '그대'는 한 글자 한 글자 무게중심을 두어 끊어 부르고 '라는'만 바람처럼 흘려 보내면 좋겠다고 생각했다. 발표된 곡을 들었을 때, 그 부분은 나의 상상대로였다. 아니, 그보다도 더 멋졌다.

이 거장들과의 작업에 공통점이 있다면 내가 정작 녹음실에는 가지 않았다는 것이다. 그런데 신기하게도 텔레파시가 통한 것처럼 내가 구체적으로 원하는 느낌이 있는 구간은 그들이 정확히, 또는 그 이상으로 표현해냈다. 거장은 그래서 거장인 것일까.

그중에 그대를 만나

작곡 박근태
작사 김이나
노래 이선희

verse 1)
그렇게 대단한 운명까진
바란 적 없다 생각했는데
그대 하나 떠나간 내 하루 이제
운명이 아님 채울 수 없소

후렴 1)
별처럼 수많은 사람들 그중에 그대를 만나
꿈을 꾸듯 서롤 알아보고
주는 것만으로 벅찼던 내가 또 사랑을 받고
그 모든 건 기적이었음을

verse 2)
그렇게 어른이 되었다고
자신한 내가 어제 같은데
그대라는 인연을 놓지 못하는
내 모습, 어린아이가 됐소

후렴 1) 반복

d bridge)
나를 꽃처럼 불러주던 그대 입술에 핀 내 이름
이제 수많은 이름들 그중에 하나 되고*
오 그대의 이유였던 나의 모든 것도 그저 그렇게

후렴 2)
별처럼 수많은 사람들 그중에 서로를 만나
사랑하고 다시 멀어지고
억겁의 시간이 지나도 어쩌면 또다시 만나
우리 사랑 운명이었다면
내가 너의 기적이었다면

* 더 브릿지의 이름에 관련된 가사는
  실제 이선희 선생님의 함자가
  다소 흔한 이름이라는 데서 나왔다.

김이나의
작사노트

135

나는 '이별 후에도 운명처럼 다시 만날 수 있다'는 희망을 담은 가사를 쓸 때면 잔뜩 움츠러들곤 한다. 건강하지 않은 이야기인 것 같아서. 이별이란 대개 극복해야 하는 하나의 '경험'에 가깝고, 또 그래야 다음 사랑을 건강하게 해낼 수 있다고 생각해왔기 때문이다. 2절에서 '어른이 되었다'고 자신하며 운명론을 멀리해왔다는 가사에서 나의 그런 생각이 조금 드러난 것 같다. 가사가 사람들의 마음을 힐링하기 위해서만 존재하는 건 아니지만, 가끔씩은 왠지 모를 책임감 같은 게 문득문득 들었던 건 사실이다. 한데 '이선희'라는 보컬리스트가 불러준 이 운명론에 관한 곡은, 내가 쓴 어떤 가사보다 진실된 위로가 된다는 느낌을 받았다. 나의 움츠러드는 마음을 해방시켜주는 것 같았다.

역시 가사는 '가수가 부르는 이야기'이지, '작사가가 쓰는 글'이 아니란 점을 나는 다시금 깨달았다.

슬픈 호랑이 같은 남자, 임재범

내가 임재범 선생님에 대해 갖고 있는 이미지란 오로지 그분의 노래를 통해서 받은 것뿐이었다. 매체 노출 빈도수가 굉장히 적어서 그런 걸 테다. 하지만 음색이 워낙 특출나서 목소리만으로도 어떤 이미지가 선명히 그려졌는데, 나에게 그것은 '사납지만 어딘가 상처를 입은 호랑이' 같은 느낌이었다. 아마 다른 사람도 비슷하게 느꼈는지, 임재범 선생님을 호랑이에 비유하는 의견을 왕왕 들었던 것 같다. 사진조차 시기에 따라 많이 달라 보여서 시각적인 정보도 흐릿했는데, 몇 해 전 〈나는 가수다〉라는 프로그램을 통해 처음으로 얼굴을 정확히 보게 되었다. 무척이나 미남이었다! 그리고 그 프로그램을 통해 보이는 가감 없는 본모습과 많은 논란들은, 내겐 모두 다친 자신을 보호하려 포효하는 호랑이 이미지에 살을 붙이는 요소가 되었다.

인터넷에서 '궁예질'이라는 재밌는 표현을 본 적이 있다. 연예 관련 커뮤니티에서 자주 보였는데, 그 사람에 대해 아는 거라곤 TV를 통해 본 겉모습밖에 없으면서 그에 대해 잘 아는 것처럼 추측하는 행동을 '궁예질'이라고 한단다. 마치 '관심법觀心法'을 써서 타인의 마음을 들여다볼 수 있다고 주장했던 궁예처럼 모든 걸 꿰뚫어보는 양 행동하는 걸 비꼬는 표현인가보다. 그렇다, 내가 품는 가수에 대한 모든 상상은 바로 그 궁예질이다. 안티성 궁예질이 아닌 관찰성 궁예질은 작사가에게 좋은 습관이 된다. 물론 지나치게 나만의 세상에서 상상만 펼쳐서는 안 되고, 많은 사람들이 수긍할 수 있는 범위 내에서 이미지를 구축해야 한다.

김형석 작곡가님으로부터 두 곡의 데모를 동시에 받았다. 한 곡은 미디엄 템포의 밝은 곡이었고, 다른 한 곡은 임재범 선생님 특유의 느낌이 그대로 담겨 있는 아픈 감정의 발라드였다. 내가 인지해왔던 이미지와 가까운 곡은 아픈 감정의 발라드였으므로, 그 곡부터 작업을 시작했다. 가이드는 작곡가의 작업 습관에 따라서 다른 형태로 오는데, 가수가 직접 부르는 경우보다는 작곡가 본인이나 가이드를 불러주는 예비가수들이 불러서 보내는 경우가 많다. 이 경우는 임재범 선생님이 직접 부른 가이드였다. 앞서 나는 작곡가가 직접 부른 가이드를 선호한다고 했지만, 임재범 선생님이 직접 부른 가이드로 작업하니, 내 평소의 선호 방식과는 무관하게 감정을 잡는 데 큰 도움이 됐다. 감정폭이 워낙 큰 가수라, 내 상상만으로는 보컬의 느낌을 스케치하기 힘들었기 때문이다.

가사를 쓰며 떠올린 이미지는 약간 동화적이라 이야기하기 쑥스럽지만, 각 곡의 작업 과정과 에피소드를 가감 없이 풀어놓는 것도 이 책의 취지 중 하나이니만큼 그냥 얘기하겠다.

호랑이 한 마리가 크게 다쳤다. 애인(애호愛虎라고 해야 하나)이 있는 호랑이였고, 동굴에 잠시 몸을 숨겼으나 상처가 너무 커서 이 동굴이 자기 생애 마지막 공간이 될 것임을 안다. 호랑이는 어두운 동굴 속에 갇힌 채 서서히 다가오는 마지막을 기다리며, 늘 거칠고 쌀쌀맞게만 대했던 애인 호랑이를 떠올린다. 전래동화의 한 자락 같지만, 내가 이 곡과 가수로부터 받은 이미지가 그랬다. 이 모든 비유가 임재범 선생님이 직접 노래하면 고독한 현실에 대한 이야기로 풀릴 것 같았다.

당시에 김훈의 『칼의 노래』를 읽었는데 그 책의 여운이 계속 남아 있어서 "칼날 같은 날 품어 울던 넌"이라는 구절이 절로 나왔던 기억이 난다. 단순히 제목에서 귀추한 것이긴 하나, 그 연결고리가 어쩐지 기억에 오래 남는다. 화자의 상대는 품으면 품을수록 아픈 칼 같은 화자를 울면서 보듬었다. 캄캄한 동굴은 암담하게 혼자 남겨진 공간의 상징이기도 하다. 깊은 숲속에서 작은 기척만 들려도 혹시나 나를 찾아온 상대가 아닐까 돌아보지만 빗소리나 낙엽 지는 소리였다는 이야기는, 아무리 후회스러워도 먼저 움직이려 하지 않는 상처 많은 남자의 이야기로 들리길 바랐다.

보통 후렴구는 동일한 반복으로 처리하지만, 이 곡은 고통스럽고 느리게 흐르는 시간이 느껴지게 하려는 의도로 각 후렴의 말미에 저마다 조금씩 다른 상황을 넣었다.

어떤 날, 너에게

작곡 김형석, 임재범
작사 김이나
노래 임재범

verse 1)
어떤 날, 너에게 날 보낸다면 바람일지 몰라
너를 안지도 못해 맴도는

어떤 날, 나에게 끝이 찾아와준다면 축복일지 몰라
그땐 아픔도 숨 멎을 테니

후렴 1)
어디 있는지, 칼날 같은 날 품어 울던 넌 기척조차 더이상 들리질 않아
저 먼 곳에서 타박거리며 오는 발소리
나도 모르게 고개를 돌려 본 곳엔 비가 내린다

verse 2)
그 누가, 너에게 날 묻는다면 추억이라 부를까
그래, 넌 나와 달랐으니까

어쩌면 그런 게 이유였을지도 몰라 처음부터 우린
다른 세상을 살고 있었어

후렴 2)
어디 있는지, 칼날 같은 날 품어 울던 넌 기척조차 더이상 들리질 않아
저 먼 곳에서 타박거리며 오는 발소리
나도 모르게 고개를 돌려 본 곳엔 낙엽이 진다

d bridge)
(비가 내리면 난 여전히 너를 생각해) 거친 나의 하늘은 눈물뿐인지, 왜[*]

후렴 3)
나는 어딘지, 칠흑 같은 이곳이 나인지 그림자도 없는 이 동굴 같은 밤
한숨이 분다

* 더 브릿지의 '왜'는 가이드에서
절규에 가까운 외마디 음절로 불렀는데,
그 느낌이 그대로 살았으면 해서 쓴 부분이다.
유일하게 원통함을 외치는 부분이 딱 이 한 음절인데,
임재범 선생님의 창법과 맞물리면서
극적인 느낌을 낼 수 있었다.

김이나의
작사노트

141

자, 이제 미디엄 템포의 밝은 곡이 남았다. 어두운 곡은 가수의 기존 이미지에 기대어 비교적 쉽게 착상을 떠올릴 수 있었지만, 밝은 곡이 오히려 어려웠다.

나는 이전에 임재범 선생님이 불렀던 노래 속 캐릭터에서 힌트를 얻기로 했다. 아무래도 〈너를 위해〉가 가장 먼저 떠올랐다. 이 노래의 다음 가사는 나에게 임재범 선생님 그 자체로 기억돼 있었다.

내 거친 생각과 불안한 눈빛과
그걸 지켜보는 너
그건 아마도 전쟁 같은 사랑
난 위험하니까 사랑하니까
너에게서 떠나줄 거야

'전쟁 같은 사랑'이라는 표현은 희대의 가사가 아닐까 싶다. 나에게 영감이 된 이 가사를 쓴 채정은 선배님께 이 지면을 통해서나마 존경의 마음을 전한다.

'이렇게 전쟁 같은 사랑 속에 널 가둬두고 싶지 않으니, 나는 너를 떠나겠다'는 남자. 이런 남자가 모든 상처가 치유되어(〈어떤 날, 너에게〉 속 캐릭터의 뒷이야기이기도 하다) 새 사랑을 시작한다면 어떨까 생각했다. 상처가 많아 모난 사람은, 상대에게 모질게 굴고 또 그 상대의 리액션에 다시 상처받기를 거듭한다. 그런 사람이 누군가의 눈에는 한없이 좋은 사람일 때, 그리고 끝내 받아들여질 때, 그 사람은 놀라운 변화를 일으킬 수 있다. 사람은 변한다, 안 변한다, 라는 오래된 갑론을박이 있지만, 나는 사람은 변한다고 믿는 쪽이다. 자신에게 애정을 갖고 지켜봐주는 사람에 의해 천천히, 그리고 크게. 어쨌든 가사 속의 상처투성이 남자는 이제 스스로의 상처를 객관화하기 시작하며, 그 굴레에서 벗어나게 된다. 이 남자에게 사랑은 단순한 연애놀음이 아닌 '구원'이다. 고운 흙과 그 안에 뿌리내리는 나무 같은 두 사람의 모습이 스스로 한없이 벅차다.

기본적으로 내가 본 임재범 선생님의 표면적인 이미지에는 약간의 마초성이 있다. 또한 그 느낌이 매력적이라는 건 부인할 수 없는 사실이었다. 그 사실로부터 공감을 끌어내고 싶어서 디 브릿지에서 "아직 갈 길은 멀고 나는 부족하지만 내가 너 하나는 지킬 수 있어"라는 가사를 썼다. 아무리 남녀평등을 외치는 시대라지만, 마초남의 매력적인 측면은 내 여자 하나만은 올곧게 지켜내겠다는 자신감이 아니던가.

길(Road)

작곡 김형석, 임재범
작사 김이나
노래 임재범

verse 1)
숨을 고르는 법을 알지 못해서
마냥 뛰다가 지친 적도 있었지
어느 밤이던가 굽이진 길을 걷고 있을 때
느린 걸음을 가르쳐준 그대

태양을 쫓는 법을 알지 못해서
길을 잃고서 헤맨 적도 있었지
어디쯤이던가 어둠에 익숙해질 무렵에
환한 빛이 되어 날 이끌던 너

후렴 1)
(너에게 난) 니 눈에 비친 난 좋은 사람
(그런 게 난) 그 사실이 난 이렇게 벅차서
전부 아물고 있어 너의 사랑 하나만으로
나를 구해준 사람 내 안의 전쟁을 끝낸 그대

verse 2)
바위가 떨궈버린 돌멩이처럼
아무런 선택 없이 걷던 적 있지
잃을 것도 없던 나에겐 사랑이 낯설어서
방황하던 나를 지켜봐준 너

후렴 1) 반복

d bridge)
아직 갈 길은 멀고 나는 부족하지만
내가 너 하나는 지킬 수 있어
그저 걷는 곳이 길이던 내가
가야 할 길을 봤어 네가 내 곁을 걷고 있기에 난

후렴 2)
(너에게 난) 기댈 수 있는 나무가 되고
(나에게 넌) 뿌리를 내릴 고운 흙이 되고
어떤 센 바람에도 흔들리지 않던 나였어
그런 날 바꾼 사람 내 모든 이유가 담긴 그대

오래 같이 일을 하다보면 이 사람이 이런 캐릭터가 되었으면 좋겠다, 라는 마음이 가사에서 드러날 때가 있다.

녹음을 하다보면 한 줄의 가사를 적게는 수십 번, 많게는 백 번도 넘게 들을 때가 있는데, 그렇게 되풀이하여 말하는 가사가 그들에게 스며들길 바라는 마음이랄까.

이토록 어른스러운 아이, 아이유

　보통 나는 곡에 의존하여 테마나 캐릭터를 구상해내는 편이다. 그래도 아주 가끔은 곡에 앞서 이런 테마로 이야기하면 어떨까 하는 생각이 들 때가 있는데, 그런 테마들은 이상하게도 그에 꼭 맞는 곡이 금방 나타나주기도 한다.

　아이유의 '모던타임스' 앨범 작업을 할 때가 그런 케이스였다. 아이유에게 이러이러한 가사를 부르게 하고 싶다, 고 생각했던 두 개의 테마가 있었다.

　하나는 〈분홍신〉이었고, 하나는 〈아이야 나랑 걷자〉였다.

　『분홍신』은 '빨간 구두'라는 제목으로 더 잘 알려진 안데르센의 동화다. 상징하는 바가 제법 심오하면서 많은 사람들에게 이미 친숙한 스토리이기도 하고, 무엇보다 제목이 의상이나 무대 요소와 함께 시너지를 낼 수 있을 것 같아서 끌렸다. 분홍색 구두, 그리고 그 구두에 이끌려 다니는 듯한 안무. 게다가 너무 무겁지 않게 '운명'을 논할 수 있는 탄탄한 원작의 힘까지.

　여기서 아이유라는 아이에 대한 내 개인적인 생각을 짚고 가겠다. 사람을 많이 만나다보면 나보다 깨친 것이 많은 사람을 대할 때 오는 기분좋은 어려움이 있다. 보통 그런 기분은 나보다 나이가 많은 사람을 상대할 때 들었는데, 어린, 그것도 십수 년 나이 차가 나는 친구에게 느끼는 경우는 드물었다. 그렇다고 아이유가 사람들에게 예의 없이 군다거나 지나치게 어른인 척 행동하는 것도 아닌데, 타고난 그릇이 정말 큰 아이구나, 라고밖에는 설명할 수 없는 탄탄한 내공이 있다. 욕심을 부려줘야 할 부분에선 한껏 부리는 프로페셔널한 면이 있는 동시에, 제 이득을 위해 욕심을 낼 법한 부분에선 놓을 줄 알고, 일희일비하는 감정기복을 밖으로 나타내지 않고 오히려 주변 사람들을 안정시키는 놀라운 능력이 있는 친구다. 억울한 일이 있을 때 나서서 알리려 하지 않고 기다릴 줄도 알고, 대중으로부터 오해를 사면 그 또한 자기의 일면일 수도 있다 생각하고 반성하니, 옆에서 보고 있자면 어린 요다를 보는 것 같다. 아이유와 일해본 사람들은 사석에서 이 친구의 인성에 대한 칭찬을 입이 마르도록 한다. '당신이 가까운 사이니까 그렇게 얘기하는 것 아니냐'는 소리를 들은들 어쩔 수가 없다. 아마 그 아이가 연예인으로 쭉 살다보면 많은 사람들이 알아서 느낄 부분일 테니, 이쯤 해서 사견은 접도록 하겠다.

어른스럽다고 해서 안쓰러울 때가 없는 것은 아니다. 힘든 것을 내색하지 않는 사람들은 속앓이가 많다. 적잖은 내적 갈등이 없고서야 아무리 타고난들 그런 인성이 나올 수 없을 테니. 거창하게 들릴 수도 있겠지만, 나는 아이유가 힘든 일을 겪을 때 스스로 자기의 타고난 그릇을 믿고 너무 괴로워하지 않았으면 하는 마음이 있다. "눈을 감고 걸어도 맞는 길을 고르지"라는 가사는 내가 할 수 있는 최선의 응원이었다.

'모던타임스' 재킷 촬영장에서. 스태프들과 함께
찍은 사진이 앨범에 실리기로 한 덕에 '멋진' 의
상을 입고 한 컷.

그녀가 자기 운을 스스로 좌지우지할 수 있는 사람이라는 확신을 갖길 바랐다.

　데모의 성격은 한마디로 정의 내릴 수 없었다. 벌스와 후렴구의 성질이 다르고, 후렴구에는 기존 아이유 곡 특유의 서정성이 있었다. 운명론만 다뤄서는 곡을 너무 무겁게 만들 수 있을 것 같아서 잃어버린 인연에 빗대어 쓰기로 했다. '분홍신'을 신고 제 의지와 다르게 춤추는 안무가 나올 수 있도록 이민수 작곡가도 후반부에 갑자기 빠르게 몰아치는 등 콘셉트에 맞게 편곡을 했다.

　가사 중 'Summer Time' 파트는 데모에서 작곡가가 꼭 살려서 써달라고 부탁한 부분이라 애를 먹었던 기억이 난다. 이 곡은 가을경 발매될 예정이었는데, 어떻게 'Summer Time'이라는 말을 그것도 후렴구에서 여러 번 나오게 하느냐고 실랑이를 벌였다. 하지만 작곡가만이 아는, 곡에서 특정 멜로디를 가장 잘 살릴 수 있는 발음이란 게 있긴 하므로 마땅히 존중해야 했다. 그래서 나는 그 표현을 사랑했던 사람과의 가장 찬란했던 순간을 비유하는 의미로 사용했다.

분홍신

작곡 이민수
작사 김이나
노래 아이유

verse 1)
길을 잃었다, 어딜 가야 할까
열두 개로 갈린 조각난 골목길
어딜 가면 너를 다시 만날까

운명으로 친다면, 내 운명을 고르자면
눈을 감고 걸어도 맞는 길을 고르지

후렴 1)
사라져버린 Summer Time
너의 두 눈이 나를 비추던 Summer Time
기다리기만 하는 내가 아냐, 너를 찾아 뚜벅

내게 돌아올 Summer Time
찬바람 불면 그냥 두 눈 감기로 해
What's the time? Summer Time*

* 〈너랑 나〉의 "내 이름이 뭐야?"처럼
  아이유 노래의 가사에는 '현장 팬이 호응'할 수 있는
  한 줄을 쓰게 된다.

김이나의
작사노트

움파룸파둠 두비두바둠 슬프지 않아 춤을 춘다
다시, 다시

verse 2)
길을 찾아 떠난 갈색 머리* 아가씨는
다시 사랑에 빠졌고 행복했더라는
처음부터 다시 쓰는 이야기

좋은 구둘 신으면 더 좋은 데로 간다며
멈춰지지 않도록, 너를 찾을 때까지

* 이 곡으로 활동하는 기간 동안 머리를 어떤 색으로 할 건지 아이유에게
물고 썼다. 결정적인 건 아니지만 가사에 소소한 현실적 디테일을
넣는 게 나는 재미있다.
활동중 아이유는 그간 고수했던 긴 머리를 싹둑 잘랐는데,
라이브 무대에서 '단발머리'로 개사해서 부르는
센스를 발휘하기도 했다.

김이나의
작사노트

후렴 1) 반복

d bridge)
나의 발이 자꾸 발이 자꾸 맘대로 yoohoo
oh my, pink shoes, oh my
난 난 마음잡고 마음잡고 제대로 yoohoo
Yah yah 좀더 빠르게

후렴 2)
잃어버린 내 Summer Time
낯선 시간을 헤매이다 널 찾을까
아직 길은 멀었니? 겁이 나면 나는 괜히 웃어

혹시 넌 나를 잊을까
너의 시간이 내게 멈춰 있길 바래
slow the time, stop the time

움파룸파룸 두비두비
움파룸파룸 두비두바둠 좀더 빠르게 달려간다
다시, 다시, 다시, 다시—

최백호 선생님과 아이유가 듀엣으로 부를 곡이 나왔다는 얘기를 들었다. 이 곡의 작곡가인 박주원님이 일전에 최백호 선생님과 작업한 일이 있어서 닿은 인연이었다. 최백호 선생님으로 결정되기 이전에 나는 아이유의 가사 중에 "아이야 나랑 걷자"라는 부분이 있으면 좋겠다고 생각해둔 적이 있었다. 하지만 아이유가 누군가를 위로하는 입장이었지, 그 반대의 경우는 생각해보지 못했다. 최백호 선생님과의 듀엣이라고 하니, 선생님의 입에서 그 말이 나오고 위로받는 사람이 아이유라면 더욱 좋겠다는 생각이 들었다. 멀지도 가깝지도 않은 거리를 두고 걷는 두 사람이 그려졌다. 현자들이 선문답하듯 선생님과 아이유가 대화를 나누는 상상을 해보았다. 너무 진하고 무거운, 누가 봐도 위로인 위로를 건네는 것이 아니라, '그냥 저멀리 나랑 한 바퀴 걷자'라는 말만으로 힘이 실리는 캐릭터가 바로 최백호 선생님인 것 같았다. "비가 올 것 같진 않으니"라는 가사는 아이유에게 '너에게 해로운 일이 생기지 않을 거다'라는 예언 같은 역할을 하길 바라기도 했다. 신기하게도 "아이야 나랑 걷자"라는 말이 도입부의 최백호 선생님 첫 멜로디 음절에 정확히 맞아들어갔다. 이 곡을 만나려고 내게 미리 와 있던 한 줄이었나보다.

아이야 나랑 걷자

작곡 박주원
작사 김이나
노래 아이유, 최백호

최백호 ▬
아이유 ▬
함 께 ▬

verse 1)
아이야 나랑 걷자, 멀리
너의 얘길 듣고 싶구나
아이야 서두를 건 없다
비가 올 것 같진 않아

볕이 닿는 흙을 밟으며
바람 따라 걷고 싶어요
누굴 만난다면 노랠 들려주면
나를 기억하겠죠

돌아올 땐 더 가벼울 발걸음
가슴엔 할 얘기 한가득

verse 2)
가끔은 돌아 걷자, 멀리 (하늘 보며)
너무 가파른 길 만나면 (시간이 걸려도)
성난 바람이라도 불 땐
내가 너를 잡을 테니

하루종일 해를 받다가
그늘 아래 쉬면 행복해
나를 만난다면 내가 들린다면
내게 말을 걸어요

다음날에 나를 잊는다 해도
하루쯤 날 생각하겠죠

아이야 나랑 걷자, 멀리 (하늘 보며)
너의 애길 듣고 싶구나 (더 듣고 싶어요)
아이야 서두를 건 없다
비가 올 것 같진 않으니

벽 보고 우는 고슴도치, 가인

가인이는 알려진 이미지보다 상당히 여린 아이다. 하지만 그렇다는 사실이 알려지는 걸 극도로 싫어하는, 고슴도치 같은 성향을 가졌다. 〈돌이킬 수 없는〉이라는 곡의 뮤직비디오를 찍을 때 가인이가 너무 힘든 순간이 있었는데 혼자 쓱 사라져서 찾아봤더니 벽을 보고 울고 있더라. 아이고, 이 안쓰러운 영혼아. 난 아직도 그 장면을 생각하면 울컥한다.

가인이는 실제로도 약간의 결벽증이 있는데, 그런 면이 성격으로도 나타나는 건지 스스로를 괴롭히는 지경까지 몰아갈 때가 있다. 조금만 가식적인 행동을 시켜도 그녀의 손발은 오징어 다리 굽는 속도로 오그라들곤 한다. 사람들이 보는 이미지와 실제 자기 모습에 간극이 생기는 게 가식이라고 생각해서 늘 고민이 많다. 때로는 가수로서의 활동 콘셉트들로 인해 그 친구의 실제 모습이 변형될까 무서워서 옆에서 끊임없이 '연예인으로서의 이미지와 진짜 너 사이에 간격을 둬라'라고 조언해야 할 지경이다. 대개 연예인들에게 '네가 정말 그렇다고 믿고 노래하고 연기해야 한다'고 조언하는 것과는 정반대다.

앨범 작업중에 스태프들이 가장 힘 빠지는 순간이 있다. 바로 주인공인 가수가 스태프들만큼 욕심을 안 낼 때다. 가인이랑 일할 땐 그럴 일이 없다. 하나부터 열까지 스스로 직접 챙기느라, 앨범 작업이 진행중일 때는 악역도 마다하지 않고 잔소리를 한다. 피곤하리만큼 열정적으로 일하는 가인이와 그래도 다음 작업도 같이 하고 싶다고 스태프들이 말하는 이유는, 그녀가 모든 작업의 완성도에 화룡정점을 찍어주기 때문이다.

나는 앞으로도 가인이가 연예인으로서의 이미지는 쿨하게 갖고 놀 줄 아는, 루머나 오해조차 즐길 줄 아는 콧대 높은 연예인이 되길 바란다. 가능하면 최대한, 자기의 진짜 모습은 꽁꽁 숨길 줄 아는 사람이 되길 바란다. 타당한 비판이 아닌 지질한 비난을 하는 사람들 위에서 노는 사람이 되길 바란다. 나는 가인의 가사를 쓸 때 도발적인 표현이 서슴없이 나오곤 한다. 가수는 뭐니뭐니해도 실력이 받쳐줄 때 대중이 그 표현들을 통해 말하고자 하는 메시지를 받아들여준다는 걸 알기 때문에 겁이 없어진다.

이 글을 쓰는 와중에도, 나는 가인이의 다음 앨범 작업을 기다린다.

스태프들은 가수가 녹음부스에서 뱉는 첫 소절만
으로 가수가 녹음 준비를 얼마나 해왔는지 알 수
있다. 녹음은 연기에 가깝기 때문에 곡의 정서와
가사 내용에 따라 호흡과 목소리톤이 달라져야
한다. 가인이의 경우 곡이 마음에 들 땐 첫 소절
부터 '우와' 소리가 나고, 아닌 경우 노골적으로
영혼이 없는 가창을 선보인다! 하지만 약간의 투
정일 뿐, 이내 준비해온 캐릭터를 끄집어내서 우
리를 안심시킨다. 그래서 나는 더이상 그녀의 '페
이크'에 속지 않는다.

진실 혹은 대담

작곡 이민수
작사 김이나
노래 가 인

verse 1)
안녕하세요 얘기 좀 할까요
그렇게 나를 잘 안다고요
참 이상해요 눈앞에서는
한마디 못하면서 뒤에선 참 말이 많아

미치지 않고서야 그럴 리 있겠어요
그 정도였겠어
못 오를 나무 아래 겁쟁이들의 외침
떠들어라 맘껏
make it loud, make it more, make me hot

후렴 1)
wanna know the truth all the truth
중요한 건 너의 입에 내가
막 오르내리는 거
많을수록 nice very nice
소문이란 많을수록 좋아
나~ 난 그냥 웃지 나는 이런 게 쉽지
꼬리 열 개쯤,
잘 알지도 못하면서
다 있지 오해하는 게 있지
내가 웃는 게 말하는 게 걷는 게 좀

160

verse 2)

아이, 그러지 말고 얘기를 해봐

이런 거 기대했었나요

이름만 겨우 아는 사이에

어머나 그대랑은 정말

손끝만 스쳤다간 아주 난리 나겠어요*

미치지 않고서야 이름만 안 사이에

그런 걸 하겠어

니가 못 가졌다고 그런 말 하는 거 아니야

떠들어라 실컷

make it loud, make it more, make me hot

* 비아냥대는 듯한 톤이 나오면 좋겠다고 생각했는데, 마이크 앞 메소드 배우 손가인답게 '진짜 코웃음'을 섞어 부른 테이크가 OK를 받았다.

김이나의
작사노트

후렴 1) 반복

d bridge)
소리 없이 퍼져가는 소문
모두가 바라는 건 진실 혹은 대담
사실 모든 건 너에게 달렸죠
내가 과연 어떤 사람이 **될런진***

후렴 2)
wanna know the truth all the truth
중요한 건 내가 아닌 그대
너 먼저 말해줘요
중요한 건 now, 바로 now
눈앞에서 바라보니 어때
나~ 난 그냥 웃지 나는 이런 게 쉽지
그대 하나쯤
쬐그만 게 바보 같은 게
나 믿지? 이제 내 말만 믿지?
니가 믿는 게 바라는 게 속는 게 참

* 표준어로는 '될는진'이지만, 정확하게 발음하는 사람이
드문 단어 중 하나다. 입말로 잘 붙지 않는 단어이기도 하다.
이럴 때는 표준어보다는 상응되는 구어를 택해 발음의 편의성을
확보한다.

김이나의
작사노트

누구나 비밀은 있다

가인과 아이유, 이 장의 마무리는 그 두 여자의 듀엣곡이다.

완전히 다른 색깔을 지닌 이 두 여인의 공통점은 그녀들의 음색이 무척 독특하다는 점이다. 흔히들 '음색깡패'라고 하는데 이들이 바로 그 부류다.

처음 둘이 함께 부를 곡이라는 얘기를 들었을 땐 무척 난감했다. 목소리가 다른 건 둘째 치고, 그동안 내가 그녀들을 통해 해오던 이야기의 방향성이 각기 완전히 달랐기 때문이다.

가인은 당당하고 발칙한, 아슬아슬한 이야기를 많이 해왔고 아이유는 소녀답고 수줍은 이야기를 해왔다. 도대체 이 둘이 무슨 이야기를 해야 하나의 노래에 담길 수 있단 말인가. 위로와 조언? 그러기엔 곡이 꽤 발칙하고 신비로운 편에 속하는 듯했다. 따스하게 공감을 나누는 류의 이야기는 어울리지 않았다.

저마다 다른 온 세상 사람들의 속내에 공통분모라는 게 그나마 있다면 과연 뭘까. 나는 그게 '비밀'일 것 같았다.

절대적 기준에서의 경중을 막론하고, 가슴속에 누구나 비밀은 있다. 각자 다른 이유로 말하지 못하는 비밀. 아주 사소한 것부터 밝혀지면 세상이 뒤집힐 정도의 엄청난 것까지, 다양한 비밀이 있을 것이다. 지금 이 글을 읽고 있는 당신은 온 세상에 당신 인생사의 크고 작은 생각과 행위가 미세한 단위로 모두 밝혀지는 것이 단연코 떳떳할까? 나는 지금 추궁하는 것이 아니다. 두 명의 확연히 다른 가수가 하나의 노래를 부를 때 적합한, 공감대를 이룰 수 있는 주제에 대해 이야기하는 것이니 너무 뜨끔해하지는 말기를.

주제가 잡히고 나니 신이 났다. 비밀이라는 단어에 대해 새삼 생각해봤다.

누군가의 비밀이란 다른 누군가가 궁금해하는 무엇이다. 즉, 때로는 당사자가 무언가를 숨겨왔기 때문이 아니라, 누군가가 궁금해하는 마음이 그 비밀의 영역을 결정하기도 한다. 게다가 비밀의 주인공이 누구냐에 따라서 궁금해하는 영역도 달라진다. 때로는 비밀로 숨겨온 게 아닌 것마저, 타인으로 인해 비밀이 밝혀졌다는 취급을 받기도 한다. 비밀이란 이렇게 기묘한 것이다. 단순히 숨기고 밝혀지는 의미만이 아닌 좀더 입체적인 이야기를 할 수 있는 소재였다.

먼저 '가인의 비밀' 쪽을 어떻게 풀었는지 얘기해보자.

가인이는 그동안 도발적인 메시지를 가사로 많이 다뤄봤기 때문에 '자, 내가 먼저 얘기해볼까' 하고 화두를 던지는 캐릭터를 주고 싶었다. 먼저 치고 나와서, 주제의 판을 깔아주는 캐릭터. 하지만 상대방 '아이유'의 고백을 강요하지는 않는다. '비밀'이란 주제에 대해 사람들의 궁금증과 상상력을 불쏘시개처럼 들쑤시고 빠진다.

다음은 '아이유의 비밀'. 기존에 그녀가 가진 캐릭터 덕분에 조금만 도발적인 이야기를 해도 신선한 느낌이 났다. 아이유에게는 '꿈'을 첫번째 비밀의 소재로 썼다. 사람은 살면서 온갖 꿈을 다 꾼다. 디테일은 기억도 나지 않지만, 내가 꾼 꿈들만 해도 '어이쿠 내가 대체 왜 그런 꿈을 꿨지' 싶은 별 요사스러운 내용의 꿈이 많았으니, 이 또한 비밀이라면 비밀이겠다. 그래봤자 어차피 꿈이라고는 해도, 정작 꿈의 충격적인 줄거리를 말하면 무의식이 발현된 게 아니냐는 의문을 품는 사람이 너무 많지 않나!

이어서 그녀는 '내가 누굴 싫어하는지' 알면 넌 까무러칠 거라고 얘기한다. 나는 사람들이 아이유가 누구를 좋아하는지보다 누구를 싫어하는지가 훨씬 더 궁금할 거라고 생각한다. 가인이와는 반대다. 여기서 중요한 점은, 내가 개인적으로 아는 그녀들의 모습에만 기반을 두고 캐릭터를 설정해서는 안 된다는 것이다. 가수들을 바라보는 대중의 입장이 되어 충분히 고민해본 후 디테일을 잡아야 한다. 작사가는 끊임없이 관찰해야 하지만, 그 관찰의 시점을 끊임없이 객관화하는 훈련도 필요하다.

나는 이 장의 서두에서 이 가수들이 이랬으면, 하는 나의 진심을 담은 가사에 대해 이야기하겠다고 말했다. 이 가사에서는 아무래도 내가 그녀들의 캐릭터를 빌려 내 마음을 얘기하고 싶었던 것 같다. 누군가 숨겨온 무언가가 알려졌을 때, 사람들에게 진실은 중요하지 않다. 핫이슈 아래 그간 자기가 보아왔던, 혹은 믿어왔던, 아니 믿고 싶은 모습에 따른 각기 다른 반응을 보이는 사람들만 있을 뿐이다. 세상엔 거짓말보다 황당한 진실도 있고, 누가 봐도 진실 같지만 극소수만 아는 거짓말들이 있다. 마치 퍼즐 조각을 맞추듯 근거를 모으지만, 그조차 자신들이 완성하고자 하는 그림을 정해놓고 모으는 파편들일 뿐이다. 그러니 진실을 이야기한들 소용없는 때가 온다면, 차라리 그것을 자신만의 신비로운 영역 안에 넣어버려라. 그리고 내 것이 드러나지 않길 바라는 만큼, 남의 것을 캐지 말라. 이 이야기는 절대 연예인만을 두고 하는 말이 아니다. 당신과 내가 명심해야 할 이야기다.

두 사람 사이에선 언제나 기분좋은 긴장감이 흘렀다. 이 둘은 서로에게 동경하는 부분들이 있고, 그래서 오히려 쉽게 친밀해지진 못할 수도 있다는 생각을 했다.

누구나 비밀은 있다

작곡 윤상, east4A
작사 김이나
노래 아이유, 가인

verse 1)
내가 누굴 탐했었는지*
네가 알면 넌 어떤 표정을 할까
내가 어제 무얼 했는지
네가 알면 넌 어떤 얘기를 할까

영원한 비밀이란 없다고 말을 하지만
떠들썩하거나 사소하거나
끔찍한 파문이 일지 몰라

후렴)
누구나 비밀은 있는 거야
아무에게도 말하지 마
우리 아무 일도, 없던 걸로, 안 들은 걸로 해요
모두 비밀은 있는 거야
누구에게도 말하지 마
사람들에게는 진실이란 중요하지 않아

verse 2)
내가 무슨 꿈을 꿨는지
네가 알면 넌 어떤 얼굴을 할까
내가 누굴 싫어하는지
네가 알면 까무러칠지도* 몰라

* 몇 가지 표현들 중
가인과 아이유 각자에게
고르라고 했다.

168

영원한 비밀이란 없다고
Oh oh oh oh 말을 하지만
넌 내가 정말로 없을 것 같니
아무도 모르는 story 하나

넌 네가 정말로 다 안 것 같니
너의 제일 가까운 그 사람을

후렴) 반복

d bridge)
비밀이 있기에 빛나는 사람
나를 언제나 궁금하게 만들어
다가갈수록 신비로운 사람
그대의 모든 걸 말하지 마요

후렴) 반복

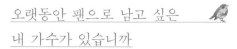
god의 〈하늘색 풍선〉을 기억하는가. 팬덤을 향한 가사이지만 대중적인 인기도 끌었던, god의 히트곡 중 하나다.

서태지와 아이들의 〈우리들만의 추억〉도 마찬가지다. 서태지키드 세대로서 고백하건대, 그 노래를 들으며 많이도 울었더랬다.

이렇듯 팬송은 언뜻 '그들만의 이야기'라고 오해될 수 있지만 고유한 추억과 힘을 지닌다. 때로는 회사의 기획하에 팬송이 만들어지기도 하고, 작사가가 이 곡은 팬송으로 적합하다고 생각해서 탄생하기도 한다. 팬송 가사를 쓸 때마다 나는 평소의 내 '모니터 습관(이라고 쓰고 '잉여력'이라 읽는다)'에 감사한다. 팬들이 어떤 마음인지, 또 가수들은 팬들에게 어떤 마음인지 어렴풋이 그릴 수 있으니 말이다. 그냥 팬들에게 고맙다는 내용을 그럴듯하게 쓰면 될 거라고 생각하면 안 된다. 나는 과거부터 현재까지 활동하는 모든 가수를 관찰하는 버릇이 있는데, 그 버릇이 내가 일하는 데 이렇게 큰 도움이 될 줄은 몰랐다. 하긴 '팬심'을 그저 어린 '빠순이' '빠돌이'의 치기라고 치부해버리는 사람이라면, 한 가수의 노랫말을 쓸 자격이 있겠나 싶기도 하다. 어쩌면 나도 누군가의 팬이기에 이 일을 할 수 있었고, 기본적으로 그 '빠심'이란 게 나의 큰 원동력인 덕도 있겠다. 나는 열렬한 '가요빠'니까.

팬송을 쓸 때 염두에 두어야 할 것은, 팬들을 타깃으로 쓰되 연인 사이에도 걸맞은 이야기를 쓰는 게 가장 이상적이라는 점이다.

지금부터 그 팬송의 세계를 소개하겠다.

뜻밖의 글로벌 가수, 엑소

요즘 인터넷에서 유행하는 '뜻밖의 ~' 시리즈를 재밌게 봤다. 예상 치 못한 결과물로 당혹스럽지만 나쁘지 않은 어떤 일을 겪는 것을 일명 '뜻밖의 시리즈'라고 하더라.

나에게도 뜻밖의 일이 하나 있었으니, 바로 데뷔하자마자 내가 생각한 사이즈보다 훨씬 큰 가수가 돼버린 한 그룹의 이야기다.

SM에서 '남자 신인팀'이라는 정보만 달린 데모가 들어왔다. 밝고 건강하고 풋풋한 곡이었다. 왠지 SM이 야심차게 내놓는 신인팀의 '타이틀곡'일 것 같진 않다는 예감이 들었다. 하지만 이런 사랑스러운 느낌의 곡은 팬송으로 만들어지면 나름의 가치를 가질 수 있게 된다.

팬송의 방향성은 크게 두 가지가 있다. 노골적으로 팬들에게만 헌정하는 가사, 혹은 대중들에겐 연애 이야기로 비치지만 팬들은 이게 팬송이라는 걸 알 수밖에 없는 가사. 둘 다 각자의 매력이 있지만, 난 왠지 후자가 더 설레는 것 같아서 더 선호하는 방식이다. 물론, 대중성까지 잡고 싶다는 욕심도 있는 거고.

팬송 가사를 쓸 때 가장 많이 떠올려야 하는 그림은 바로 콘서트장이다. (보이그룹이라면 더더욱!) 콘서트 말미에서 이 노래를 부르며 팬들과 교감하고 감사해하고 기뻐하는 그때를 상상해보라. 가수들이 마음껏 예쁜 짓을 해도 되는, 있는 대로 행복해해도 뭐랄 사람이 없는 현장의 분위기를. 이런 가사를 쓸 때에는 마음이 유독 말랑말랑해진다. 온 대중보다는 완전히 그들을 사랑해주는 팬들을 타깃으로 놓고 쓸 때의 그 안도감이란!

나는 〈Lucky〉 가사를 쓰고 '으르렁' 앨범이 발표될 때까지 내가 쓴 그 가사의 주인공이 엑소EXO라는 사실을 몰랐다. 〈으르렁〉이 발표된 후 '와, 정말 굉장한 곡이며 팀이다'라고 생각할 무렵, 각종 SNS로 엑소 멤버의 사진을 프로필 사진으로 내건 팬들이 내게 감사의 인사를 하기 시작할 때도 나는 반신반의했다. (모든 곡이 발표될 때마다 회사에서 연락이 오진 않는다.) 검색해보고서야 알았다. 아, 내가 1년 전쯤 썼던 그 가사를 엑소가 불렀구나!

그러고 나서야 내가 실수 아닌 실수를 했다는 걸 깨달았다. 이렇게 크게 터질 팀일 줄 모르고, "같은 나라에 태어나서, 같은 언어로 말을 해서"라는 표현을 써서 팬들을 '한국인'으로만 한정했으니. 살다 살다 그런 일은 또 처음이었다. 지금도 웃음이 나온다. 이 책을 보는 독자 중 엑소 팬이 있다면, 이 자리를 빌려 사과한다.

그래도 한국에서의 팬덤이 기반이 되어야 해외 팬덤도 있게 마련이니, 본의 아니게 '우리끼리'송이 되어버린 게 그닥 아쉽지만은 않다.

어쨌든 나름대로 SM의 신인 보이그룹이니만큼 데뷔와 동시에 큰 인기를 얻을 거라 예상해서 나온 설정임에도 불구하고(해외를 염두에 두지 않을 때 '한국'이라는 공통분모는 얼마나 큰 것인가) 작은 '교집합' 같은 설정이 되어버렸으니, 운명이란 알다가도 모를 일이다.

이 가사는 후렴구의 일부를 제외하고는, 전부 팬들을 향한 마음을 묘사한 것이다. 나를 좋아해줘서 고맙다고, 우리가 이렇게 만나게 돼서 세상만사에 감사하다고 노래하는 사랑스러운 캐릭터를 표현하고 싶었다. 오죽 행복했으면 '내가 착하게 살아서 그런가보다'라고 스스로를 칭찬하기까지 했을까.

나름의 의미심장한 순정파 요소는 가사의 말미에 있다. "나의 처음이 너라서, 이 노래 주인공이 너라서"라는 파트는, 엑소의 입장에선 팬들이 '첫 팬'이지만, 팬들의 입장에선 소위 '갈아타서 온 팬'일 수도 있음을 고려한 디테일이랄까.

이 가사를 쓸 때 이 노래를 부를 그룹의 멤버 수도, 나이도, 얼굴도 모르는 상태에서 막연히 상상하던 시간이 떠오른다. 그들이 이 노래를 수많은 팬들과 부르는 순간이 온다면 참 좋겠다는 생각을 했고, 그 생각은 내 예상의 수백 배 이상으로 이루어졌으니 행복하다. 모쪼록 이 노래가 오래도록 팬들과 엑소의 초심으로 기억되길 바란다.

Lucky

작곡 E. One
작사 김이나
노래 엑 소

verse 1)
같은 나라에 태어나서
같은 언어로 말을 해서
참 행운이야, 참 다행이야
세상에 당연한 건 없어

괜찮은 옷을 입었던 날
그렇게 너를 만났던 건 lucky
나 착하게 살아서 그래

후렴 1)
너의 이름을 부르고 너의 손을 잡아도 되는 나
부서지는 햇살은 나만 비추나 나 이렇게 행복해도 돼?*
나의 이름을 부르고 나의 어깨에 기대오는 너
저 하늘의 햇살은 너만 비추나 너 그렇게 눈부셔도 돼?*
so lucky, my love
so lucky to have you
so lucky to be your love, I am. hmm

* 물음표는 청자 입장에선 있으나 없으나 전혀 상관이
없겠다. 하지만 부를 사람이 감정선을 잡게
하기 위해, 그리고 가사를 글로 접할 사람들을
위해 필요할 때 꼭 쓰기를 고집한다.
김이나의
작사노트

175

verse 2)
같은 색깔을 좋아하고
같은 영화를 좋아하는걸 lucky
운명 같은 사랑인 거야

후렴 1)
너의 이름을 부르고 너의 손을 잡아도 되는 나
부서지는 햇살은 나만 비추나 나 이렇게 행복해도 돼?
나의 이름을 부르고 나의 어깨에 기대오는 너
저 하늘의 햇살은 너만 비추나 너 그렇게 눈부셔도 돼?
so lucky, my love

d bridge)
사진 속의 환한 미소와 너와 나의 환상의 조화
I think I'm a lucky guy 너무 좋아 우린 지금 꿈속의 동화
Oh My God! 제일 듣기 좋은 Pop-Pop
그녀 목소린 날 녹여 like ice cream
그 모습 마치 그림

후렴 2)
나의 처음이 너라서 이 노래 주인공이 너라서
나 이렇게 웃잖아 너만 보라구 너 지금 나만 보고 있니?
내게 꿈이 또 생겼어 더 멋진 남자가 되겠어
날 보는 네 두 눈은 그 무엇보다 날 다시 뛰게 만드니까
so lucky, my love
So lucky to have you
So lucky to be your love, I am. hmm

솔로 가수로 데뷔해 10년 이상 무대에 계속 서는 것은 대단한 일이다. 하물며 그룹은 오죽하랴. 얼마 전 한 연예게시판에 올라온 '아이돌 연대기'표를 봤다. 그 흔한 멤버 교체 한 번 없이, 재결합할 필요도 없이 98년 데뷔 이후 팀을 유지해온 아이돌 그룹은, 신화 한 팀뿐이었다. 그룹이 잘되면 잘되는 대로, 안 되면 안 되는 대로 유지가 어려운 것이 이곳의 생리다. 개인적인 문제로, 수익과 배분에 대한 문제로 '팀'이란 늘 쉽게 와해되어, 긴 세월이 흐른 후에는 '출신'만 남고 각자의 역량에 따라 누군가는 살아남고 누군가는 잊힌다. 팀의 와해에는 절대적인 가해자도, 피해자도 없는 경우가 많다. 그만큼 복잡하고 어려운 문제이기에, 신화가 유지되는 것은 업계에서도 자주 화자될 정도로 대단한 일이다.

꽤 오랜만의 컴백이었다. 정규 앨범으로는 4년 만의 발매였던 걸로 기억한다. 녹음 과정 일부를 통해 본 신화의 모습은 완벽하게 체계적이었다. 그들은 서로를 동등하게 존중해주는 사이임과 동시에 리더(에릭)와 프로듀서(민우)의 역할이 확실했다. 따르는 멤버와 이끄는 멤버가 그때그때 유연하게 조율되었다. 괜히 십수 년간 한 팀을 이뤄온 게 아니구나 싶었다.

이런 '신화'라면, 팀으로서의 지난날을 돌아보는 이야기를 다루면 자연스레 팬송이 될 수밖에 없다. 거꾸로 팬송으로 써도 인생을 이야기하는 가사가 될 수밖에 없다.

쓸쓸한 데모의 정서는 광활한 곳에서 끝도 없이 걷고 있는 신화를 떠올리게 했다. 만날 상대(대중 혹은 팬) 또한 반대편에서부터 어느 한 지점을 향해 걸어오고 있다. 굉장히 먼 길을 걸어왔지만 어느 지점에서 만나리라는 것을 서로 확실히 안다. 행진곡에 쓰이는 듯한 드럼 비트에서 나는 그런 '확신'의 느낌을 받았다.

데모의 가이드는 영어로 되어 있었는데, 최대한 그 어감을 살렸으면 좋겠다는 멤버들의 의견을 전달받았다. 그 의견을 귀담아 후렴구에선 가이드의 어감과 최대한 비슷한 발음을 유지하되 테마를 담을 수 있게 했다.

십 년을 넘긴 팀의 가수와 팬이라면, '사랑한다, 고맙다'는 말보다 서로 '너 거기 있지? 나 여기 있어' 하고 외칠 수 있는 사이가 된다. 미운 정 고운 정의 두께는 한 가수를 그 시간 동안 사랑해본 사람들, 혹은 그런 사랑을 받아본 가수가 아니면 추측할 수 없을 것이다. 그래서 나는 그들 간에 오가는 마음을 애써, 최선을 다해 추측하고 또 추측했다. 세월이 흐르며 성장한 신화의 모습을 그리고 싶었다. '그때는 몰랐던 소리'는 '예전에는 당연한 듯 들었던 함성 소리'의 의미이고, '그때는 몰랐던 사랑'도 '예전에는 당연한 듯 받았던 사랑'을 뜻한다. 긴 공백기가 있었고, 앞으로 또 어떤 공백이 있을진 모른다. 가수와 팬은, 같은 방향을 걷지만 때로는 멀리, 때로는 가까이 걸을 수밖에 없는 사이다.

하지만 '함께' 걷고 있다는 것, 언젠가 그 길 끝에서 만난다는 확신은 그래서 더욱 아름답고 소중하다.

어김없이 콘서트를 떠올렸다. 쇼를 시작할 때 부르면 멋지지 않을까 하는 상상으로 썼다. 실제 콘서트의 큐시트 순서를 떠나서, 오랜만에 열리는 무언가의 '서막' 역할을 해주길 바랐다는 얘기다. 다행히 곡이 음반의 1번 트랙에 배치되었으니, 이 곡에 대해 느끼는 바가 모두 어느 정도 통했던 것 같아서 기뻤다. 무엇보다 팬들이 듣자마자 '이거 우리한테 부르는 노래구나' 하고 알아줘서 벅찼다.

팬   스타

179

On the road

작곡 김도현
작사 김이나
노래 신　화

verse 1)
넌 어디 있니 날 기억하니, 날 듣고 있니 잘 가고 있니
약속처럼 이 길의 끝에 널 만나겠지

하루가 참 길 때가 있고 시간이 빨리 갈 때 있어도
그 발걸음만 지키면 돼 흔들리지 않게

그때는 몰랐던 소리와, 그때는 몰랐던 모습과,
그때는 몰랐던 사랑이 저기 온다

후렴)
저 하늘에 네가 차올라* 저 노을엔 네가 타올라*
넌 미리 온 듯**, 날 부르는 듯, 들리는 소리, hello hello
이 그리움이 날 차올라 이 기다림에 난 타올라
다시 한번 나, 들을 수 있게 내게 외쳐줘 hello hello, hello hello

Yeah Everyday 네가 필요해 조금씩 내가 지칠 때,
힘이 돼주고 위로돼서 난
쓰러져도 다시 또 시도해

And I thank you for that Cuz I feel the same
이 길을 함께 걸을 수 있게 한 발걸음씩 다신 떨어지지 않게
너에게 난 맹세해

* 가이드의 'Shine all right'라
  최대한 비슷한 발음의 단어로 썼다.
** 역시 가이드의 'I'm waiting undo'
  와 최대한 비슷한 발음.

김이나의
작사노트

verse 2)
주저앉고 싶은 적 있고, 돌아가고 싶었을 때도
이유 있는 길이라는 걸 난 알기에

후렴) 반복

우리는 함께 걷고 있어 같은 길 위에 서서
내 가슴이 널 담고 있어 눈감아도 널 볼 수 있어

You give me the light to see,
I can hear you calling back for me
This promise I'll always keep Just remember that I'll never leave

잘하고 있어, 함께 있어줘 내게로 들려, 네가 들려,
say hello, hello, hello

Yo Yo My heart you got the key with a new start
you set me free
You make me breathe make me believe That I'll do this
again and your all that I need
I was gone now you found me, I feel the love all around me
One thing I know baby I won't be alone that's why its all cuz of
you when I'm on the road

두 눈으로 널 볼 수 있고, 두 팔로 널 안을 수 있어
더 가까이서 또 들려오는 너의 목소리 hello hello, hello hello

서투른 첫 고백, 인피니트

인피니트의 〈With…〉는 회사에서 아예 '팬송으로 만들었으면 좋겠다'는 방향성을 갖고 의뢰해왔던 곡이다. 독특한 건 대개 회사 기획으로 만드는 팬송은 약간의 리듬감이 있게 마련인데, 이 곡은 솔로가 부르는 발라드곡 같았다는 점이다. 너무 착하고 순한 느낌의 곡이었다.

일 대 다수의 화법이 아닌, 일대일의 화법이 어울리는 곡이라는 생각이 들었다. 무대 위에서 '팬들을 향해' 외치는 이야기가 아닌, 팬 한 명을 옆에 앉혀놓고 조심스럽고 비밀스럽게 들려주는 이야기를 전체적인 콘셉트로 잡았다. 이런 노래, 진작에 만들었어야 하는데 이제서야 만들어서 밉지? 하며 이야기는 시작된다. 나만 일방적으로 사랑하는 느낌을 받는 팬 입장에서 들으면 감동받을 수 있는 이야기를 만들고 싶었다. 이를테면 '그 맘 내가 다 알아. 몰라서 여태 안 한 거 아니지만 미안해' 하는 이야기 말이다.

"내 이름을 첨 부르던 그 입술"과 "반짝이며 나만 보던 눈"은 인피니트 입장에서는 당연히, 잊을 수 없는 순간일 것이다. "내가 더 잘할게"는 그 말만큼 사랑하는 사이를 단단하게 다져주는 말은 없다고 생각해서 넣었다. "기억하니, 많은 게 어색했던 우리 첫 만남"은 지금보다는 덜 다듬어진 자신들의 모습을 겸연쩍게 떠올리는 인피니트의 입장이다. "오랜 습관처럼 너부터 찾는 나, 그리고 늘 거기 있는 너"는 팬들이 흔히들 찍는 '출퇴근길 직찍'에서 떠오른 부분이다. 가끔 올라오는 '직찍'들을 보면, 카메라 렌즈를 똑바로 보며 환하게 인사하는 가수의 사진이 눈에 띌 때가 있다. 나는 그 모습이 그 어느 때보다 편해 보였다. 어쩐지 일종의 안도감까지 느꼈으니 말이다. '오늘도 왔구나?' 싶은 심경이랄까.

내가 가수라 해도, 음악방송이나 단체 공연 등을 할 때면 내 팬들이 앉아 있는 구역을 눈으로 먼저 찾게 될 것 같다. 예전에 풍선색으로 팬덤이 갈리던 시절, 모든 가수들이 자기 팬덤의 풍선 색깔을 보며 행복해했다는 얘기도 있듯이.

일반인들에게 연예인들의 사건사고는 그저 '가십'이지만, 팬들과 가수 사이에선 심장이 쿵덕거리는 매우 개인적이고 감정적인 문제다. 그럴 때 팬들의 가슴은 무너지지만 일반인들에게 내 가수가 밉보일까봐 티도 잘 못 내는 때가 있더라.

팬심이란 게 참, 어른들은 이해 못하겠지만 가까이서 지켜보면 애틋한 종류의 마음이다. 이 일을 하기 전에는 연예인들이 팬들에게 "사랑해요 고마워요" 하며 손 흔드는 모습은 그저 팬서비스 차원일 뿐 그 이상도 이하도 아니라고 생각했다. 하지만 곁에서 보니 그게 아니었다. 하물며 스태프 입장에서도 팬들에게 고마운 마음이 드는데, 가수 본인들은 어떠랴. 현실 속의 사람들에게 치일 때 기댈 곳은 팬들뿐일 테니 말이다. 그래서 가끔씩 SNS에 힘든 심경을 밝히는 가수들을 보면 나는 그 심정을 조금은 이해할 수 있을 것 같다.

가사는 본의 아니게 조금 슬픈 톤이 되었다. 내가 가수 입장이 되어서 보는 팬은, 언젠가 떠날 수 있는 사람들이기도 하다. 가사 말미의 "생각해본 적이 있어 먼 내일에 여전히 함께 있을 너와 날"은 다른 연애 가사와 달리 '영원히 곁에 있겠다고 약속'할 수 없는 입장이라서 나온 말이다. 내가 영원히 여기 있는다고 해서 팬들이 영원히 거기 있는 건 아닐 테니까. 그 두려움이 있을 것 같으니까.

With...

작곡 J. Yoon
작사 김이나
노래 인피니트

verse 1)
내가 먼저 말했어야 했는데
이제야 너와 마주앉아
우리들끼리만 나누는 이야기
이제서야 준비한 나 믿지

난 못 잊겠어 내 이름을 첨 부르던 그 입술을
반짝이며 나만 보던 눈
내가 더 잘할게
내가 더 말할게
내가 너를 더 사랑할게

후렴 1)
함께 걸어왔고
같이 울었었지
잊지 못할 건
너뿐일 것 같아
I will never be alone with you

verse 2)
넌 기억하니, 많은 게 어색했던 우리 첫 만남
이젠 네가 없인 어색해
오랜 습관처럼
너부터 찾는 나

그리고 늘 거기 있는 너

후렴 1)
함께 걸어왔고
같이 울었었지
잊지 못할 건
너뿐일 것 같아 (just you)

가끔 나 약해질 때도
너를 찾아와도
아무런 말 없이 날 이해해줄래

후렴 2)
좋은 날이 오고
힘든 날이 와도
떠오를 사람
너뿐일 것 같아

생각해본 적이 있어
먼 내일에
여전히 함께 있을 너와 날

후렴 2) 반복

이 장은 누군가에 대한 '팬심'이 크게 없는 독자에게 얼마나 공감을 살지는 모르겠다. 특히 인피니트 파트에서는 '에이, 연예인도 나중엔 자기 인생 사는데 뭐 그리 슬픈 입장이 될 게 있나' 할지도 모르겠다. 하지만 단언컨대, 연예인과 팬의 관계에는 모종의 특별하고 사적인 감정이 있다. 일반인들이 인식하는 '팬서비스'와 '맹목적인 사랑'만으로 설명될 수 없는 무엇이 있다. 그리고 작사가라면, 그 '무엇'에 공감하고 위로할 수 있어야 한다.

사실 나는 이 곡들을 쓸 때 상상했다. 환갑이 다 되어 디너쇼에서 이 노래들을 부르는 그들을!

아마도 비의 〈I'm coming〉이었을 거다. 내가 '실제 캐릭터'와 '가사 속 캐릭터'가 일치할 때 생기는 시너지를 배운 것은.

아직도 나를 움직이는 힘은 아직도 나 배고파하는 그 이유는
나의 마음속 깊이 자리잡은 두려움이야
쓰러질 때마다 내게 들려오는 목소리

아직은 쉴 때가 아냐 힘들었던 땔 잊지 마
지쳐 있는 나의 몸을 다시 깨우는 소리
니가 원하던 거잖아 니가 한 약속 잊지 마
거칠어진 호흡을 다시 한번 가다듬고 간다

Rain is coming down through the roof top
또 비가 내린다 모든 걸 적신다 (하략)

이 가사는 보다시피 '비'의 노래가 아니면 그다지 특별하지 않을 수도 있는 내용이다. 아, 지금 자기 얘기를 하고 있구나, 하고 느끼며 감상하면, 그 곡에 대한 몰입도는 굉장히 커질 수밖에 없다. 가수들이 "사실 이 가사는 제 얘기예요"라고 인터뷰한 걸 보면, 나중에 그 노래를 다시 들을 때 새로운 감정이 느껴지지 않던가.

이 곡을 작사 작곡한 박진영씨가 한 인터뷰에서 자신의 앨범에 수록할 곡은 거의 자기 이야기로만 쓴다고 말한 것을 본 듯한데, 아마도 그런 습관이 다른 가수에게 곡을 줄 때도 작용한 게 아닌가 싶다.

이 곡을 부를 즈음의 비는 당시 비교 대상이 없을 만큼 독보적이었다. 그래서 이 곡은 더욱 빛났다.

천하무적 이효리

이효리의 데모가 왔다. 와, 이효리라니. 이효리라니! '언니'라고 부르고 싶지만 동갑(79년생)이라 그럴 수 없는 그분. 내가 여자 가수 중 '팬심'으로 가장 좋아하는 사람.

그런데 가사 작업에 조건이 붙어왔다. 김도현 작곡가는 이렇게 전

했다.

"제목을 '천하무적 이효리'라고 하고 싶대요."

아니 이 무슨 귀여운 조건인가. 천하무적 이효리라니, 이 설정은 약간 만화적인데, 곡은 좀 무게감 있는 쪽이라 괜찮을까. 하지만 어쩌겠는가. 작사가는 클라이언트의 요구에 따라야 하는 스태프인데. 무슨 이야기로 풀까, 고민을 시작했다.

솔직히 그 조건을 듣고 나서의 내 심경은 안쓰러움에 가까웠다. 스스로 '천하무적'이라고 생각해서 내놓은 제목이라기보단, 약해진 자기 마음에 '난 천하무적이야'라고 말해주고 싶어하는 듯한 느낌을 받았기 때문이다.

본인의 심경이야 어떻든, 천하무적인 이효리로 천하무적 콘셉트의 이야기를 푸는 건 어렵지 않았다. '내가 없으니 심심했지?'라고 말하는 게 어색하지 않을 가수였으니까.

타이틀곡인지 아닌지는 불확실한 상태였지만, 최소한 컴백 때 무대에서 추가로 부르는 곡은 될 수 있겠다 생각하고 썼다. 컴백하면서 부르기 딱 좋은 가사를 쓰면 현실화될 수 있겠지, 하는 노림수도 있었다. 그리고 무척 많은 '팬심'을 불어넣었다. 이런 말을 하는 이효리를 보고 싶은 마음을 듬뿍 담았다.

곡의 환기 구간인 더 브릿지는 때마침 어딘가 서글펐다. 거기에서 내가 상상한 그녀의 속내를 넣기로 했다. 마냥 '내가 최고다'라고 우기는 게 아니라고, 여기에 이르기까지 어떻게 살아왔는지 아느냐는 심경.

기쁘게도 가사는 픽스되었고, 애초에 정해져 있던 것인지 아니면 내 노림수가 성공을 거둔 것인지는 모르겠지만, 이 곡은 컴백 오프닝곡이 되었다. "바로 여기니까 내 자리니까"라고 노래하며 한 마리 여왕 고양이처럼 앉는 춤추는 이효리를 보는 기분이란! 지면이 허락된다면 한 페이지를 온통 느낌표로 채워도 모자랄 것이다. 내가 작사가로 일하면서 정말 짜릿했던 순간 중 하나로 꼽기 때문에.

천하무적 이효리

작곡 김도현
작사 김이나
노래 이효리

verse 1)
(Hot like me) 그건 다 착각일 뿐
(Dance like me) 어딜 넘보려 하니
(누구나) 할 수가 있었다면
그건 내가 아닌걸
쉬워 보였겠지 잠깐은
내가 없는 무대였으니
다시 나를 보니 어떤지
크게 소리질러봐

후렴)
Don't stop, go rock your body, move
Speak up, go rock your body, move
내가 있어야 할 곳은
바로 여기니까 내 자리이니까

192

verse 2)
(Sing like me) 입술을 움직여봐
(Move like me) 신나게 흔들어봐
(쉽게 날) 잊을 순 없었다고
나에게 소리쳐봐
하루하루 손을 꼽았지
근질대는 몸을 참았지
볼륨을 더 크게 높여봐
내가 돌아왔으니

후렴) 반복

d bridge)
얼마나 내가 눈물 흘린 건지
넘어졌었는지 상처 숨겼는지
얼마나 내가 많은 걸 버리고
이 자리에 섰는지 아무도 모르지
어떤 길을 나 걸어왔었는지
많은 순간들을 견뎌왔었는지
그게 바로 날 있게 해준 거지

(후략)

정상에 오른 여자의 내공, 보아

보아의 곡을 의뢰받았을 때가 2010년. 그녀는 이미 아시아 정상을 찍은 후 가요계에서 어떤 '아이콘' 같은 역할로 자리잡은 후였다. 데모가 타이틀곡이거나 타이틀곡 후보인 경우 의뢰할 때 그 사실을 작사가가 알게 된다. 특히 SM은 의뢰 단계에서 타이틀곡인지 아닌지에 대해서 정확히 알려주는 편이다. 보아의 곡을 의뢰받았을 때 타이틀곡이라는 언급이 없었으므로, 나는 자연스럽게 이 곡을 수록곡으로 인지하고 작업했다. 실제 보아의 위치를 기반으로 한 약간 독특한 시각의 사랑 이야기를 쓰고 싶었다.

이 곡의 제목인 'Adrenaline'은 데모 가이드에 있었던 단어다. 뭔가 화학적인 냄새를 풍기는 그 단어가 마음에 들었다. 테마로 쓰기 괜찮을 것 같았다.

아드레날린이 '펌핑'되는, 누군가에게 소위 꽂힌 상태로 심경을 잡았다. 약간 건방진 화법을 쓰기로 했다. '보아'라는 가수의 후광효과를 받아 '매력적인 건방짐'으로 느껴질 것 같았다. 안달난 자신의 심리를 객관화할 수 있는 내공을 가진 여자를 그리고 싶었다. "내가 이리도 안달난 게 대단해"라는 가사는 다소 자아도취적이다. '아니, 나를 이렇게 안달나게 하다니 넌 정말 대단하구나'라는 자신감이랄까. 심지어 그 상황을 즐기기 위해 템포를 이대로, 천천히 유지해달라고 요구한다. "손에 쥔 내 모든 걸 다 놓고 싶은 너"라는 말은 그만큼 손에 쥔 게 많은 여자라는 의미이기도 하다.

보아에 빙의해서 쓰는 가사 작업은 참으로 기분좋았다. 내가 대단한 여자가 됐다면 설렘이란 감정이 어떻게 느껴질까, 잠시나마 상상할 수 있었으니까.

Adrenaline

작곡 Toby Gad, Lindy Robbins
작사 김이나
노래 보 아

verse 1)
입술에 핀 미소로 날 어지럽힌.
니 맘 하나를 갖지 못해 한 맺힌.
니 생각으로 머리 속이 막힌.
Adrenaline ×4
취한 것처럼 널 보면 머리가 또 핑.
쉬고 있던 심장이 pumping.
니 목소리만 귓가에서 윙윙*
Adrenaline ×4

* 라임.

후렴 1)
닮은 어떤 비슷했던 일도 없던 그런 나야
몰랐던 내게 없던 신선한 일인 거야
가슴에 뛰는 리듬 타고서 흘러 Adrenaline ×2
라라라라라, I love it ×3

verse 2)
내가 이리도 안달난 게 대단해
보고 또 봐도 끌리는 게 대단해
이제야 나의 온몸에 흐르는
Adrenaline ×4
난 생각해, 이걸 즐길래
난 기특해, 이러는 니가
누구를 만나도 이런 적 없어

196

Adrenaline ×4

후렴 1) 반복

후렴 2)
거기까지만 다가와줘
내가 할 테니 다 내버려둬
긴장한 내 모습 맘에 들어 (I'm in) Adrenaline
서둘지 말고 더 애태워줘
그렇게 날 계속 맴돌아줘
조금씩 조금씩 약올려봐 Adrenaline

헤어나고 싶지 않은 중독 같은 그런 너야
손에 쥔 내 모든 걸 다 놓고 싶은 너야
가슴에 뛰는 리듬 타고서 흐르는 Adrenaline ×2
라라라라라, I love it ×3

후렴 2) 반복

지옥에 갇힌 소년에게 보내는
'가수 윤상'의 노래

윤상이 작곡한 곡에 가사를 써본 일은 있지만, 윤상이 '부를 노래'에 가사를 써본 적은 없었다. 본인의 앨범에 실릴 곡이라며 데모를 보내왔을 때, 다소 광신도처럼 보일 법한 당시의 내 심경을 고백하자면 이렇다. '이건 마치 매주 내게 계시를 주는, 내가 믿는 어떤 신이, 나를 따로 불러내어 이번주 계시는 네가 써보는 게 어때? 하고 말하는 것 같군.'

어쩌면 작사가로서의 나를 만든 가장 근본적인 계기는 윤상이다. 작곡가를 동경하고 가요를 파고 음악 만드는 일을 하고 싶다는 꿈을 꾸게 한 가장 강력한 이유였으니까. 내가 팬으로서 동경하는 윤상을 지켜보는 것과 '사람 윤상'을 지켜보는 것은 매우 달랐다. 그는 내 상상보다 약했고, 예측한 것보다 훨씬 더 상처가 많았으며, 자신의 대단함을 스스로 인정하고 즐기는 면이 거의 없는 작곡가였다. (내 상상 속의 윤상은, 자기가 만든 곡을 들으며 '캬, 역시 이런 곡을 만들 수 있는 건 나밖에 없지'라며 즐거워하는 사람이었으니까. 그 정도의 음악을 만들면, 응당 그럴 수 있다고 생각했으니까.) 그가 추구하는 완벽성 때문에 같은 프로젝트의 스태프로서 숨이 찰 때도 있었고, 으레 할 수 있는 정도의 PR을 지나치게 쑥스러워하고 기피하는 모습이 답답하고 원망스러울 때도 있었다. 우리가 열광하는 작품을 만들어내는 위대한 창작자들 각자의 삶은, 정말 이렇게 고통스러울 수밖에 없나 하는 생각에 빠질 때도 있었다.

윤상의 팬이기에 당연히, 박창학 작사가의 팬이기도 했다. 팬인 정도가 아니라, 흉내내고 싶다는 생각조차 차마 품을 수 없는 저 높이에 있는 작사가가 바로 박창학이었다. 나는 윤상의 곡에 박창학이 아닌 누군가가 노랫말을 붙이는 게 싫었다. 그게 설령 나일지라도. 어떤 '기대치'에 대한 강박만이 아닌, 그의 팬이기에 동의하기 어려운 작업이었다. 데모를 들을수록 영감이 아닌 이런 생각만 떠올랐다. 하지만 그 모든 부담감에도 불구하고…… 역시나 나는 쓰고 싶었다. 부담이고 나발이고 잘 쓰고 싶다는 마음만이 내 진심이란 걸 깨달은 후에는, 데모를 듣는 게 훨씬 수월해졌다. 인피니트의 성규와 부를 듀엣곡이라고 했다. 남남 듀엣인데다가, 상대가 아이돌이라니. 생각지 못한 조합이었지만,

남녀 듀엣이 부르는 연애 이야기를 푸는 것보다는 할 얘기가 많을 것 같았다.

지금의 내가 스무 살 무렵의 나에게 어떤 메시지를 단 한 번 보낼 수 있다면, 그게 어떤 이야기일까 생각해본 적이 있다. '네 입으로 네 장점 얘기하지 좀 마라' '잘난 줄 알고 살지 마라' '자아성찰 좀 해라' '허영 좀 버려라' 등등, 한 가지만 이야기해야 한다는 상황 설정 자체가 고통스러울 만큼 나는 어린 나에게 귀띔해주고 싶은 얘기가 많다. 하지만 윤상이라면 어땠을까? 내가 보아온 윤상은, 아주 정확한 통찰력이 있었다. 오해를 살지언정 포장해서 말하는 것을 싫어하고, 악의도 미화도 비아냥도 없는 생살 같은 말을 하는 사람이었다. 나는 때로 그가 하는 이야기들이 이해되지 않을 때가 있었지만, 몇 년이 지나고 나면 그 말은 늘 맞는 말이었고 나를 위한 말이었다는 결론에 이르렀다. 그런 윤상이라면, 왠지 지난날의 자기에게 세세한 잔소리를 하기보다는 '겪되, 스스로를 조금 더 사랑해도 된다'라고 말할 것 같았다. 각 후렴은 같은 가사이고, 두 가수가 번갈아 부른다. 윤상의 후렴구가 확신에 찬 위로이자 당부라면, 성규의 후렴구는 '스스로를 사랑하는 내가 되었으면' 하는 간절한 바람의 의미로 들리길 원했다. 미래의 어른이 된 나에게 보내는 편지이자, 과거의 어린 나에게 보내는 편지. 제목에 이메일에서 답장 쓰기를 누르면 자동완성되는 'Re:' 표기를 한 것은 그 때문이다.

데모로는 가사 파트가 어떻게 나뉘는지 불분명하여, 내 기준으로 나

아이유의 〈나만 몰랐던 이야기〉 뮤직비디오 촬영
장에서 팬심을 가득 담아 직접 찍은 사진. 내가
보기에 윤상이 가장 멋있어 보이는 앵글.

뉘서 보냈다. 이 말은 성규가 했으면 좋겠고, 이 말은 윤상 오빠가 했으면 좋겠어요, 라고.

내가 개인적으로 아끼는 파트가 있다. 대중적인 히트 요소가 아닌, 나 자신이 중요하다고 생각하는 파트. 바로 성규가 "아름다운 고민인 거라는 무책임한 얘기들"이라고 노래한 뒤 바로 이어 나오는 윤상의 "아마 조금 더 어려워질지 몰라"이다. 다른 사람이라면 성규의 푸념에 '하지만 버티어내다보면 조금 더 나은 세상이 올 거야' 류의 위로를 할지도 모르지만, 윤상이라면 냉소적인 진실을 말해줄 것 같았다. 결국 그것이 나중에 약이 되리라는 걸 아는 사람이니까. 사실 저 부분은 "지금 너무 지옥 같아요"라고 말하는 소년에게, "응. 그런데 아마 더 지옥이 될 거야"라고 말하는 매우 아픈 부분이다.

그럼에도 불구하고 건네는 딱 한마디가 "다만 더 사랑해도 괜찮아"라는 말이다. 많은 고민과 갈등은 대개 스스로를 덜 사랑해서, 지금의 내 가치를 충분히 인정하지 않아서 일어나는 게 아닐까. 시종일관 냉소적인 관찰자 입장에서, 새끼를 낭떠러지에서 떨어뜨리는 사자의 마음으로 어린 윤상을 바라보던 어른 윤상도 단 한 번 결정적인 순간에는 소년을 붙잡아주려는 마음이 있다는 것을 표현하고 싶었다. 디 브릿지가 그 부분이다. 전부 괜찮을 거라는 말에 의구심을 품고 "거짓말한 적 있나요, 위로하고 싶은 좋은 마음으로"라고 묻는 성규에게, 윤상은 "지금만은 아니야, 너에게만큼은 단 한 번도"라고 대답한다. 제목의 의미처럼, 이 가사는 윤상이 윤상에게 하는 이야기이다. "너에게만큼은 단한 번도"라는 말은, 스스로에게 단 한 번도 거짓말을 하지 않았다는 말이 된다. 내가 그를 다 알지는 못하지만, 왠지 그럴 것 같다. '괜찮아, 너는 스스로를 더 사랑해도 돼, 날 그냥 믿어'라고 말하는 것은, 지금(어른)의 내 모습을 사랑하고, 믿는 사람만이 할 수 있다. 아니라면 나처럼 '넌 뭐뭐 좀 고쳐야 돼'라고 야단을 치겠지. 무엇보다 어린 날의 자기에게 저렇게 이야기할 수 있는 윤상이기를, 나는 바란다.

이 곡에 아쉬운 점이 딱 하나 있다. 맨 마지막 후렴구는 따로 파트 표기를 하지 않았는데, 그 부분은 당연히 둘이서 화음 듀엣으로 부를 거라고 생각했기 때문이다. 그래서 가사에서도 "어떤 화음으로 만날 수 있기를"이라는 말을 쓴 건데…… 그 바람이 이 노래의 후반부에서 이뤄지는 결론을 내고 싶었는데…… 윤상은 성규의 보컬을 더 부각시키고 싶어서 말미에선 자기가 빠진 거라고 했다. 아, 바로 이런 면인 것이다. 내가 스태프로서 원통하고 답답한 순간은!

Re: 나에게

작곡 다빈크, 윤상
작사 김이나
노래 윤상, 김성규

윤 상 ▬
김성규 ▬

verse 1)
이 노랠 부르고 있을
어느 날의 나에게
고마웠다고 얘기해주고 싶어
그때 울었던 니가 나를 웃게 한다는
비밀 얘기를 네게 해주고 싶어

가장 어두웠던 날도 너의 하루는 너무도 소중했다고
지금 다 모른다 해도 너는 결코 조금도 늦지 않다고

후렴 1)
다만 더 사랑해도 괜찮아
지금 니 모습과 너의 사람들을
한번 더 날 믿어줘
전부 괜찮을 거야, 괜찮을 거야*

verse 2)
무얼 모르는 건지, 알아야만 하는지
하루도 못 가 바뀌는 생각들
아름다운 고민인 거라는 무책임한 얘기들
아마 조금 더 어려워질지 몰라

* 다른 곡을 들어봐도 '괜찮다'의
'괜'을 발음하는 윤상 특유의
소리가 있다. '고앤'을 빨리
발음하는 느낌이랄까?
성규는 이 특징도 최대한
흉내내려고 애썼다.

김이나의
작사노트

누구를 사랑하는지, 또는 누가 나를 사랑하고 있는지
지금 다 알 수 있다면 조금 덜 아플 건지 더** 아플 건지

후렴 2)
다만 더 사랑해도 괜찮아
지금 니 모습과 너의 사람들을
한번 더 나를 믿어줄래
전부 괜찮을 거야, 괜찮을 거야

d bridge)
거짓말한 적 있나요, 위로하고 싶은 좋은 마음으로
지금만은 아니야, 너에게만큼은 단 한 번도
한번 더 기다릴게
어느 날의 답장을, 그때 얘기를

후렴 3)
언젠가 너와 나의 얘기가
어떤 화음으로 만날 수 있기를
어쩌면 우린 이미
그런 걸지도 몰라, 듣고 있을지 몰라

삼 분 남짓한 노래를 가지고, 할 이야기가 이렇게 많다. 짧은 이야기를 최대한 늘이고 늘이는 기분으로 가사를 쓸 때가 있고, 많은 이야기를 함축하고 함축하는 기분으로 가사를 쓸 때가 있다. 이 가사는 후자의 경우였다. 어떤 기분으로 쓴 가사가 더 좋다는 정답은 없다. 하지만 개인적인 애착은, 후자로 간다.

가사를 '잘 쓰겠다'고 덤빌 때와 '좋은 가사'를 쓰겠다고 덤비는 데에는 차이가 있다. 좋은 가사를 쓰겠다고 마음먹을 때에는 나의 간절함이 들어간다. 무엇이 더 좋은 것인지는 비교할 수 없다. 내가 어떤 마음을 먹었다고 해서 작업 결과물이 그대로 나오는 것도 아니다. 잘 쓰겠다고 덤빈 가사가 거절당할 때도 있고, 큰 고민 없이 쓴 가사가 많은 사람들에게 사랑받을 때도 있으니까. 하지만 명확한 것은 '좋은 가사를 쓰고 싶다는 마음은 내가 그 가사를 부를 사람에 대한 신뢰가 클 때만 든다는 것이다.

'쿨'의 데뷔 20주년 기념음반 타이틀곡인 〈안녕들 한가요?〉의 탄생 배경에는 여러 가지가 있다. 정리해서 말하자면 다음과 같다.

30대의 사춘기, 이대로 괜찮은가에 대한 고민

'사는 게 녹록지 않다'는 당연한 진실을, 30대에 와서야 곱씹어보곤 한다. 다들 20대 초반에 이 걱정을 한다는데 나만 너무 늦은 건 아닐까, 그리고 보니 난 10대 때 사춘기도 겪지 않은 것 같은데, 나 정말 이

대로 괜찮을까 하는 불안한 생각이 들 때가 있다.

서른을 맞이할 때 가장 많이 했던 생각은, 아무리 나이가 숫자에 불과하다지만 그 숫자값은 하는 사람이 되고 싶다는 것이었다.

겉으로는 그럭저럭 어른이 되었는지 모르겠으나, 내면의 나는 여전히 어리다. 때로 볼품없고, 자주 유치하다. 하지만 해를 거듭할수록 '겉'을 성숙하게 꾸미는 데에는 요령이 생긴다. 이럴 땐 이런 말을 하면, 이런 일엔 이렇게 반응해야 어른스럽지.

어느 순간 나이가 멈춘 듯하다. 아 물론, 외적인 모습은 나노 단위로 늙어가고 있다. 어쨌든 이런 걱정조차 나이에 비해 너무 어린 것 같다. 불안에 불안이 꼬리를 잇는다. 수영하다가 발차기를 멈추면 가라앉는 것처럼, 하루하루의 일에 덜 치이는 날엔 끝도 없이 안으로 가라앉곤 한다. 그리고 거기 별게 있지 않음에 또 불안하다. 끝없는 반복.

힘들다고 투덜대기엔 뉴스나 친구들로부터 접하는 인생들은 늘 고달팠다. 내 무게를 나누기엔 타인이 이미 짊어진 마음의 무게가 이미 너무 무겁기 때문에, 그저 감성적인 징징거림은 아닐까 하는 마음에, 심지어는 누군가에게 약점으로 잡히지 않을까 하는 불신 때문에 속내를 드러내는 일은 참 힘든 일이 되어가는 것 같다. 작사가라는 직업이 이럴 때 참 좋다는 생각이 들었다. 그런 나에게 해줄 수 있는 위로의 말을 가사로 쓰면, 남의 진심을 통해 내가 쓴 말을 들을 수 있으니까.

좋은 가사를 전달할 수 있는 좋은 삶을 살아온 사람

다수의 레코딩 엔지니어와 작곡가가 꼽는 최고의 보컬, 이재훈.

하지만 최근 몇몇 음악 예능프로에 나오기 전까지 그는 '보컬리스트'로서의 일반적인 평가에선 아예 열외되는 인물이었다.

그가 쉬운 음악, 소위 이지리스닝 계열의 음악을 해와서일까? 나는 그를 보면 나의 취약점인 '인정 욕구'가 건드려지곤 한다. 내가 그랬다면, '신나는 음악' '듣기 쉬운 음악'으로 뭉뚱그려지는 음악 스타일을 벗어나고 싶었을 것이다. '쿨'이라는 그룹에서 애초에 뛰쳐나왔을지도 모른다. 나만 돋보이고 싶어서.

모창자들과 비교해 원곡 가수를 가려내는 예능프로그램인 〈히든싱어〉를 보며 난 그가 '진짜로' 잘난 사람이란 걸 다시금 느꼈다. 90년대를 풍미했던 가수로서, 지금은 당시에 비해 현저히 덜 '핫'해진 그이지만, 특유의 쾌활함과 여유로움은 그대로였다. 한 시대를 풍미했던 연예인이 오래간만에 TV에 등장하면 종종 풍기는 안쓰러운 감정이 전혀 들지 않았다. 그가 소위 '엄친아', 즉 잘사는 집 아들이라 그런 거 아니냐는 의견을 종종 접했지만, 그게 진실은 아닌 것 같다. 내가 본 많은 '잘사는 집 자제'들은 '더 잘사는 집 자제'들 때문에 더, 구체적으로, 세세하게 자신과 타인을 비교하며 괴로워하고 비참해했으니.

다 알지는 못해도, 내가 아는 '인간 이재훈'은 좋은 사람이다. 아니, 좋고 말고를 떠나서 멘탈이 참 건강한 사람이라는 건, 그래서 누군가를 위로할 수 있는 사람이라는 건 틀림없다.

내 인생의 BGM

윤일상의 이재훈, 더 정확히 말하면 윤일상의 쿨은 나에게 특별하다. 쿨이 한창 '여름 킬러'로 잘나가던 시절 나는 타지 생활중이었고, 잠깐씩 한국에서 보내는 여름방학 추억의 밑바탕에 깔려 있는 BGM은 늘 '쿨'의 노래였다. 방학이 끝나고 출국하면, 쿨의 노래를 듣는 순간부터 파블로프의 개처럼 어김없이 향수병에 시달리곤 했다. 하지만 시달린 만큼 위로도 받았다. 음악이란 게 이렇다. 스타일이고 히스토리고 뭐고 간에, 내 인생의 어느 부분을 어떻게 차지하고 있느냐에 따라 '인생의 명곡'으로 기억된다.

이재훈은 나에게 그렇게 크고 건강한 영향력을 끼친 가수였다. 내가 가사를 쓰는 이재훈의 노래도 누군가의 인생에 그러한 역할을 하는 곡이 되길 바랐다. 라디오에서 스쳐지나듯 들어도, 그 순간만은 위로받을 수 있는 곡.

이전에도 한번 이재훈과 작업한 적이 있다. 쿨의 해체 기자회견 직후 발표한 10집(타이틀곡 〈이 여름 Summer〉) 때였다. 내가 가사를 쓴 것은 〈Friends〉라는 곡인데, 그때도 쿨의 노래가 나쁜만 아니라 많은 사람들에게 인생의 BGM일 거라는 점에 착안해서 가사를 썼다. 후렴구의 "굿바이 나의 친구야, 굿바이 지난날들아. 웃으며 떠나는 건 이별이 아냐, 다시 꼭 만날 테니" 파트를 녹음할 때 이재훈은 아주 조금 울었고, 윤일상 작곡가는 독사처럼, 하지만 프로페셔널하게 그 감정을 살려 짧은 발라드 버전을 만들었는데, 그 제목은 'End... And'이다. 들어보면 호흡이 평소보다 조금 더 거칠고 음정이 흔들리기까지 하는데 그 감정을 고스란히 전하기 위해 재녹음이나 튜닝을 거치지 않았으니, 그 순간의 공기가 궁금한 사람은 감상해보길.

이.재.훈!
대충 부르는데 멋있다!
잘생겼는데 못 그렸다!

안녕들 한가요?

작곡 윤일상
작사 김이나
노래 이재훈

verse 1)
맘은 그대로인데 어른이란 이름뿐
나만 이런 건 아닐까 속으로만 끙끙 앓지

하고 싶은 말보단, 해선 안 되는 말들만
하루하루 더 늘어가 거짓말쟁이처럼

사랑했던 사람이 그리울 때도
아무 일도 없는 척,
사실 많이 힘들단 말이야*

후렴 1)
안녕들 한가요? 그대의 오늘은
힘든 티 내면 안 돼서,
웃고 계신 건 혹시 아닌지
쿨한 게 뭔가요, 그게 다 뭔가요
한 번만 나랑 솔직해볼래요
모든 걸 다 내려놓고서

어른인 듯 어른 아닌
어중간한 우리 모습

* '쿨'의 노래를 하도 많이 들어서인지
'이재훈'의 발음과 발성이
아주 잘 상상되어서 '말투'를
잡기가 굉장히 쉬웠다.
이 부분은 왠지 조금 앙탈부리듯
부를 것 같아서 가사도
그런 느낌으로 나왔다.
김이나의
작사노트

212

verse 2)
꿈을 꾼 것 같아요, 지나버린 시간들
한참 흐른 것 같기도, 며칠 전 일 같기도 해
하고 싶은 일보단, 해야만 하는 일들만
하루하루 더 늘어가, 이게 사는 건가요

별별 얘기 다 했던 친구들과도
아무 일도 없는 척,
자꾸 빈말만 한단 말이야*

후렴 1) 반복

d bridge)**
It's magic real magic
시간이라는 건
늘 나의 맘보다 앞서 달리곤 해

후렴 2)
말해도 되나요, 내 안의 모든 얘기
앞에서 웃어놓고선 다른 얘기는 하기 없어요
그댄 어떤가요, 내게 말해줘요
내가 더 열면 그 마음 열래요
그대를 다 믿어볼래요

어른인 듯 어른 아닌
어중간한 우리 모습

** 더 브릿지를 빼먹고 보냈는데,
다들 모르고 있다가 녹음 당일
급하게 연락이 왔다. 하필
운전중이었는데, 차에서 다시
들으며 생각한 후 주차하자마자
작곡가와 통화해서
정리한 부분이다.

김이나의
작사노트

나는 때로 '솔직함'이 일종의 거래처럼 오고간다는 생각을 한다. 너가 이만큼 보여줬으니 나도 딱 이만큼만, 자 이번엔 네 차례. 이런 식으로 오고가는 솔직함은 얼마나 무의미한가. 하물며 때론 솔직함의 탈을 쓴 칼일 때도 있다.

나이들어가며 함부로 나의 솔직한 속내를 터놓지 않는 것은, 꼭 '누군가에게' 무언가를 숨기고 싶어서가 아니다. 그것이 유발하는 크고 작은 파도(이를테면 앞으로의 나에 대한 판단 등)들까지도 내가 감당할 수 있을 때, 비로소 모든 걸 말할 수 있기 때문에 점점 더 신중해질 뿐이다. 무엇보다, 내가 좋아하는 사람들이 내가 어떻게, 얼마큼 힘든지 알아버리는 게 싫다. 나로 인해 또다른 걱정이 생기게 하는 걸 테니까.

이렇듯 진짜 솔직함이란 귀하다. 내가 마음만 먹어서 될 일도 아니고, 상대와의 합이 맞아야 오갈 수 있는 것이기에.

하지만 때로는 미친듯이 다 털어놓고 싶다. 징징대고 싶다. 중2병이라고 욕먹을 이야기를, 온전히 상대를 믿고 늘어놓고 싶다.

나만 이럴까, 당신도 그런 거 아닐까, 그렇다면 가끔은 서로에게 속내를 이야기해도 되는 것 아닐까.

3부

세상에 합당한 이별은 없다

: 어떻게 사랑을 노래할까

하나의 이별, 여러 종류의 후폭풍

반복되는 사랑과 이별 이야기에 다채로움을 주는 건 단 한 가지, 그 상황에 대한 화자의 리액션이다.

이런 상황을 가정해보자. 연애를 하다 상대방이 바람을 피워 떠나갔다. 남 얘기일 때야, 아이고 당연히 헤어져야지 만날 가치가 있습니까, 라고들 하지만, 막상 본인의 일이 되면 그게 그리 쉽던가. 세상에 합당한 이별은 없다. 그러므로 때로는 합당하지 못해도 지속되는 감정도 있다. 작사가는 감정에 대해 이야기할 때, 절대적 또는 객관적 시각을 지니기보다는 다양한 인간상에 자기를 투영해볼 줄 알아야 한다. 옳은 선택이야 누군들 몰라서 안 하겠는가. 이상적인 사랑, 현명한 이별만을 이야기하려 해서는 공감을 얻는 가사를 쓰기 쉽지 않다.

방금 예를 든 이별의 이유로 돌아가자. 다른 사람이 좋아져서 떠나간다는 상대, 이 뻔한 상황마저 인간상에 따라 이렇게 다양한 리액션이 펼쳐질 수 있다.

A. 부처 유형

그래, 네가 날 떠나가는 데에는 이유가 있겠지. 말 못할 다른 이유가 있는데 착해서 괜히 더 못되게 말한 건지도 몰라.

모든 건 나로부터 시작됐겠지. 왜 난 몰랐을까. 다 내 잘못이야, 엉엉.

B. 망부석 유형

날 떠나가는구나. 다른 사람이 더 좋았니? 그래, 어쩌겠니. 하지만 난 영원히 이 자리에서 기다릴게. 이별조차 사랑의 한 조각이구나, 엉엉.

C. 거머리 유형

뭐? 떠난다고? 됐어! 안 들은 걸로 해! 아, 몰라 몰라! 어떻게 그럴 수 있어? 못 헤어져! 아, 몰라. 가지 마, 엉엉.

D. 저주 유형

오호, 바람이 났다 이거지? 어디 너네들 잘되나 보자. 부두인형 좀 가져와봐라!

E. 논개 유형

너 죽고 나 죽자. 네가 얼마나 별로인지 다 까발릴 테다. 까발리는 나도 별로지만 어차피 이렇게 될 바엔 나 혼자는 못 죽는다!

F. 호구 유형

네가 날 떠나가도 괜찮아. 곁에만 머물 수 있게 해주겠니? 난 그저 너를 바라보기만 하면 돼. 그 사람이 널 울리거든 나에게 하소연하렴. 술 사줄게.

이외에도 아주 다양한 인간상이 있을 것이다. 때로는 한 사람에게서도 경우에 따라 다양한 양상이 나타난다. 자기가 쏟아부은 감정의 양에 따라, 미성숙한 나이여서, 또는 상대가 미성숙해서 등등.

그러니 가사의 소스는 지천에 널려 있다. 당장 주변을 둘러봐도 수없이 다양한 형태의 사랑과 이별을 하고 있지 않은가. 쟤는 왜 저럴까, 하고 넘어가지 말고, 여러 가지 유형이 있다는 사실을 데이터화해보라. 인간관계를 너무 비즈니스화하는 것처럼 들리는가? 그래도 어쩌겠나. 일은 일인 것을.

나는 이런 습관이 그냥 들어 있었던 건지, 아니면 일하다가 이렇게 된 건지 잘 기억나지 않는다. 다만 가사를 쓸수록 사람들에 대한 이해도는 높아졌다. 한 사람 한 사람을 다 이해한다기보다도, 세상에는 너무 많은 종류의 사람과 또 더 많은 변수들이 있다는 사실을 새삼, 자꾸 깨닫곤 했다. 아무래도 매사에 판단부터 하는 사람보다는, 양비론자 소리를 들어도 '사람마다 각자의 이유가 있을 거다'라고 생각해버릇하는 사람이 가사를 쓸 때 '비즈니스적으로는' 더 도움이 될 듯싶다.

이제 앞서 언급했던 '유형'에 대해 더 자세히 이야기해보겠다.

부처 유형

나라면 캐릭터가 센 가수에게는 쓰지 않을 유형이다. 이런 노랫말을 불렀을 때 공감을 사기 힘든 가수들이 있다. 예를 들어 이효리가 이런 유형의 가사를 부른다면, 개인적인 취향을 떠나서 '아니 이효리를 두고 왜? 이효리가 왜?' 하는 의아함이 들 것 같다. 물론 아주 사적인 잣대이지만, 착한 캐릭터 중에서도 유독 극단적으로 착한 부처 유형과 이효리 같은 '쎈캐'(센 캐릭터)의 조합은 대중적으로 공감을 사기 힘들 것이다. 나는 박정현의 〈서두르지 마요〉에서 약간의 부처님 캐릭터를 사용했다.

망부석 유형

발라드에서 가장 많이 볼 수 있는 캐릭터이다. 영원히 기다리겠다는 말이 주로 결론으로 도출된다. 이 유형이 가장 흔히 쓰이는 이유는, 아마도 사람의 성향을 떠나서 헤어진 직후에는 왠지 이번만큼은 아픔이 영원할 것 같고, 이 사람만큼은 죽을 때까지 못 잊을 것 같아서이리라. 사람 마음은 다 비슷비슷하니까.

거머리 유형

현실에서 만나면 굉장히 난감하지만, 노래 속이나 무대 위의 캐릭터

로선 굉장히 매력 있다고 생각하는 유형이다. 센 캐릭터의 가수가 부르면 시너지가 난다. 가인의 〈돌이킬 수 없는〉이 내가 쓴 가사 중에선 거머리의 끝판왕 이야기였는데, 뮤직비디오에도 아예 다리를 부여잡고 매달리는 클리셰적인 장면이 등장하기도 했다. 사실 어느 정도 나이가 들면 이 정도로 처절하게 매달리는 일이 쉽지 않다보니 더 드라마틱해 보이기도 했다. 거머리 캐릭터가 주인공인 가사는 드라마틱한 곡에 성격을 더 잘 불어넣어주고, 가수에게 표현할 거리도 많이 준다.

저주 유형

브라운아이드걸스의 〈아브라카다브라〉에서 사용했던 캐릭터이다. 아주 표독스럽고 신경질적인, 남에게 솔직히 드러내지 않는 속마음을 이야기하므로 역시나 매력 있는 소재라고 생각한다. 카메라를 잡아먹을 듯한 눈빛이 많이 필요한 가사가 주를 이루므로, 무대 위 퍼포먼스가 확정적인 타이틀곡인 경우 종종 좋은 결과를 내는 데 양념이 되기도 한다.

논개 유형

이건 나도 많이는 써보지 않은 소재이다. 아무래도 타이틀곡으로 공감을 사기엔 좀 어려운 유형이 아닐까? 타이틀곡인 경우 신선하다고 해서 무조건 좋은 소재는 아니니까. 그래서 나는 가인의 수록곡 〈폭로〉에서 써보았다. 이 유형은 앨범에 적절하게 배치됐을 때 다양성을 더하고, 앨범을 주의 깊게 들어준 분들에게 흥미로운 단서가 되기도 한다.

호구 유형

빅스VIXX 팬들이 〈기적〉을 듣고 지어준 유형의 이름이다. '호구를 만들 어야지!' 하고 쓴 건 아니었지만, 어쩌다보니 꽤 적절한 분류가 된 것 같 다. 내 가사를 떠나서 이 유형의 대표적인 곡으로는 김형중의 〈그녀가 웃잖아〉("광대라도 좋아 바보가 된다 해도 너만 기쁘면 그보다 더한 것도 난"), 토이의 〈좋은 사람〉("니가 웃으면 나도 좋아 넌 장난이라 해도") 등 이 있다.

지금까지 나열한 유형은 극히 일부일뿐더러, '이별 후'라는 한 가지 상황을 전제로 나오는 유형들이다. 그러므로 이별 직전, 사랑에 빠지 기 직전, 사랑에 빠진 직후 등등 세밀하게 나눠보자면 무수히 많은 캐 릭터의 갈래가 뻗쳐나간다. 사랑과 이별 이야기, 절대 한정적이지 않다. 당신이 어떤 시각을 가지느냐의 문제일 뿐이다.

사랑의 진행 단계에 따른 사랑노래들

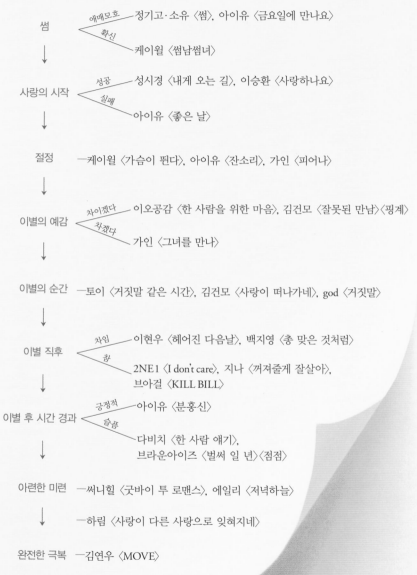

썸 ── 애매모호 ── 정기고·소유 〈썸〉, 아이유 〈금요일에 만나요〉
  ── 확신 ── 케이윌 〈썸남썸녀〉

↓

사랑의 시작 ── 성공 ── 성시경 〈내게 오는 길〉, 이승환 〈사랑하나요〉
  ── 실패 ── 아이유 〈좋은 날〉

↓

절정 ── 케이윌 〈가슴이 뛴다〉, 아이유 〈잔소리〉, 가인 〈피어나〉

↓

이별의 예감 ── 차이겠다 ── 이오공감 〈한 사람을 위한 마음〉, 김건모 〈잘못된 만남〉〈핑계〉
  ── 차겠다 ── 가인 〈그녀를 만나〉

↓

이별의 순간 ── 토이 〈거짓말 같은 시간〉, 김건모 〈사랑이 떠나가네〉, god 〈거짓말〉

↓

이별 직후 ── 차임 ── 이현우 〈헤어진 다음날〉, 백지영 〈총 맞은 것처럼〉
  ── 참 ── 2NE1 〈I don't care〉, 지나 〈꺼져줄게 잘살아〉,
          브아걸 〈KILL BILL〉

↓

이별 후 시간 경과 ── 긍정적 ── 아이유 〈분홍신〉
  ── 슬픔 ── 다비치 〈한 사람 얘기〉,
          브라운아이즈 〈벌써 일 년〉〈점점〉

↓

아련한 미련 ── 써니힐 〈굿바이 투 로맨스〉, 에일리 〈저녁하늘〉

↓

── 하림 〈사랑이 다른 사랑으로 잊혀지네〉

완전한 극복 ── 김연우 〈MOVE〉

김이나의
작사노트

먼저 다가가는 여자들

적극적인 여자가 좋아요, 소극적인 여자가 좋아요?

말이야 열에 아홉은 '먼저 다가오는 적극적인 여자가 좋다'고들 하지만, 그건 각자가 생각하는 이상적인 여자가 그럴 때에 한정된 것 아닐까? 내가 겪어본 현실 속 남자들은, 아직은 먼저 다가오는 여자들보다는 수줍은 여자들을 선호하는 것 같다. 물론 어디까지나 내 생각이다.

어쨌든 남자들에게는 환상 속의 '먼저 다가오는 여자'는 매력적이다. 여자들은? 확 먼저 다가가버리고 싶은 순간을 누른 경험, 많이들 있을 거다. 그래서 가사로 쓰기에 좋은 소재다. 남녀 모두에게 환심을 살 만한 캐릭터니까.

'여자의 적극성'은 어떻게 다루느냐에 따라서 여성스러울 수도, 도발적일 수도 있다. 선택은 전적으로 곡의 성격에 달려 있다. '적극성' 정도의 조절이 '짝사랑' 설정하에서 얼마나 다른 가사를 만들어낼 수 있는지 살펴보자.

나비처럼 맴돌다 벌처럼 고백하는 여자

'김예림'이라는 가수는 나의 상상 속에서 이러했다. 소심한 듯 말수는 적지만 결정적인 순간에는 적극적으로 나올 수 있는 여자. 이런 예측을 적극 활용하여 나온 가사가 김예림의 'Good Bye 20' 앨범에 실린 〈널 어쩌면 좋을까〉이다.

대개의 짝사랑은 불안에서 출발하여, 그 불안의 종지부를 내가 찍느냐 상대가 찍느냐 하는 고민의 시기를 지나 결국 '사랑'으로 꽃피우거나 허무하게 시든다.

소근소근 말하는 듯한 김예림의 목소리톤은 불안한 듯 소녀스러운 감정을 이야기하기 좋다. 그러면서도 특유의 공기 반 소리 반 사운드 때문인지 도발적이기도 하다. 나비처럼 맴돌다 벌처럼 고백하는 캐릭터에 적합했다.

데모의 후렴구는 나에게 독특한 정서로 다가왔다. 감정을 음악기호로 표현한다면, 크레센도와 데크레센도를 오가는 느낌이랄까. 감정이 혹 상승했다가, 소심하게 접어들기를 반복하는 느낌이었다. 그래서 가사도 그런 멜로디 흐름을 파도 타듯 따라다닌다. "날 좋아한다 얘기하는 니 눈이(상승), 내 기분 탓이라면 이걸 어떡해(소심)" 이런 식으로.

내내 소심하기만 하다 끝내는 가사로는 예림의 매력을 백 프로 살리지 못할 것 같았다. 특유의 도발성을 예쁘게 내세우고 싶었다. 그래서 마지막 후렴구에서 내가 추측한 그녀의 적극성을 표현했다.

"자 니가 먼저 얘기하면 어떨까, 뭐 내가 먼저 얘기해도 괜찮아."

아무 얘기 아닌 듯 툭 내뱉는 기습고백. 매력적이지 않은가? 현실에선 힘들기에 더더욱.

가사 중 '자' '뭐'는 일종의 감탄사로 캐릭터 구축을 위해 배치한 말들이다. 해당 가사 파트의 멜로디의 자수를 따보자면 이렇다.

ㅇ ㅇㅇㅇㅇ ㅇㅇㅇㅇ ㅇㅇㅇ,

ㅇ ㅇㅇㅇㅇ ㅇㅇㅇㅇ ㅇㅇㅇ

나, 널, 또 등의 말이 들어갈 수도 있지만, 툭 던지며 말하는 구어체로, 표정이 상상되는 문장을 만들려면 때론 쓰는 글에서는 대체로 피하는 말들을 사용하면 좋다. '막'도 그런 예가 되겠다. '내가 그랬어'와 '내가 막 그랬어'의 미묘한 차이는 작사가가 주어진 글자 수를 어떻게 활용하느냐에 따라 달라지는 부분이다.

널 어쩌면 좋을까

작곡 정석원
작사 김이나
노래 김예림

verse 1)
불안하게 엮여버린 너와 내 사이
어디부터 어떻게 널 풀어야 할까
니가 자꾸 아른대는 요 며칠 사이
내 마음 어디로 가나

밤마다 목에 자꾸 걸리는 너의 이름
두 눈에 차오르는 니 얼굴
넌 어느새 내 여기까지 온 거야
아주 제일 깊은 마음속까지

후렴 1)
날 좋아한다 얘기하는 니 눈이
내 기분 탓이라면 이걸 어떡해
널 사랑한단 말을 담은 나의 입술이
곧 참지 못해 얘기하면 그땐 어떡해
널 어쩌면 좋을까

verse 2)
내 눈에 보이는 게 너에게도 보이니
내 모든 시선 끝엔 니 눈이
또 누가 봐도 연인 같은 둘 사이
손을 잡아버려주면 좋겠어

후렴 1) 반복

d bridge)
널 알게 될수록
나는 이토록 확실해
잠시 어디에 앉을까
우리 둘이

후렴 2)
자 니가 먼저 얘기하면 어떨까
뭐 내가 먼저 얘기해도 괜찮아
널 사랑한다 얘기하긴 조금 일러도
더 굳이 숨길 이유를 난 찾지 못했어
우리 시작해볼까

　모처럼 신나는 디스코 데모를 받았다. 김양우east4A와 윤상의 공동 작곡물로, 레인보우의 유닛인 레인보우 블랙이 부를 곡이라고 했다. 이 둘의 공동 작업은 보통 엄청나게 신나는 그루브(김양우표)에 단호하고 자신감 있는 정서(윤상표)가 섞이면서 나오는 케미스트리가 매력적이다. 요즘은 싸비와 별도로 훅이 있는 곡들이 있다. 이런 경우 훅은 도입부와 엔딩, 그리고 중간에 양념처럼 배치돼 있다. 〈Cha Cha〉의 훅은 "싫습니다, 좋습니다, 말을 좀 해봐"라는 가사로 시작되는 파트이다.

　상대를 애를 태울 대로 태워서 넘어오게 하는 여자가 아닌, 이제 더 못해먹겠으니 시작하든지 말든지 정확히 하자고 말하는, 다소 성깔 있는 여자의 색깔을 내고 싶었다. 이유는? 곡의 정서가 그랬으니까. 자신감이 넘쳐흐르다못해 발걸음마다 뚝뚝 떨어지는 여자! 훅의 가사는 멜로디에 붙였을 때 따져묻는 듯한 느낌이 나게 했다. 이 가사에서 화자는 상대를 자기 입맛대로 다그쳤다 얼렀다를 반복한다.

　이런 성격을 설정하고 이야기를 전개하다보니, 자연스레 캐릭터는 '밀당'하는 상대남에게 '아, 너 이런 기분 좋아하는구나? 알았어, 그럼 내가 좀더 매달려줄게'라고 하는 데까지 흘러갔다.

　녹음할 때 이런 캐릭터를 상상하며 쓴 가사다, 라고 멤버들과 이야기를 나눈 기억이 난다. 무대에서 꼭 그런 여자에 빙의해서 불러달라고.

"I wanna feel you, I wanna love you"라는 가사는 사실 그다지 개성 있는 한 줄이 아니다. 하지만 입에 쉽게 붙기 때문에 가이드에서 굉장히 많이 나오는 말이다. 곡의 특성에 따라서, 어떤 부분은 입에 붙는 가사가 최선인 파트들이 있게 마련이다. 이 곡 또한 그러했기에 가이드의 영어 문장을 그대로 살리기로 했다. 대신 그 말을 받쳐주는 다음 말이 중요하다. 여자는 이 말을 어떤 맥락에서 한 걸까, 고민해보는 거다.

여자뿐만 아니라 대부분의 사람들이 거절당할까 겁나서 먼저 고백하길 두려워한다. 나는 그런 겁을 전혀 먹지 않는 자신감이 이 가사에 차별성을 준다고 생각했다. 후렴구에서 그런 성격을 전면에 내세우고 싶었다. 클리셰('I wanna hold you' 'can't stop loving you' 'tell me why' '널 사랑해' 등등 가사에서 많이 보는 표현들)를 부득이 써야 할 경우에는 이렇게 그 문장을 뒷받침해주는 의도를 만들어주는 것이 좋다. 듣기에 흥이 나는 가사일수록 가사 자체의 개성은 떨어질 수 있기 때문이다.

Cha Cha

작곡 윤상, east4A
작사 김이나
노래 레인보우 블랙

hook)
싫습니다, 좋습니다, 말을 좀 해봐
있습니까, 없습니까, 내게 올 맘이
후회하지 않을 자신 있나요?

verse 1)
언제까지 기다릴 나일 리가 없어
내 조급한 성격을 미리 말해줄게
You feel, I feel, we feel what is coming to us,
알면서, Uh, 뭐 그래

그 기분 나 뭔지 알아요 이렇게 널 원하는 나를
조금 더 바라보고 싶지? 이해할게요

후렴)
I wanna feel you, I wanna love you,
이렇게 말하는 게 나는 두렵지 않아요
매번 매번 물어봐도 말할게요
매일 매일 그대를 난 생각해요
I wanna feel you, I wanna love you,
이렇게 얘기하는 내가 너무 좋으면서
그런 맘을 내가 너무 잘 알아요
그럼 내가 조금 더 보여줄까요

hook)
싫습니다, 좋습니다, 말을 좀 해봐
있습니까, 없습니까, 내게 올 맘이
후회하지 않을 자신 있나요 Uh~ Uh~

rap)
ChaCha~더 미루지도 또 숨기지도 난 그런 거 원래 잘 못해
난 티내 내가 어떤 맘인지 니 어디가 어떻게 좋은 건지
(싫습니다, 좋습니다) 좋아요 좋아요
(있습니까, 없습니까) 말해봐 좀더 노는 게 좋아?

verse 2)
그 기분 나 뭔지 알아요 겁이 많은 그대라는 걸
그대만 모른다는 사실, 알려나 몰라
걱정하지 말아요 우린 누구보다 좋을 테니까
그러니 말해요 이 귀한 기분을 놓치지 마요

후렴) 반복

hook)
싫습니다, 좋습니다, 말을 좀 해봐
있습니까, 없습니까, 내게 올 맘이
후회하지 않을 자신 있나요?

가사 속의 캐릭터는 실제 사람들이 그러하듯 한 가지 면만 가지고 있지 않다.

작사가는 캐릭터를 최대한 입체적으로 구상해야 한다. 주어진 자수 안에 담기는 과정에서 내가 생각한 많은 디테일들이 빠지게 된다. 그럼에도 불구하고 태생이 구체적인 캐릭터는 분명한 색깔을 가지게 된다. 글에 나오지 않는 세세한 설정들은 그래서 중요하다.

자신감 80%에 소심한 마음 20%를 가진 사람도 있고, 반대인 사람도 있는 것이다. 물론 그렇다고 이 비율이 너무 균등하다면 이도 저도 아닌 이야기가 될 것이니, 캐릭터를 구상할 때에는 최대한 애정을 갖고, 제페토가 피노키오를 깎는 마음으로 만들어보자.

떠나기 전의 흥분, 썸 타는 마음

많은 사람들이 말한다. 여행은 그 자체보다 가는 과정이 가장 흥분 된다고.

연애도 그렇다. 숨기는 마음이 많아서 할말도 많이 쌓이는 때, 작은 것들에 의미 부여를 하는 때, 상상의 나래 속에서 천국과 지옥 사이를 가장 많이 오가는 때는 바로 '썸'을 탈 때, 서로의 마음이 그린라이트인 지 아닌지 애매모호한 바로 그 순간에 감정이 가장 많이 압축돼 있게 마련이다. 하루에도 열두 번씩 마음이 오락가락하고, 혼자 포기했다가 다시 열렬히 사랑하는 것을 반복하는 순간이니만큼, 그 감정 기복을 그래프로 그린다면 참 다이내믹할 것이다. 고로 가사에서 다루기에 더

할 나위 없이 훌륭한 시간도 바로 그때다. 이 감정은 슬픈 멜로디에도, 밝은 멜로디에도 잘 어울린다. 슬프면서도 기쁜 감정을 모두 담고 있기 때문이겠지.

2014년 최고의 히트곡은 단연코 소유와 정기고가 듀엣으로 부른 〈썸〉이 아닐까. 아쉽게도 내가 쓴 가사는 아니다.

재밌는 사실은 〈썸〉의 작곡가인 김도훈 작곡가의 〈썸남썸녀〉라는 곡의 가사를 내가 썼는데, 이 두 곡이 거의 동시에 공개됐다는 것이다. 당시 작곡가님이 둘 다 '썸'이 거론되는 테마라서 고민하셨던 기억도 난다.

어쨌든 썸이라는 감정을 바라보는 시각도 이렇게 다양하다. 소유와 정기고의 〈썸〉은 속이 타들어가는, 안달나는 시점에서 그 감정을 다뤘고, 나는 '이런 감정을 즐기자'라는 시점에서 썼다. 단순비교를 할 수만은 없는 얘기지만, 소유와 정기고의 〈썸〉이 공감대를 사기엔 훨씬 쉽지 않았을까 하는 생각이 들긴 한다. 자, 이제 〈썸〉과의 비교를 떠나 〈썸남썸녀〉에 대한 얘기를 하겠다.

'마마무'라는 가수는 신인이기 때문에 캐릭터는 다른 두 가수인 휘성과 케이윌에게 중점을 두었다. 나이가 너무 어리지 않은, 적당히 경험 있는 오빠들 정도라면 할 수 있는 이야기를 쓰고 싶었다. 둘 다 노래를 갖고 놀듯이 부르는 노련한 가수인데다, 경쾌하고 세련된 스타일의 데모에 너무 애절한 감정은 어울리지 않을 것 같았기 때문이다. 사실 나는 이 노래의 제목을 '페퍼민트 초콜릿'이라고 지으려 했었다. 달콤한 이야기를 하는 듯하다가도 한순간에 남처럼 차갑게 굴기도 하는 사이. 그런 사이에 드는 싸한 감정이 페퍼민트 초콜릿의 맛과 닮은 것 같아서 비유하기 좋겠다는 생각이 들었다. 제목은 결국 다르게 정해졌지만, '페퍼민트 초콜릿'은 후렴구 첫 소절에 가사로 등장한다. 그런 양가적인 맛을 가진 초콜릿이 또 뭐가 있을까 생각하다 달콤쌉쌀한 '커피 초콜릿'도 가사에 첨가되었다.

이 가사에 나오는 남녀는 서로 '자기야'라고 부르긴 뭐한 사이이지만 곧 그렇게 되리라 확신하는 단계에 있다. 남녀 모두 소위 '선수'라 분류될 수 있는 캐릭터들로 정했기 때문에, 밀고 당기는 그 시간을 즐기겠다고 쿨하게 말한다. 발을 동동 구르고 애태우지 않는다. 둘 다 바람둥이 같은 면이 좀 있다. '오, 너 뭘 좀 아는데?' 하면서 끌리는, 서로 임자를 만난 케이스다. 랩 가사는 휘성이 써주었다. 가끔 랩 부분 작사만 다른 사람이 맡게 될 때 내가 나름대로 세밀하게 잡은 캐릭터와 다르게 나오는 경우가 있는데, 휘성이 쓴다는 얘기를 듣고 별 설명도 안 하고 걱정 없이 맡겼다. 결론은 역시 휘성! 가사에서 못다 설명한 캐릭터를 완벽하게 랩으로 잡아주었다.

썸남썸녀

작곡 김도훈, 에스나
작사 김이나, 랩메이킹 휘성
노래 케이윌, 휘성, 마마무

verse 1)
Honey*라고 부르긴 우리 아직은 뭔가 덜 익은 게 많은 사이
Honey라고 부르긴 우리 아마도 결국 시간문제인걸 oh

rap 1)
사귀자 그 얘기 대기 달콤한 말 눈빛 터치 그런 게 재미 like
백 일 날짜 세기? 왠지 유치해 not 요즘 style 화사하게 smile
you ready? 우리는 캔디 서서히 녹여 먹는 맛의 연애를 원해
사랑의 정의를 왜 이 나이에 정해 just 설레임 좋잖아? 설레임 cool

후렴)
나의 coffee chocolate 너무 달콤한 게 다가 아닌 우리 사이
페퍼민트맛 chocolate 화한 달콤함 지금 우리 사이

verse 2)
미뤄 고백이나 뭐 그런 진심은 우리 나중에 다 나누면 돼
길어 우리 갈 길은 멀어 지금이 바로 이 관계의 highlight** yeah

* 두 글자의 임팩트 있는 단어를 던지며
  시작해야 하는 멜로디였다.
** '하이라이트' 5음절이지만
   2음절로 불리는 예.

김이나의
작사노트

238

rap 2)
알지 모든 건 타이밍 난 느낌 왔어 너도 왔니? Let's talk about this
사실 나 같은 남자 까칠한 게 살짝 넌? 궁금해 그래서 지금 물을게
나 같은 여자 한마디로 괴짜 날?
못 맞추면 너는 퇴짜 or 패자 으흠? 으흠?
어쩌됐든 만나보면 알겠지 뭐

후렴) 반복

나 같은 남자 너 같은 여자 나 같은 남자 너 같은 여자
톡 쏘니 확 튀니 can you feel it like 페퍼민트
나 같은 여자 너 같은 남자 나 같은 여자 너 같은 남자
이런 우리 사이

d bridge)
기다렸던 타입의 그 사람 넌 뭐를 좀 아는 한 사람
It's so beautiful beautiful beautiful
It such a beautiful love

나 같은 여자 너 같은 남자 (반복)

후렴) 반복

나 같은 여자 너 같은 남자

미안하다만 딴 데 가서 찾아봐,
네가 찾는 건 입안에서 혀처럼 놀아주는 건

가인의 〈Bad Temper〉라는 곡의 한 대목이다. 이 가사는 19금 판정
을 받아서 지금도 청소년들은 들을 수가 없다. 다소 성질이 느껴지는
가사긴 했지만, 대체 왜?

도대체 뭐가 문제인 건지 알 수가 없었다. 이유는 황당했다. '입안에
서 혀처럼 놀아준다'는 표현이 19금 표현이라는 것이다. 나는 경악을 금
치 못했다.

그 표현은 비위를 잘 맞춰주는 행동을 조롱할 때 쓰는 숙어인데! 가사 맥락으로도 그런 의미로만 쓰였거늘. 이전에 브아걸로 굳어진 '성인돌'의 이미지 탓일까. 아직도 이해가 가지 않는 심의 결과다.

표현의 자유가 허락된 미국에도 심의기관은 있고, 가사도 경쟁이다 보니 더 튀게 쓰기 위해, 너무 자극적으로 가는 걸 막기 위해 심의기관은 필수이다만, 아무래도 저 표현이 제재를 받은 건 그날 심의위원분들의 심기가 예민해서였나 싶은 의혹이 아직 가시질 않는다.

어쨌든 작사가는 심의기관과 밀접한 관계에 있다. 영어를 섞어 쓰면 아무리 쉬워도 그 뜻을 해석해서 첨부해야 한다. 욕설이나 지나치게 성적인 표현은 당연히 심의에 걸린다. 물론 심의기관까지 가기 전에 스태프들을 통해 필터링이 되긴 하지만, 대중음악 작사가라면 심의에 걸리지 않을 수위를 유지하는 것도 작사 과정중에 필요하다.

'유혹'은 대중가요에서 자주 다루어지는 소재다. 그 어떤 운명적인 사랑도 첫 관문은 유혹으로 시작되니까. 거기에 상업적으로 가장 눈에 띄는 '섹시 퍼포먼스'까지 가미할 수 있으니, 남녀 아이돌의 가사(솔직히 여자 쪽에서 조금 더)에서 자주 쓰이는 테마다. 이런 테마를 다룰 때면 생각할 거리가 많아진다. 나름대로의 철칙은 있다. 10대인 멤버가 있는 경우엔 성적인 무언가를 연상시킬 수 있는 표현은 피한다는 것. 하지만 멤버 전원이 성인인 경우엔, 섹시 콘셉트로 정해진 경우 과감하게 쓰는 편이다.

이 장에서는 다소 노골적인 이야기를 하겠다. 그러고 보니…… 책도 심의가 있지 않나? 뭐, 너무 수위 높은 표현은 편집자가 알아서 걸러주겠지!

이리저리 심의를 피해서 섹시한 이야기를 하려니 뭔가 답답했다. 섹스나 섹시함은 죄가 아닌데, 무엇이 심의기관 또는 대중을 불편하게 할까 생각했다. 아마도 그것은 '이런 나를 어떻게 해줘요' 하는 메시지에 담긴 '상품화된 성'에 대한 거부감 아닐까. 그러면 성을 유혹의 매개체로 다루지 않는다면?

당신이 혼전 성관계를 문란하고 결코 있을 수 없는 일이라고 생각하는 사람이라면, 불편한 이야기일 수 있으니 다음 장으로 넘어가길 권장한다.

사랑하는 사이에서의 섹스는 아름답다.

육체를 통해 정신이 확인되고, 정신이 통해야만 육체도 확인할 수 있다. 단순히 '오늘밤' 일어날 일회성 사건으로 다뤄지지 않는다면, 섹스는 건강한 이야기가 될 수 있다.

가인의 〈피어나〉는 한 글자 한 글자 정말 많이 신경을 썼다. 자칫 잘못 다루면 나보다도 가인의 이미지에 타격이 갈 수도 있는 얘기니까. 앨범 발매 전의 마케팅 기획이나 인터뷰의 방향성 설정, 뮤직비디오 회의까지 모든 스태프들은 마치 제 딸을 성교육시킬 때처럼 조심스러웠다. 〈피어나〉는 어떻게 보면 첫 경험의 이야기지만, 솔직히 말하자면 첫 오르가즘에 대한 이야기이다.

여자는 첫 경험에서 대부분 첫 오르가즘을 느끼기 힘들다. 현실은 그냥 아플 뿐. 게다가 어린 마음에 별로 대단치도 않은 관계인 남자와 첫 경험을 하기도 한다. 첫 경험은 피어나는 꽃에 비유할 만큼 아름답지만은 않은 게 사실이다. 여자들은 단순한 육체적 자극뿐 아니라, 정서적인 안정과 교류를 통해서 오르가즘을 느끼는 경우가 대부분이다. 그러니 어떻게 처음부터 그런 'chemical blue ocean(〈피어나〉 가사 중)'을 느낄 수 있겠나. 남자들이여, '야동'을 통해 길러진 잘못된 성의식을 갖고 있지 않길 바란다. 마음이 놓이지 않으면 몸이 긴장하고, 몸이 긴장하면 생리학적으로 '그 상태'에 도달할 수가 없다.

어쨌든 이 가사의 키워드가 '첫 오르가즘'이라는 것은 아니다. 핵심은 서로를 애틋하게 아끼고 사랑하기 때문에 가질 수 있는 특별한 경험에 대한 얘기다. 즉, 정말 충만한 사랑을 통해서 가진 관계가 얼마나 아름다울 수 있는지에 대한 얘기다. 멜로디가 가장 절정으로 치닫는 부분에서 "I love you, it's the love"라고 말하는 것은 이 때문이다. 심의에 걸리는 사태를 피하기 위해 최대한 은유적인 표현들을 썼지만, 사실 실제로 이야기하고자 한 것은 꽤 수위가 높은 말들이다. 이를테면 '별이 쏟아지던' 같은 표현처럼.

곡은 리듬을 잘 타는 게 관건인 스타일이어서 발음디자인에 신경을 많이 써야 했다. 라임이라든가 마찰음, 된소리 발음을 가지고 말장난하듯 풀어나갔다.

이 곡에 대해서는 재미있는 피드백들이 많이 왔다. 남자들 중 일부는 '얼마나 대단한 남자길래 여자가 저런 말을 하나'라는 반응을 보였고, 여자들은 '얼마나 사랑받았길래 저런 기분을 말할까' 하더라는 것이다. 남녀를 정확히 나누어서 이야기할 순 없지만, 육체적인 이야기에서는 어쩔 수 없이 다른 관점이 있구나 싶었다.

뮤직비디오 촬영을 앞두고 가인이와 많은 얘기를 나누었다. 섹시한 표정보다는 '행복'한 표정이 많이 나와야 한다는 말도 했다. 이 곡은 꽹장히 노골적인 테마이지만, 화자를 '어떻게 해보려는' 심리를 자극하기보다는 화자가 스스로 사랑스러워 보여야 하는 이야기였기 때문이다. 뮤비 속의 자위행위 장면으로 말이 많았지만, 나는 그 장면이 자기 몸에 대해 알게 되는, 스스로 깨어나는 순간을 상징하는 꼭 필요한 장면이었다고 생각한다. 야해 보이려 했다면 굳이 가인에게 큼지막한 청바지를 입힌 채 찍지도 않았을 것이다.

다행히 대중들도 이런 주제를 잘 이해해주었다. 그 어떤 소재로 공감을 얻어냈을 때보다 훨씬 기분이 좋았다. 세세한 곳에 신경쓰는 건 헛수고가 아니라는 결과물이었으니까. 가인이는 언제나 그랬듯 이 캐릭터를 멋지게 소화해냈다. 솔직히 가인이만큼 가까운 사이가 아니라면 애초에 쓰지 못했을 가사였다.

이 곡 이전에도 이후로도 많은 섹시한 주제를 다뤘다. 그때마다 이 곡처럼 '건강한 섹스'를 논하고자 하는 취지가 있진 않았고, 그러지도 않을 예정이다. 한없이 퇴폐적인 가사를 쓸 수도 있고, '원나잇'에 대한 허무함을 다룰 수도 있다. 가요가 늘 도덕적인 교훈만을 줘야 하는 건 아닐 테니까. 하지만 해롭지는 않도록 노력해야겠지.

피어나

작곡 이민수
작사 김이나
노래 가 인

verse 1)
나 말이야
못다 핀 꽃 한 송이야
그런 날 피워낸 sunshine, 매끄러운 motion, chemical blue ocean

이렇게 좋을 건 뭐니, 날 갖고 뭘 했던 거니
나른했던 그 늦은 밤, 반짝 눈을 뜬 건 단 한 번의 kiss

후렴 1)
you can make me high
you can make me fly
자꾸 보고 싶어서, 듣고 싶어서, 갖고 싶은
너의 모든 그 ah ah ah*
you're my wonderland
you're my whole new world
별이 쏟아지던, 너의 언덕에서, 우리 둘이서 ah ah ah

* 때로는 생략하는 것이 더 야릇하다.
  심한 노출보다 가린 것이
  더 야할 때처럼.
** '나 이런'은 2음절로 발음되어
  '뉴런'과 라임을 이룬다.

김이나의
작사노트

verse 2)
now I am,
니 손에 핀 한 송이야
깨어나버린 my neuron, 어떡하지 나 이런** 건 정말 첨이야
시선 따윈 알게 뭐니, 수군대는 쟨 또 뭐니
넌 내가 선택한 우주

안아줄래 <u>would you</u>*
니 안에 숨게
좋을까 뭘까 좋을까 넌
<u>fake</u>**한 걸까 넌

후렴 1) 반복

d bridge)
네게 잡힌 내 손 예뻐 <u>eh eh</u>***
널 부를 땐 입술이 예뻐 eh eh

후렴 2)
you're the magic oh
you're the wonderland
자꾸 너를 부르다
잠들었던
별이 쏟아지던
아름다운 그 ah ah ah
I love you,
it's the love
그저 꿈이었던 너의 환상들을
내게 말해줘 ah ah ah

이렇게 좋을 건 뭐니,
날 갖고 뭘 했던 거니
나른해지는 오늘밤, 난 다시 피어나 oh 나랑만 kiss

* '우주'와 'would you'의 라임.
** 알 사람들은 알 수 있는……
    여자만 아는 야한 부분임을 고백한다.
*** 퍼포먼스로 애교를 부릴 수
    있는 부분이 필요했다.
                        김이나의
                        작사노트

'그때 내가 왜 그랬을까!' 후회하며 잠자리에서 발차기를 한 경험, 당신도 있는가?

쿨하지 못해서, 너무 지질해 보여서, 덜 멋있어 보이는 것 같아서 등의 이유로 우리는 내면의 많은 그림자들을 숨기고 누르며 살아간다. 희소식을 먼저 말하고 시작하자면, 당신에게 이런 경험이 많으면 많을수록 가사를 쓰는 데에는 유리하다. 그저 그리워하고, 그저 사랑하는 마음만으로는 다양하고 입체적인 이야기가 나올 수가 없다.

내가 작사를 할 때 그토록 중요시 여기는 '캐릭터'는 다름 아닌 우리 모두의 마음속에 있다. 쓰고 보니 마치 사이비 종교 선전문구 같긴 하다.

나를 통으로 생각하지 말고, 어떤 특정한 순간의 '나'를 분리해서 생각해본다면 누구에게나 지질하고 과민한 면들은 있게 마련이다. 그 모습들을 외면하지 말고, 직시하라. 그런 면이 작가인 당신에게 훌륭한 도구가 되어줄 것이다.

세상의 연애사는 공주님과 왕자님, 쿨녀와 쿨남만의 이야기로 이루어져 있지 않다. 그런데 이상하게도 작사가 지망생들의 가사를 보면, 대체로 캐릭터가 너무 우아하다. 자아가 투영될까봐 무의식적으로 불안해서 그런 걸까? 그런 불안이 있다면 당장 떨쳐버리길 바란다.

외면하고만 싶은 자기의 일면을 극대화하여, 특정 상황 속에 던져넣어보자. 진짜 내 이야기를 쓰려고 하면 대중 입장에서 볼 때 이야기는 평면적으로 흘러가기 쉽고, 작품 수가 늘어날수록 똑같은 얘기만 쓰는 사람이 될 가능성이 크다. 그렇다고 마냥 지어만 내기엔, 많은 사람들의 공감대를 끌어낼 만큼 당신의 세계관이 충분히 넓지 않을 수 있다. 즉, 현실과 창작 사이에서 밸런스를 잡는 것이야말로 작사가에게 가장 중요한 일이라는 말이다. 자신의 일부를 토대로 상상을 덧칠해 만든 캐릭터는 극적인 동시에 사실적일 수 있다. 게다가 어딘가 모난 캐릭터는 입체적인 가사를 만들어내기 좋다. 특히 '지질하다'거나 '쿨하지 못하다'고 평가받는 감정일수록, 연애사에 이입했을 때 공감을 사기 좋다. 찌그러진 곳, 날이 선 곳, 모난 곳들이야말로 살아 있는 가사를 만든다. 사람은 사랑에 빠지거나 실패하고 나면 누구나 그러니까.

당신의 모든 구질구질한 점들이 가사를 쓰는 데는 이토록 쓸모가 있다는 게, 기쁘지 아니한가!

눈치 많은 소심쟁이

소심한 사람들에게는 늘 시간이 부족하다.

내 온 마음을 말로 전할 시간은 좀처럼 주어지지 않으니까. 굵직한 이야기만 하면 이 사람이 내 본심을 다 몰라줄 것 같고, 그렇다고 세세한 파동들까지 다 말해주려 하는 건 상대에 대한 민폐다.

자고로 말이란 건 줄일수록 좋고 생각은 오래할수록 잘 익는 법. 하지만 생각이 다 익기 전에 말은 자꾸 튀어나오게 마련이다. 그러고는 괴로운 혼자만의 이불 하이킥 시간.

이것은 누구도 아닌 나의 이야기다. 좋게 말하면 '배려'이지만, 나쁘게 말하면 '착한 사람 콤플렉스'일 수 있다. 모두에게 사랑받고 싶은 욕심이 발현된 특성일 수도 있다. 딱히 장점도 단점도 아닌, 그냥 좀 쿨하지 못한 나의 여러 면 중 하나다. 그렇게 눈치를 많이 보고 소심한 일면을 극대화한 캐릭터의 이야기가 바로 아이유의 〈좋은 날〉이다. 물론 가수의 실제 모습을 고려하여 시각이나 말투, 고민하는 지점 등의 디테일에서 연령대를 낮추었다. 10대의 소심함과 30대의 소심함은 완전히 다른 이야기로 풀릴 수 있으니까.

일본판 〈좋은 날〉 뮤직비디오에서 열연한 앵무새
님과 함께.

가사 속 화자는 심하게 소심해서 수치심도 유독 많은 소녀다.

곡이 경쾌해서인지 이 노래를 행복한 사랑노래로 인지하고 있는 사
람들이 꽤 있어서 좌절했던 기억이 난다. 이렇게까지 가사는 안 듣는
건가 싶어서. 어쨌든 이 가사는 '에둘러' 고백했으나 '에둘러' 차인 상황
을 두고 쓴 것이다.

소심한 사람들은 대개 눈치도 빨라서 상대가 말을 뱉기도 전에 금세

알아차린다. 그 사람이 'No'를 할 것인지, 'Yes'를 할 것인지를. 모든 공기가 말해주는 것 같을 테니까. 화자는 상대의 '에두른 거절'에 극심한 상처를 받아서 딴청을 피울까 생각한다. 확실한 'No'가 나오기 전에 입을 막아버릴까 싶다. 그러다 눈물이 터지면서 고백하고 만다. (눈물은 원래 창피함이 고조될 때 잘 터진다!) 게다가 이 '소심병' 환자는 더 나아가 자기가 차인 이유가 오늘 자신의 겉모습 때문은 아닌 건지 자책하기 시작한다. 왜 그렇지 않은가, 들떠서 꾸미고 나갔는데 거절당하면 훨씬 더 아프고 창피하고 그런 거. 2절 후렴에서는 아예 속내를 말한다. "내가 왜 이러는지 부끄럼도 없는지 자존심은 곱게 접어 하늘 위로" 날리며 마지막 고백을 외치고는 이건 꿈일 거라며 3단 고음을 지른다.

"나는요 오빠가 좋은걸"과 3단 고음에 가려 이런 감정선이 많이 부각되진 않았지만, 〈좋은 날〉은 예쁘게 차려입고 나온 자기의 모습이 부끄러워지는, 날씨마저 눈치 없게 느껴져 원망스러운 한 소심한 소녀의 심정을 그린 노래다.

좋은 날

작곡 이민수
작사 김이나
노래 아이유

verse 1)
어쩜 이렇게 하늘은 더 파란 건지
오늘따라 왜 바람은 또 완벽한지
그냥 모르는 척하나 못 들은 척
지워버린 척 딴 애길 시작할까
아무 말 못하게 입맞출까

후렴 1)
눈물이 차올라서 고갤 들어
흐르지 못하게 또 살짝 웃어
내게 왜 이러는지 무슨 말을 하는지
오늘 했던 모든 말 저 하늘 위로
한 번도 못했던 말
울면서 할 줄은 나 몰랐던 말
나는요 오빠가 좋은걸 어떡해

verse 2)
새로 바뀐 내 머리가 별로였는지
입고 나왔던 옷이 실수였던 건지
아직 모르는 척 기억 안 나는 척
아무 일 없던 것처럼 굴어볼까
그냥 나가자고 얘기할까

후렴 1) 반복
(휴~ 어떡해)

d bridge)
이런 나를 보고 그런 슬픈 말은 하지 말아요
철없는 건지 조금 둔한 건지 믿을 수가 없는걸요

후렴 2)
눈물은 나오는데 활짝 웃어
네 앞을 막고서 막 크게 웃어
내가 왜 이러는지 부끄럼도 없는지
자존심은 곱게 접어 하늘 위로
한 번도 못했던 말 어쩌면 다신 못할 바로 그 말
나는요 오빠가 좋은걸(아이쿠, 하나 둘)
I'm in my dream

(It's too beautiful beautiful day)
(Make it a good day)
(Just don't make me cry)
이렇게 좋은 날

〈아브라카다브라〉 속 화자는 내가 만든 캐릭터 중 가장 성질이 나쁜 인물이라고 할 수 있지만, 모두의 마음속에 한 번쯤은 있었을 법한 캐릭터다. 대외적으로 드러내지 않는, 비밀로 남겨졌으면 하는 모습.

이 캐릭터는 자기가 원하는 바를 이루기 위해 '부두술'까지도 마다하지 않는, 하지만 상대 앞에선 '쿨한 척'을 유지하는 교활하고 사악한 여자다. 하지만 연애사로 고통받으며 이성이 상실돼 있을 때, '이렇게까지 해야 하나' 싶을 만큼 바보 같은 일을 해본 적, 다들 한 번쯤 있지 않을까?

먼저 제목 얘기부터 하자. 다들 알겠지만 '아브라카다브라'는 번역하자면 '수리수리마수리' 같은 말이다. 사실 나는 이전에 '비비디 바비디 부'라는 『신데렐라』에 나온 구절이 발음이 독특하고 의미도 재밌어서 가사에 한번 써보려고 염두에 두고 있었는데, 내가 염두에만 두고 있던 와중에 모 통신사 로고송 가사로 이 구절이 쓰였다. 역시, 나만 생각하는 건 세상에 없다. 빨리 써야 할 뿐. 어쨌든 그때 같은 의미로 '아브라카다브라'라는 말도 있긴 하지, 라고 생각했는데 이 데모를 받았을 때 몽환적이고 극단적인 느낌이 그 제목을 써야 할 때가 온 것 같았다. 게다가 디 브릿지의 한 구절에는 마치 준비된 것처럼 그 말이 딱 들어맞는 멜로디가 있었는데, 잘될 곡은 뭔가 이렇게 맞춰지길 기다리고 있었던 퍼즐 조각들처럼 미리 준비돼 있다는 느낌을 받을 때가 있다.

번화가에는 수많은 타로 카페와 점술집이 있다. 연초에 토정비결을 보러 가거나 직장 혹은 사업에 대한 이야기를 물으러 가는 사람들도 많지만, '연애사'를 물으러 가는 경우가 가장 많다고 한다. 그만큼 많은 사람들이 연애에 실패한 후 비이성적으로 변한다는 반증이 아닐까. 심지어 나는 거금을 들여 굿판을 벌여서 깨진 인연을 다시 붙이려는 사람도 봤다. 이 이야기가 황당한가? 나는 만약 그 '굿판'이 몇만 원 안팎으로 벌일 수 있는 일이라면, 정말 많은 사람들이 해볼 거라고 생각한다. 하다못해 인터넷에는 한때 '헤어진 사람 돌아오게 하는 글'까지 떠돌았으니, 터무니없지만 그거라도 붙잡고 싶은 절박한 마음이 그만큼 많다는 것일 테다.

상실감은 때론 사람을 미치게 만들고 이 미친 모습은 현실에서는 그닥 매력적이지 못하다. 게다가 떠난 상대와의 관계에서는 더 독이 되는 게 다반사인지라, 우리는 그 절박함을 대체로 숨기곤 한다. '미저리' 소리는 듣기 싫으니까. 그러나 이 곡의 데모가 가진 느낌이 내게는 딱 '신경쇠약 직전의 미저리'였다.

현실에선 매력적이지 못한 많은 성향들은 극화되었을 때 대부분 매력적이다. 캐릭터가 정해지고 나니, 극단적인 단어를 선택해야겠다는 방향성이 나왔다. 요즘에야 많이 나오는 표현이지만 '미쳐' '돌아' '정신을 놓쳐' 같은 표현들은 당시만 해도 꽤 센 편이었다. 사람은 돌고 미칠 지경으로 괴로울 때, 스스로 굉장히 이성적이랍시고 엄청난 계획을 세울 때가 있다. 〈아브라카다브라〉가 바로 그런 이야기다. 표면적으로는 주변인들 그 누구도 이 여자의 심경이 어떤지 모르고, 심지어 상대방은 화자가 자기에 대해 그런 마음을 품고 있다는 사실조차 모른다. 우아한 척 발을 구르며 물에 떠 있는 백조 같은 모습이랄까?

가사이다보니 극단적으로 부두술로까지 나간 것이지만, 나는 이 가사가 어떤 면에서는 굉장히 현실적인 이야기라고 생각한다. 상실(또는 거부당한 마음)을 인정하지 못하는 단계의 이성적이지 못한 상태는 누구나 한 번쯤은 겪었을 테니까. 감정이 깊을수록, 헤어진 뒤 또는 내 마음이 거절당했을 때 마냥 뒤끝이 없기는 힘들다. 만약 당신이 '아니, 난 쿨하게 정리했는데?'라고 말하는 쪽이라면, 당신의 상대가 지금 부두술을 벌이고 있을지도 모를 일이다.

Abracadabra

작곡 이민수, 히치하이커
작사 김이나, 랩메이킹 미료
노래 브라운아이드걸스

verse 1)
이러다 미쳐 내가 여리여리 착하던 그런 내가
너 때문에 돌아 내가 독한 나로 변해 내가
널 닮은 인형에다 주문을 또 걸어 내가*
그녀와 찢어져달라고 고

Every night I'll be with you
Do you love her Do you love her
매일 너의 꿈속에
Do you love me Do you love me

후렴)
bring bring** 너를 내게 가져다줘
뭐라도 난 하겠어 더한 것도 하겠어
빙빙** 도는 나의 fantasy에
모든 걸 걸겠어 널 내가 내가*** 갖겠어

verse 2)
못 참아 더는 내가 이러다가 정신을 놓쳐 내가
도대체 왜 너란 애가 내 마음에 박혀 니가
찢겨진 사진에다 주문을 또 걸어 내가
그녀가 떨어져달라고 고***

* 도치법을 활용한 각운 라임.
** 가이드 중 살려놨으면 좋겠다고 요청받은 부분.
세번째 줄에서 그대로 다시 반복하기엔 의미가 없을 것 같아서 비슷한 발음으로 들리는 '빙빙'을 썼다.
　　　　　　　　　김이나의 작사노트

*** 음절마다 다른 글자를 써서 문법적으로 완벽하게 틀리지 않는 가사는 리듬과 멜로디를 살리지 못할 때가 있다.
이럴 땐 가사가 '듣는 글'이라는 점을 명심해서 적당히 융통성을 발휘해야 한다.
　　　　　　　　　김이나의 작사노트

258

Every night I'll be with you
Do you love her Do you love her
매일 너의 꿈속에
Do you love me Do you love me

후렴) 반복

rap)
I'm in the Voodoo Island 널 되찾기 위한 plan
매일같이 이렇게 날 울린 널 향한 마지막 step
그녀의 손을 잡고 그녀와 입을 맞추고
그런 너를 상상조차 하기 싫어
이 주문에 염원을 실어

d bridge)*
랄랄랄랄랄라 랄랄랄라
랄랄랄랄랄라 랄랄랄라
랄랄랄라 랄랄랄라
아브라카다브라 다 이뤄져라

rap)
Let's go
네게 주문을 걸어봐
I'm like a supervisor

* 더 브릿지는 가이드에서 '라라라라~'로만
되어 있었는데 퍼포먼스적으로 살릴 수
있는 부분인데다가 마지막 구절에
'아브라카다브라'라는 말이 정확히
맞아떨어가는 멜로디와 음절이
나와서 그대로 살려두었다.

김이나의
작사노트

널 통제하는 kaiser
내게서 벗어날 수 없어 내게

후렴) 반복

verse 3)
이러다 미쳐 내가 여리여리 착하던 그런 내가
너 때문에 돌아 내가 독한 나로 변해 내가
cool한 척하는 내가 놀라워라 이런 내가
아닌 척 널 만나러 가 또 또

이 곡은 처음으로 퍼포먼스까지 염두에 두고 기획이 시작됐던 경우라 무대 위에서 표정으로 표현할 수 있는 가사를 만드는 데 신경썼다. 뭐니뭐니해도 이 곡의 화룡점정은 안무였는데, 당시 안무를 맡아주었던 팀에서 가사 캐릭터를 더없이 잘 이해하고 만들어주어서 처음 안무 영상을 보고는 엄청난 쾌감을 느꼈다. 2절 도입부에서 가인이가 마치 건달이 몸 풀듯이 고개를 쓱 돌리는 동작은 특히 압권이었다. 거기에 돈 세는 듯한 동작은 가인이가 스스로 만들어낸 애드리브였는데, 반응이 좋아서 이후 무대에서 계속 썼다. 가사 속의 '미신적인 테마'를 살려주기 위해 나르샤가 무언가를 태우는 퍼포먼스를 하는 것도 마음에 쏙 들었다.

구질구질하지 않으면 이야깃거리도 될 수 없다

나의 이별 이야기는 나에게만 거대한 서사다. 아무리 친한 사람이라도 아마 한 달 정도? 그 이상 계속 들으면 건성으로 들어줄 수밖에 없게 되고, 그러다보면 말하는 사람은 괜한 상처를 입고는 내 마음 아무도 몰라주는 것 같은 슬픔에 빠져서 더욱 고립되곤 한다. 즉, 아주 구질구질한 상태가 된다.

나는 우리나라에서 히트가요가 되려면 듣기 좋아야 한다는 점도 물론 중요하지만 따라 부르기가 좋아야 한다고 언급한 적이 있다. 이별의 발라드는 더욱 그렇다. 그래서 나는 이별 테마의 발라드 가사를 쓸 때 이 노래를 노래방에서 선곡하여 부르는 일반 사람들의 심경을 꼭 떠올려본다.

지금이야 상대가 누구였는지 기억도 안 나지만, 노래방에서 처연하게 이별의 발라드만 계속 부른 날을 기억한다. 심지어 눈물도 흘렸던 것 같다. 오 하느님…… (하이킥!) 이게 창피한 이유는 노래를 부르는 내 모습 때문이 아니다. 그 자리에 있던 내 친구들은 대체 얼마나 힘들었을까. 한 곡도 아니고 여러 곡을 연달아. 댄스곡으로 흥 좀 낼라치면 내가 찬물을 끼얹고, 끼얹고. 그 기억에서 시작된 이야기가 바로 다비치의 〈한 사람 얘기〉다.

나는 서러워 죽겠는데 이 얘기를 계속 하기도 눈치 보이는 상황이면 더 서럽다. '그 얘기'가 나오면 '또 그 얘긴가……' 싶어하는 친구들의 표정이 서럽다. 나의 비극은 나에게만 거대하다는 걸 알기에, 친구들의 탓도 누구의 탓도 아니라서 뭐라고 항변할 수도 없다. 나는 바로 그 심경을 이야기하고 싶었다.

그럴 때에는 생일이 와도 부담스럽고, 누구의 잔치에 가기도 꺼려진다. 죽 쑨 얼굴만 하고 있는 내가 남들에겐 불편할 것 아닌가. 하지만 미련이 마음에 가득할 때 어디 다른 이야기를 입에 올릴 수나 있던가. 끊임없이 그 사람에 대해 얘기하고 싶다. 사귈 때 어떤 일이 있었는지, 그가 한때는 나를 얼마나 좋아해줬는지부터 시작해서 그 사람이 나에게 다시 돌아오지 않을까 하는 답하기 곤란한 질문까지 이어진다.

'이제 그 이야기 좀 그만해' 하고 지겨워하는 친구에게 서운해하지 말자. 우리 또한 누군가의 이별을 내 것처럼 계속 아파해줄 순 없을 테니까.

다만 그런 구박을 듣는 시기에 친구들과 노래방에 간다면, 이 노래를 맨 마지막에 부르자. 마지막으로 한번 더 이해받을 수도 있고, 사랑한다고 노래를 빌려 외칠 수도 있다.

그렇다, 이것은 노골적인 영업이다.

한 사람 얘기

작곡 조영수
작사 김이나
노래 다비치

verse 1)
이렇게 많은 얘기 오고가는데
몇 년째 나만 한 사람 얘기
이젠 그대만 모르고 다 알지도 모를
한 사람 얘기

나는 힘이 들면 혼자 울어요
새삼스럽지도 못한 슬픔
잊어보란 말도 싫어서

후렴 1)
식지도 않는 말 I love you
이런 내 마음이 궁금한 적 없나요
누가 미워질 만큼 누굴 사랑하는 게
어떤 건지 아나요

사랑밖에는 하고 산 게 없는데
이젠 사랑 좀 하라 하네요
아무도 나의 앞에서 꺼내질 않는
그대의 얘기

verse 2)
좋은 날에도 난 혼자 웃어요
크게 웃지도 못해 어색한 날
걱정하는 말이 싫어서

후렴 1) 반복

d bridge)
눈물이 오를 때면 부르던 그
뚜루루루루*
슬픈 멜로디 천 번을 불렀을까

후렴 2)
내가요 그대를 사랑해
혹시 애써 나를 모르려고 하나요
사랑하면 할수록 멀어질까 두려워
거짓말만 늘어요
그댈 잃긴 싫어요

* 가사가 아닌 '뚜루루루'를 그대로 살려야 했던 부분. 의미 없는 말도 어떻게 쓰느냐에 따라 스토리를 만드는 조각이 된다.

김이나의
작사노트

남녀관계에서 '쿨한 여자' 하면 떠오르는 첫번째 미덕은 '구속하거나 간섭하지 않는 면'이지 않을까.

TV나 라디오의 연애상담 코너에 자주 등장하는 사연은, 애인이 노는 걸 뭐라 하고 싶은데 그러면 구속하는 사람으로 보일까봐 겁나서 말을 못하고 있다는 내용이다. 아이고, 왜 그렇게들 쿨한 척해야만 하는 걸까. 연애의 필수요소라고들 하는 '밀당'의 일환이겠지. '나는 네가 아무리 밖으로 돌아도, 크게 상관하지 않아' 하는 대인배의 면모를 보여줌과 동시에, 상대에게 약간 무심한 척하는 기술. 하긴 밖에서 보면 굳이 왜 그러나 싶지만, 닥치면 자꾸 나오게 되는 게 바로 '밀당의 기술'일 것이다. 더 많은 사랑을 받고 싶은 본능 때문일 테다. 이 '밀당'이란 걸 하는 시기에는, 의심 많고 자존감 약한 자기의 모습은 숨기고 싶은 면모 일 순위가 되고 만다. 구차해 보이고 싶지 않을 테니까.

하지만 이런 구차함은, 서로의 애정이 평등할 때는 아주 사랑스러운 모습이다. 심지어 솔로들에게는 '부농부농질'이라는 비난을 들을 만큼 부러운 모습이기도 하다. 아이유의 〈잔소리〉를 썼을 때 본 피드백 중 흥미로웠던 건 '저도 대놓고 이렇게 지내고 싶은데 막상 저러는 게 쉽지가 않아요'라는 의견이었다. 심지어 꽤 많았다. 그만큼 사람들은 애정이 더 크고 더 불안한 쪽은 자기라는 걸 숨기고 싶은 모양이다.

〈잔소리〉의 피처링 가수로 2AM의 임슬옹이 정해졌다. 둘의 키 차이를 생각하면 아이유 쪽에서 어른스러운 척하는 말을 뱉는 게 마냥 귀엽게만 보일 것 같았다. 어른인 양 잔소리를 늘어놓는 아이유를 보며 임슬옹은 '누가 누굴 보고 아이라 하냐'고 나무란다. '주머니 속에 넣고 다니고 싶다'는 식으로 '누가 듣는다면 놀려대고 웃을' 만큼 노골적으로 유치한 표현들을 썼다. 둘밖에 나눌 수 없는, 둘 사이에서만 행복한 얘기들이다. 지금 평등한 연애를 하고 있는 사람들은 커플송처럼 여기는 이야기, 여전히 '밀당'중인 사람들에겐 나누고 싶은 이야기, 그리고 솔로인 사람들의 가슴엔 염장을 지르는 이야기.

사실 연인 사이에서 속마음을 전부 노골적으로 드러내고 싶은 욕구는 누구에게나 있을 것이다. 그럼에도 주저하게 되고, '잔소리'를 최소한으로 줄이려 하는 건 어쩌면 서로에 대한 믿음이 부족해서일 수도 있다. 잔소리를 늘어놓으면 으레 '너 나 못 믿어서 그래?'라는 소리를 듣지만, 그런 마음이 드는 건 상대가 믿음직한 사람인지 아닌지와는 상관없다. 사랑하면 걱정도 유난스러워지고, 구차한 의심도 늘어간다. 그래서 잔소리를 뱉기 전에 계산하게 된다. 이런 말 하면 날 별로라고 생각하겠지, 저런 말 하면 귀찮게 여기겠지. 하긴, 살면서 속마음을 전부 다 말할 수 있는 사람을 만날 확률은 슬프게도 지극히 낮다. 그럴 사람이 부족해서가 아니라, 나의 마음이 누군가에게 백 프로 열리기가 힘들기 때문이다. 그래서인지 이 가사는 아주 현실적인 표현의 연속이지만 아이러니하게도 판타지에 가깝다는 생각도 한다.

잔소리

작곡 이민수
작사 김이나
노래 아이유, 임슬옹

verse 1)
늦게 다니지 좀 마
술은 멀리 좀 해봐
열 살짜리 애처럼 말을 안 듣니

정말 웃음만 나와
누가 누굴 보고 아이라 하는지
정말 웃음만 나와

싫은 얘기 하게 되는 내 맘을 몰라
좋은 얘기만 나누고 싶은 내 맘을 몰라
그만할까
그만하자

후렴 1)
하나부터 열까지 다 널 위한 소리
내 말 듣지 않는 너에게는 뻔한 잔소리
그만하자 그만하자
사랑하기만 해도 시간 없는데

머리 아닌 가슴으로 하는 이야기
니가 싫다 해도 안 할 수가 없는 이야기
그만하자 그만하자

너의 잔소리만 들려

verse 2)
밥은 제때 먹는지 여잔 멀리 하는지
온종일을 네 옆에 있고 싶은데

내가 그 맘인 거야
주머니 속에 널 넣고 다니면
정말 행복할 텐데

둘이 아니면 안 되는 우리 이야기
누가 듣는다면 놀려대고 웃을 이야기
그만할까 그만하자

후렴 1) 반복

d bridge)
눈에 힘을 주고 겁을 줘봐도
내겐 그저 귀여운 얼굴
이럴래 자꾸 (너) 더는 못 참고 (나)
정말 화낼지 몰라

후렴 2)
사랑하다 말 거라면 안 할 이야기
누구보다 너를 생각하는 마음의 소리
화가 나도 소리쳐도
너의 잔소리마저 난 달콤한데

사랑해야 할 수 있는 그런 이야기
내 말 듣지 않는 너에게는 뻔한 잔소리
그만하자 그만하자 이런 내 맘을 믿어줘

'대중가요'이기 때문에 서로가 사랑스러워 보이는 한도 내에서의 잔소리만 열거했지만, 사실 마음먹고 잔소리를 하자면 단지 이뿐이랴. 우리가 서 있는 영역이 '대중가요'임을 잊어선 안 된다. 알콩달콩한 느낌을 벗어난 '진짜 피곤한' 잔소리들을 가사로 써선 안 된다는 것이다.

가사는 '좋은 사람의 좋은 이야기'만 하지 않는다. 내놓기 힘든 속내, 스쳐가는 마음, 창피한 순간 등등을 이야기할 수도 있다. 아니, 오히려 그래야 더 많은 공감을 산다.

다양한 테마와 캐릭터를 위해서라도, 자꾸 눌러만 놓는 자신의 내면을 솔직하게 들여다보자. '이불 차고 하이킥'하는 순간을 빨리 지나쳐 버리려고만 하지 말고, 지금 내가 얼마나 구질구질한지, 이 구질구질한 감정의 원인은 정확히 뭔지, 지금 심경이 어떤지 등등을 세밀하게 살펴보자. 그 누구보다 우선 나 자신의 감정을 객관적으로 응시할 줄 알아야 대중의 공감대를 이끌어낼 수 있다.

첫사랑보다 선명한 첫 이별의 기억

　때로는 살아온 시간이 이야기를 만드는 데 도움이 될 때가 있다. 대체로 나보다 어린 가수들(대체로, 라고 쓰지만 98% 정도가 그렇다)과 작업하는 경우가 많은데, 어릴 때의 심경을 '회상'하는 것이 나이들었을 때의 심경을 '상상'하는 것보다는 쉽기 때문이다.

　10대의 가수가 '인연이란 게 다 그런 거 아니겠어요'라는 이야기를 하면 어색하다. 나는 가수의 실제 조건들을 가사에 반영하는 것을 원칙으로 하는 편이라 더 그렇게 느낀다. 가급적 가수의 나이 때에 가장 근접한 이야기를 쓰려고 노력한다.

　아이유가 부를 곡이라고 받은 데모는 윤상 특유의 마이너풍 발라드였다. 처연하면서도 드라마틱했다. 이별의 사이즈가 무지막지해야 어울릴 법한 곡이었다. 어린아이 같은 이야기가 들어가면 곡을 해칠 것 같았다. 게다가 작곡가는 내가 동경해 마지않는 윤상이었다. 잘 쓰고 싶다는 마음이 커서 어깨가 너무 무거웠다. 처음엔 자꾸만 힘이 들어가서 가사도 무거워졌다. 하지만 아이유는 당시 열아홉 살이었다. 게다가 그때까지만 해도 나는 '인간 아이유', 이지은에 대해 잘 알지 못했다. 그냥 '어리고 노래 잘하는 아이'였을 뿐. 캐릭터를 잡기가 혼돈스러웠다. 이 아이는 이렇게 어린데, 너무 처연한 이야기를 하면 어울리지 않을 텐데. 내가 얘 나이 때 어땠더라……

회상의 타임머신은 디지털시계처럼 정확히 맞출 필요가 없다. 그즈음으로만 가면 된다. 나는 20대 초반쯤을 떠올렸다. 이별의 무게감이란 걸 처음 느낄 때였고, 관계가 얼마나 허망한 것인지도 '제대로' 느꼈던 기억이 났다. 드라마나 책 속에서는 사랑한 사람들은 헤어질 때도 아름답고, 헤어진 뒤에도 서로를 그리워한다. 하지만 현실은 그냥 처참했다. 한없이 초라했다. 게다가 그 나이 때 뭐 얼마나 대단한 연애를 했겠는가. 그냥 '질린다는' 이유로 쉽게 버리고 버려졌다. (따지고 보면 이건 나이를 떠나서도 그럴 사람은 계속 그러는 것 같긴 하다.) 대단한 이유 따윈 없었다. 나만 그 이별로 인해 드라마 속의 주인공이 된 듯한 기분 속에 살았을 뿐, 상대방의 세계에 나는 전혀 없다는 당연한 사실을 처음 알았던 거다.

바로 그 심경을 쓰기로 했다. 어쩌면 첫사랑보다 더 기억에 선명히 남는 첫 이별의 순간.

'아름다운 이별이란 것은 세상에 없구나' 하는 이야기를 19세 소녀가 부른다면, 비슷한 나이의 청자라면 공감할 것이고, 그보다 나이가 더 많으면 '맞아, 나도 저때 그랬지' 하고 돌아볼 것 같았다.

도입부 멜로디는 어딘가 마음을 철렁하게 하는 느낌이었다. 그에 어울리게 가슴이 '쿵' 내려앉는 기분을 처음으로 느낀 순간을 묘사하고 싶었다.

내가 상상한 상황은 이렇다. 저멀리 내가 잊지 못한 전 애인이 온다. 나를 아직 보지 못했다. 이렇게 우연히 만나다니, 가슴이 두근두근, 아련해진다. 저 사람도 나를 보면 얼마나 깜짝 놀랄까. 애틋한 순간이 펼쳐지겠지. '보고 싶었다'고 말할까. 서로 눈물부터 흐르겠지. 두근두근 두근……

하지만 상대는 그저 반갑게 인사한다. '와 오랜만이다! 잘 지냈어?' 아…… 초라하다.

도입부에서 "정말 넌 다 잊었더라"라는 말이 다짜고짜 나오는 건, 그래도 미련이 남아 있을 줄 알았던 상대의 순도 100프로 반가움만을 본 화자의 심경이다. 차이는 순간 최대한 멋있게, 구질구질하게 붙잡지 않는다면 다음 기회가 있겠지, 라고 믿었기에 억눌러놓았던 눈물이 원통하고, 이렇게까지 그 사람을 좋아했던 건가 싶은 서러움에 억장이 무너진다. '우리의 사랑은 다르다'고 순진하게 믿었기 때문에 이별의 순간 상대가 '미안하다'고 사과할 때도 그 의미를 몰랐는데, 그제야 갑자기 수학 문제가 스르르 풀리듯 모든 의문점들이 풀린다.

헤어질 때 약자의 입장, 간단히 말해 차인 사람들은 대체로 많은 것들을 미화하곤 한다. 누가 봐도 그냥 마음이 뜬 상황을, 무슨 큰 이유가 있을 거라고 믿는다. 속내는 다를 거라고 추측한다. 누구나 한 번쯤은 빠지는 그 '바보 트랩'에서 빠져나오는 순간만큼 스스로가 초라할 때가 없다. 이 장황한 이야기를 들었으니, 이제 당신의 첫 이별을 떠올리며 다시 한번 〈나만 몰랐던 이야기〉를 감상해달라. 당신의 귀에 조금 더 슬프게 들린다면 좋겠다.

나만 몰랐던 이야기

작곡 윤 상
작사 김이나
노래 아이유

verse 1)
정말 넌 다 잊었더라
반갑게 날 보는 너의 얼굴 보니

그제야 어렴풋이 아파오더라
새살 차오르지 못한 상처가

눈물은 흐르질 않더라
이별이라 하는 게 대단치도 못해서
이렇게 보잘것없어서

후렴)
좋은 이별이란 거, 결국 세상엔 없는 일이라는 걸
알았다면 그때 차라리 다 울어둘걸

그때 이미 나라는 건 네겐 끝이었다는 건
나만 몰랐었던 이야기

verse 2)
사랑은 아니었더라
내 곁에 머물던 시간이었을 뿐

이제야 어렴풋이 알 것만 같아
왜 넌 미안했어야만 했는지

내가 너무 들떴었나봐
떠나는 순간마저 기대를 했었다니
얼마나 우스웠던 거니

후렴) 반복

"아, 또 말렸어!"

당신은 이렇게 외치며 발차기를 해본 적이 있는가? 분명히 머리로는 저 사람이 나를 어장관리하고 있을 뿐이란 걸 알고 있는데, 막상 그 사람을 마주했을 때 웃으며 그에게 맞춰본 경험 말이다.

내가 남녀노소를 불문하고 굉장히 싫어하는 부류가 이 어장관리 가해자들이다. 자고로 사람의 호감이란 것은 신중하게 다뤄져야 한다. 나쁜 년놈 소리를 들어도 단호하게 거절하거나, 받아주려면 책임을 져야 하는 법. 하지만 피해자들이여, 너무 억울해하지는 마시라. 대체로 저 가해자들은 과도한 애정결핍으로 인해 정상적인 연애를 하기 힘들기에 초라하게 늙어가는 경우를 숱하게 보아왔으니.

어장관리 가해자의 죄질에도 경중이 있다. 사람들은 누구나 좋은 사람으로 기억되고 싶어한다. 나쁜 사람으로 기억되고 싶지 않아서 어장관리를 하는 경우는 그나마 경범죄에 속한다. 하지만 최악은, 상대의 미련 꼬리를 더 늘이면서 그 상황을 즐기는 부류다. 악질이다.

이런 최악의 상대일수록, 가사 속 피해자인 화자의 캐릭터를 만드는 데 큰 도움을 준다.

아이유는 〈이게 아닌데〉에서 악질 어장관리 사건의 피해자다. (마지막 후렴에서의 극적인 감정 전개를 위해서 '썸 타는 정도'에서 벌어진 일이 아닌, 실제로 사귀었다 헤어진 뒤의 상황으로 설정했다.) 그래도 똑똑한 아이라, 마냥 모르고 당하고 있지는 않다. 자기가 어장 속 물고기 가운데 하나가 되었다는 걸 잘 안다. 그런데도 말려들고 있다. 감정적으로 피해를 입는 데 똑똑하고 말고는 보통 아무 상관이 없다.

상대는 뻔뻔스럽게 "잘 지내?"라고 묻는 남자다. "자니?"와 크게 다를 바 없다. 자기 때문에 상대가 힘들어했던 걸 뻔히 아는 남자가 묻는 안부의 가벼움이란. 그럼에도 불구하고, 물고기 4호 정도가 돼서라도 남자와 연락하고 지내는 게 낫다고 생각하는 여자 때문에 이 비틀린 관계는 유지된다.

이 곡은 벌스의 감정선과 후렴구의 감정선이 확연히 다른 곡이다.

벌스에서는 담담한 듯 진행되다가, 후렴구에서 갑작스레 슬픈 정서가 튀어나온다. 이럴 때 나는 자아분열의 심경을 통해 곡의 감정선을 맞춘다.

벌스에서의 아이유는 내심 단호하다. '내가 이번엔 이놈에게 꼭 따져 물으리라'라고 결심한다. 우는 내 모습이 추해 보일지라도 너 지금 나한테 나쁜 짓 하는 거야, 라고 말하리라 다짐한다. 하지만 후렴구에서의 그녀는 다시 그대로다. '실없는 농담'이나 주고받으며 웃어주고, 돌아서면 다시 벌스의 상태로 돌아온다. '다음엔 기필코 이야기하리라!' 그래 봤자 또 반복되겠지만……

이게 아닌데

작곡 김형석
작사 김이나
노래 아이유

verse 1)
전부 말할래 나, 다 말할래 나
어떻게 너 그랬냐고
참지 않을래 나, 안 버틸래 나
우는 내 얼굴 안 예뻐도

뻔히 알면서 왜 물어봐
잘 지내냐 그런 말이 다 뭐야
내가 어떤 사랑 했었는지
너는 다 알고 있잖아

후렴 1)
이게 아닌데 왜 또 입술은 왜
실없는 농담만 하고 웃고 있는지
나빠질 건 더 없는데
뭐가 무서워 거짓말하는지
그나마 너를 보는 게 좋은 건지

verse 2)
뭐든 해볼래 나 안 가릴래 나
어떻게든 잡아볼래
미안해서라도 너 돌아오게
지겹게 울고 애원할래

281

괜히 안부 따윈 묻지 마
어리다고 바본 아닌 거잖아
사실은 다 너만 편하려고
걱정하는 척하잖아

후렴 1) 반복

d bridge)
이게 다 뭐야 진실이 뭐야
내가 정말 원한 게 뭐야
끝까지 왜 난 너에게 맞출 수밖엔 없는 거야

후렴 2)
이건 아닌데 정말 아닌 건데
이대로 끝날 사이는 아닌 거잖아
나를 좀 봐 나 울잖아
내가 울면은 맘 약해졌잖아
내가 이렇게 솔직히 말하잖아
내가 아프잖아
이건 아니잖아

당신은 어장관리 피해자 쪽에 가까운가, 가해자 쪽에 가까운가? 대체로 피해자라고 대답하지 않을까?

어장관리 같은 미묘한 주제 앞에서 가해자는 언제나 '나는 친절했을 뿐이다'라고 스스로를 합리화하니까.

가해자의 이야기

　연애사를 다루는 노래 가사는 주로 '피해자의 시선'인 경우가 많다. 아마도 자기가 나쁜 쪽, 즉 '차는 쪽'이 되는 경우, 빨리 합리화하고 넘어가고 싶은 마음뿐일 때가 많기 때문에 넓은 '공감대'를 얻기에는 한계가 있는 탓이 아닐까. 노래 속 주인공들은 늘 차였거나, 찼어도 후회하거나, 찬 척하지만 자기도 슬픈 속내가 있다는 입장이다. 하지만 차인 사람이 많은 만큼 찬 사람도 많은 건데, 이 '가해자'들의 이야기를 있는 그대로 가사로 풀면 어떨까?

　세상의 모든 감정이 절절하지만은 않다. 하지만 가사는 '멜로디에 붙는 글'이기 때문에 감정이 실려야 하고, 덤덤하고 건조한 이야기는 어울리기 쉽지 않다. 무엇보다, 잘 팔리질 않는다!

하지만 음반에도 엄연히 주력상품이 있고, 주력은 아니지만 톡톡 튀는 아이디어상품이 있다. 음반에서의 주력상품은 당연히 타이틀곡이다. 타이틀곡은 최대한 폭넓은 공감을 사거나 무대를 살릴 수 있는 튀는 콘셉트를 만들어야 하고 라이브를 고려해야 하는 등 여러 가지 제약이 많다. 하지만 수록곡에서는 범대중적 공감대를 얻지 못하더라도, 독특한 이야기를 다룰 수 있다.

현실적인 부분부터 짚고 가자면, 대체로 작사가 입장에서는 이 곡이 수록곡으로 확정된 것인지 그 운명을 모르고 작업하는 경우가 많다. '타이틀곡입니다' 하고 짚어줄 때는 있지만, '수록곡입니다' 하고 말해주는 경우는 드물기 때문이다. 특히 대부분의 작곡가들은 타이틀곡을 목표로 곡을 만들기 때문에, 회사가 아닌 작곡가에게 연락이 오는 경우 작곡가 본인도 자기 곡의 운명을 모르고 의뢰하는 경우가 대다수다. "가사가 잘만 나오면 타이틀곡이 될 것 같아요"라는 말을 들을 때가 있는데 그럴 땐 정말 어깨가 무거워진다. 어쨌든 '수록곡의 다양성'을 목표로 두고 가사를 쓰는 일은 신인 작사가에게는 일어나기 힘든 일이다. 하지만 일을 오래하다보면 자연스럽게 접할 수 있는 기회이므로 미리 마음의 준비를 해두는 것도 나쁘지 않다.

나는 가인이나 브아걸, 아이유와 작업하면서 특히 앨범에 여러 곡의 가사를 쓸 일이 많이 있었다. 녹음이 중후반 단계로 접어들면, 대체로 타이틀곡은 정해지게 마련이니 수록곡으로 확정된 곡의 가사를 쓸 기회도 주어졌다. 가인의 〈그녀를 만나〉가 그런 곡이었다. 나는 개인적으로 이 곡이 데모 단계부터 몹시 좋았다. 후속곡으로 가면 안 되느냐는 의견을 낼 정도로 좋았다. 데모의 느낌은 어딘가 냉소적이었다. 그 느낌에 어울리는 이야기를 쓰고 싶었다.

가인의 'Talk about S' 앨범(타이틀곡 〈피어나〉)에 수록된 곡인데, 이 앨범을 만들 때 유난히 가인과 이야기를 많이 나눴다. (〈피어나〉를 작업할 때 그럴 수밖에 없는 마음가짐이었다는 사실은 'Talk about Sex' 장을 참고할 것.) 이런저런 수다를 떨다가 가인이 "애인이 너무 꼴 보기도 싫을 만큼 싫어졌을 때 차라리 나 말고 딴 여자 만났으면 좋겠다는 생각을 한 적이 있어요"라는 말을 했다. 올바르지 못하지만 누구나 한 번쯤은 품어보는 생각, 내게는 아주 매력 있는 테마였다. 가수랑 사적으로 가까운 것은 이럴 때 좋다. 화자를 나쁜 사람 만드는 가사는 가수가 싫어할까봐 지레 피할 때가 많은데, 합의만 된다면 다양한 시각의 가사를 쓸 수 있다. '그래, 나 나쁜 년인데, 뭐 어쩔 수 있겠냐'는 결론이 나오는 가사를 쓰겠다고 생각하니, 여느 때보다 흥미진진했다.

연애관계에서 'bitch'로 규정될 수 있는 캐릭터를 잡고 싶었다. 배경은 이렇다. 두 사람은 바로 어제까지만 해도 같이 시간을 보낸 연인이다. 오래된 연인은 아니다. 여자는 별다른 이유 없이, 그냥 남자에게 '질렸다'. 심지어 죄책감 같은 건 지금 당장 크게 느끼지도 않지만, 언젠가 자기가 남자 입장이 되어 구차하게 매달릴 수도 있음은 안다.

〈개그콘서트〉의 인기 코너 중 연인끼리 "어떻게 이런 상황에서 헤어지자고 할 수가 있어?"라는 말이 절로 나오는 상황을 코믹하게 그린 코너가 있었다. 둘이 열심히 돼지껍데기를 뒤집다가, 갑자기 한쪽이 "우리 헤어지자"라고 말한다. 과장되고 코믹하게 그려졌지만, 많은 이별들은 대개 이렇게 한 사람에게는 초현실적이리만큼 갑작스럽게 닥쳐오기 마련이다.

여자는 남자와 침대에 나란히, 나른하게 늘어져 있다가 기침하듯 이별을 뱉는다. 게다가 천연덕스럽게 '와, 한때는 내가 너 내 거라고 외치고 그랬었는데' 회상까지 해가면서 다른 여자를 만나라고 조언을 한다. 여차하면 뺨을 맞을 수도 있을 만큼 얄밉다. 하지만 이 캐릭터에게도 디 브릿지에서 약간의 정당성은 주고 싶었다. 어차피 헤어짐을 고하는 입장은 상대에게 '나쁜 사람'일 뿐인데, 괜히 돌려 말해서 희망고문하지 않겠다는 내용을 썼다.

이 가사 속에서 여자가 남자에게 자꾸 만나라고 부추기는 '그녀'는 가사에서 세밀하게 묘사하진 않았지만 개인적으로는 남자의 '원래 임자'라고 설정했다. 남자는 오래된 연인을 버리고 가인에게로 왔는데, 이젠 자기가 비참한 입장이 되어버린 거다. (이런 세밀한 설정은 굳이 청자에게 전달하겠다는 취지보다는, 내가 캐릭터를 구체화하는 데 필요해서 잡곤 한다.) What comes around, goes around. 뿌린 대로 거둔다. 내가 가장 굳건하게 믿는 흔한 말인데, 가사 속에서 은연중에 이런 생각이 나타나는 것이 어떨 땐 재밌다. 가사 속의 남자는 '운명의 부메랑'을 맞았고, 여자 또한 언젠가 그 부메랑을 맞을 것이라는 암시를 한다.

이 캐릭터는 기본적으로 스스로에게조차 냉소적이다. 곡이 지닌 약간의 비장한 느낌과 반대되는 캐릭터를 써야 가인이의 실제 모습과 어울릴 것 같다고 생각했기 때문이다.

그녀를 만나

작곡 K Z
작사 김이나
노래 가 인

verse 1)
이제는 눈을 돌려봐
내가 조금 지쳐가잖아
so let go, let me go, 자 이제 그만 나를 놓아줘

이런 말 꺼내기엔 너무*
로맨틱한 오후*
넌 내 꺼, 내 꺼 외치던 나는
오래전 죽었나봐

후렴 1)
생각은 나겠지
꿈을 꾸듯 끌렸었던 너였지**
불꽃처럼 짧았던 멜로, 멜로
너만 바라보는
그녈 찾아 떠나가 hello hello

웃기지?
이런 내가 너무 너무 밉겠지
oh let go, let go, let go
이젠 나를 놓고 그녀를 만나
나를 봐

* 라임.
** '꿈' '꾸' '끌' 된소리 발음을
   사이사이 넣어 리듬감을 살려
   부를 수 있게 했다.

김이나의
작사노트

verse 2)
기억도 나질 않잖아
어제 우리 뭘 했는지도
so let go, let me go, 여기까지가 다인 것 같아

조금 더 기다리긴 너무
따분한 이 오후
숨막힐, 막힐 더위 같은 너를
벗어나고 싶어 난

후렴 1) 반복

d bridge)
잔인할수록 너와 나를 위하는 거
미련을 안고 맴돌게 만들긴 싫어

후렴 2)
그럴 수 있겠지
취한 밤에 전활 건 내 목소리
뒤엉킨 혀끝으로 헬로, 헬로
그땐 나를 버려
차갑게 널 버렸던 벌로, 벌로

웃겠지?
후련하게 니가 날 비웃겠지
oh let go, let go, let go
이런 나를 놓고 그녀를 만나
나를 봐

유난히 애정이 많이 가는 곡이라 기회가 주어지면 꼭 자세한 얘기를 하고 싶었는데 이번에 풀게 돼서 반가운 마음에 얘기가 길어진 것 같다. 이 곡을 접한 사람들은 나만큼이나 이 곡을 아껴주었다. 무엇보다 이 곡은 가인이가 지닌 보컬의 매력을 십분 살려주는 곡이었다. 곡에 잘 어우러져 붙는 글이라면, 꼭 절절하고 애달프지 않은 감정이라도 사람들의 공감을 살 수 있다는 점을 잊지 말자. 내가 받은 상처가 아닌, 내가 준 상처에 대해서도 곱씹어보자. 더 나은 연애를 위해서도, 더 다양한 가사를 위해서도.

애틋한 이별노래들은 대체로 일방적인 화법을 취한다. 자신의 슬픔에 대해 이야기하고, 자기가 앞으로도 얼마나 희생적인 입장으로 기다릴 것인지 다짐한다.

물론 그런 화법은 상업적으로 잘 '먹힌다'. 아무래도 한국의 대중음악 소비자들은 청취도 청취지만 스스로 노래 부르며 더 빠져드는 경향이 많아서가 아닌가 싶다. 내 이야기를 하는 듯 감정선을 잡을 때 좋아한다는 말이다. 대한민국, 참 노래 부르기 좋아하는 나라이다. 어쨌든 이 추측이 원인인지 아닌지는 몰라도, 자기 감정에 취한 듯한 이야기가 많고, 또 자주 좋은 스코어를 낸 것은 사실이다. 나 또한 많이 써본 스타일이기도 하고.

 하지만 냉정한 이별의 이야기도 필요하다. 막 이별을 겪었을 때야 자기 감정 위주의 스토리에 빠지겠지만, 서서히 그 늪에서 빠져나오면서부터 마주하는 '별것 없는' 이별의 실체에 대한 이야기에 공감할 사람들도 많다. 작사가 지망생들에게 처음으로 슬픈 발라드곡을 과제로 내주면, 대체로 자기 감정에만 충실한 이야기를 써오는 일이 많다. 누군가를 슬프게 하려는 목적만 있고 청자를 그 목적지에 데려갈 디테일한 과정은 빠진 상태라 대체로 이야기도 비슷비슷하다. 시점을 다양하게 잡아보면 이별 앞에서 '나는 너무 슬프다' 말고도 할 이야기가 많다는 말을 듣고 난 후에는, 다음 과제에서 조금 다양해진 '캐릭터'들을 만들어오곤 한다.

 몇 년 전 '그는 당신에게 반하지 않았다'라는 제목의 책이 히트를 쳤다. 내용은 잘 몰라도 그 제목만으로도 사람들은 열광했다. 마치 모두 알고 있었으나, 처음으로 누군가 입밖에 낸 어떤 말을 듣는 것처럼. 사실 이런 시각으로 이별을 다루면 이야기가 '아름다워'지기는 힘들다. 냉소적인 입장을 피하기 힘들기 때문이다. 하지만 요즘 연애 상담으로는 짝사랑하는 대상에게 '진심으로 다가가라'는 뻔한, 허나 비현실적인 조언보다는 '어느 정도 마음을 비워야 그나마 찬스가 있다'는 허무한, 하지만 현실적인 조언이 설득력 있다. 즉, 포장된 사랑 이야기만이 공감을 사는 시대가 아니라는 얘기다.

내가 예전에 접한 곡 중에서는 〈사랑이 다른 사랑으로 잊혀지네〉라는 노래 가사가 지독히 현실적인 시각의 이야기였다. 제목부터 감이 오지 않나? 사랑은 대개 다른 사랑으로 잊히고 만다.

윤하와는 드라마 〈직장의 신〉 OST로 처음 같이 일을 했는데, 기대치가 컸음에도 그 이상으로 감정을 섬세하고 깨끗하게 표현해줘서 레코딩 결과물을 들었을 때 신이 났었다. 이후 다음 앨범의 타이틀곡이라고 윤하의 소속사를 통해 의뢰 연락이 왔다.

섬세하게 표현하는 가수는 몇 있지만 깨끗하게 표현하는 가수는 그 나이 때에 그리 많진 않다. 깨끗한 표현을 하는 보컬은 약간은 냉정한 이야기를 할 수 있다. 무엇보다 윤하라는 친구의 이미지가 너무 어리지도 않고, 그렇다고 원숙미가 풍기는 건 아니어서, 보편적인 20대 중반에서 그 이후의 여자를 대변하기에 좋을 듯했다. 〈우리가 헤어진 진짜 이유〉의 화자는 상대보다 더 성숙하다. '밀당'을 하거나 작전을 펴지 않고, 진심으로 대하면 진심이 올 거라고 믿는 사람이다. 곡 자체가 가진 느낌은 전체적으로 쓸쓸하지만 후렴구에서 '울지' 않는 스타일이었다. 즉, 슬퍼 죽겠다는 스타일의 멜로디가 아니었다.

사람들은 대체로 헤어지고 난 뒤 '내가 이 순간에 잘못한 걸까, 저 순간이 마음에 안 들었던 걸까' 되돌아보지만, 실체는 그냥 마음이 떠나서인 경우가 가장 많다. 인연의 첫 단추는 설렘을 자극하는 감정으로 채울 수 있지만, 단추 채우기를 완성하는 건 상호 간의 노력이 있어야 한다고 생각한다. 이 가사 속 상대 남자는 그런 노력이 없는 사람이다. 단순히 얘기해서 여자가 노력할수록 멀어진 남자다. 여자는 싸울 일이 있어도 잠수를 탄다거나 해서 상대의 애를 태우지도 않았고, 외려 상대가 왜 그 지점에서 화가 났는지 이해하려고 애를 썼다. 반면 남자는 '반해 있는' 시간 동안에만 여자에게 충실했다. 다행히 여자는 현명해서, 이 남자의 실태를 빨리 파악한다. 저 남자가 나빠서, 혹은 자기가 무엇을 잘못해서가 아닌, 그냥 진짜 '사랑'하지 않았던 것뿐임을.

어쨌든 다시 대중음악 종사자의 자세로 돌아오자. 이 냉정한 이야기만으로는 슬픔샘이 덜 자극된다. 특히나 이 곡은 타이틀곡이니, 어느 정도의 신파 감정은 필요했다. 그래서 화자는 2절까지는 냉정한 제3자로서의 입장을 취하지만, 디 브릿지쯤부터 슬픔과 미련에 대해 이야기한다. '다시 돌아온 남자에게 다시 반하고, 멋대로 돌아온 그를 또 받아준' 꿈을 꾼 여자는 그 꿈을 '나쁜 꿈'이라고 말한다. 결국엔 또 같은 이유로 떠나갈 남자인 걸 알지만, 돌아오면 또 받아주게 되리라는 사실을 아는 것이다. 이 현명한 여자도 감정 앞에선 어쩔 도리가 없는 것이다.
헤어진 후엔 누구나 아프다. 그 마음이 얕았든, 깊었든 아픔이란 건 절대적으로 잴 수 없는 감정이기에 누구나 일단 '아프다'.
나는 이 가사를 쓰면서, 남자든 여자든 가사 속의 윤하처럼 아픈 이유는 알고나 아프면 좋겠다는 생각을 했다. 그러면 사람들이 덜 다칠 테고, 그다음 사랑은 더 잘할 수 있을 것 같아서.

우리가 헤어진 진짜 이유

작곡 윤하, Score
작사 김이나
노래 윤 하

verse 1)
우리가 헤어진 진짜 이유
너는 알고 있을까
아마 지금의 너에겐
아무런 상관이 없겠지

이해할수록 멀어지던 너
좀처럼 화내질 않았던 나*
노력할수록 지루해졌던 너와 나

후렴 1)
설레임뿐야, 니가 바랬던 건
처음뿐이야, 니가 날 바라본 건
우리가 헤어진 진짜 이윤 없어
니가 날 사랑하지 않았을 뿐
다른 이윤 없어

날 사랑한 적 없을 뿐
이제야 모든 게 선명해

verse 2)
내가 널 사랑한 진짜 이유
너는 아마 모를걸
그래 알았다면 나를

* 이런 '대비'는 전혀 다른 곳에
서 있는 두 남녀의 입장을
짧은 가사 속에서
표현하기 좋다.

김이나의
작사노트

296

쉽게도 떠날 리 없겠지

새로운 사랑 꿈을 꾸던 너
영원한 사랑을 꿈꾸던 나*
바라보는 게 너무 달랐던 너와 나

후렴 1) 반복

후렴 2)
다르게 쓰인 너와 나의 사랑
다르게 남을 너와 나의 마지막
내가 널 반드시 잊을 필욘 없어
어차피 혼자 남은 이자리에
조금 더 있을게

d bridge)
나쁜 꿈을 꿨어
다시 돌아온 너에게 다시 반한 나
멋대로 돌아온 너를 또 받아주던 나

후렴 1) 반복

4부

당신의 망상과 공상은 소중하다

: 나의 아이디어 사냥법

나의 트라우마도
노래가 될 수 있을까

"이나야, 엄마가 적어도 6개월에 한 번은 올 거야. 그치만 많이 떨어
져 있게 될 거야. 이나는 착하니까 괜찮지?"

"(영문 모름) 응……"

이 신파스러운 장면은 내가 초등학교 3학년 무렵일 때의 상황이다.
내가 아주 어릴 때 부모님이 이혼하셨고 나는 어린 시절의 대부분을
엄마와 조부모님과 보냈다. 그러다 엄마가 일본에서 사업을 하게 되면
서 할머니 할아버지와 살며 엄마랑 2년 가까이 떨어져 지내게 되었다.

엄마는 약속대로 몇 개월에 한 번씩 서울에 와서 나와 시간을 보내

주었다. 떨어져 있어버릇해서인지, 엄마는 귀국한 시간 거의 전부를 나한테만 썼다. 생각해보면 아무리 엄마라고 해도 어린 나보다는 고작 30대(지금의 내 나이보다 어렸을!) 초반이었던 엄마가 하나밖에 없는 딸을 두고 멀리 떨어져 있는 마음이 더 힘들었겠지 싶다.

어쨌든 이상하게 당시에는 그 슬픔이 구체적으로 다가오진 않았다. 처음에 엄마와 떨어져 살아야 한다는 소식을 들었을 때 뭔가 허전하고 겁도 났지만, 대성통곡을 하진 않았다. 하지만 엄마가 중간중간 귀국하면서부터는 달랐다. 출국하기 전날 밤이 되면 엄마는 나를 재우고(실은 재운 줄 알고), 나를 안은 채 소리 없이 울었다. 그리고 나는 내가 잠들지 않았다는 것을 들키지 않으려고 눈물을 꾹 참았다. 지금 생각해보니 제법 기특한 어린이였구먼. 이런, 엄마가 이 부분을 읽는다면 또 울겠네. 뚝!

당시 김포공항에서 일본으로 출국하는 비행기가 그때밖에 없었던 건지, 아니면 엄마가 그 시간대 비행기를 제일 좋아해서였지는 모르겠지만, 엄마의 출국시간은 대체로 오후 네다섯시쯤이었다. 이걸 기억하는 이유는, 엄마를 배웅하고 돌아오는 길에 해가 막 지기 시작하던 그 하늘을 기억하기 때문이다. (엄마를 보내고 늘 올림픽대로로 돌아왔는데, 그래서인지 난 아직도 올림픽대로보다 강변북로를 선호한다.)

몇 개월에 한 번씩 반복된 엄마와의 생이별 아닌 생이별은 내 무의식에 엄청난 영향을 남겼다. 나는 그 이후로 해가 뉘엿뉘엿 지기 시작

하는 그 하늘이 너무 싫었고, 심지어 어떤 땐 무서웠다. 사람의 무의식
이란 게 그렇게 대단하다. 어릴 때의 나는 내가 왜 저녁하늘을 무서워
하는지 몰랐는데, 커서 생각해보니 저녁하늘을 무서워하는 게 아니라
엄마랑 헤어지고 난 뒤의 그 저녁하늘을 싫어했던 거였다.

사적인 이야기가 너무 길었다. 이 기억을 통해 내가 하고 싶은 이야
기는 바로 '트라우마'다. 사람은 누구나 트라우마가 있다. 작든, 크든.
그리고 그것을 스스로 트라우마라고 인지하면, 어느 정도 극복이 된
다. 설혹 극복은 안 될지언정, 적어도 내 성격을 모나게 하는 요인으로
작용하지 않게 할 순 있다. '저녁하늘 포비아'가 어릴 적 트라우마였다
는 사실이 객관화되고 나니, 흥미로웠다. 심지어는 뭔가 서정적으로 느
껴졌다. 오, 감수성 있는 어린이였구먼, 하면서.
개인사가 더해져서 나에게 유독 크게 다가오긴 했지만, 저녁하늘이
란 건 누가 봐도 쓸쓸한 풍경이다. 하루가 떠나가는 시간, 많은 것들이
보이지 않게 되는 시간.
오늘이 다시는 올 수 없단 사실은, 가끔씩 너무 슬프게 다가오지 않
던가.
저녁하늘이라는 주제는 막 겪은 이별의 아픔보다는, 어렴풋이 남은
이별의 아픔에 비유하면 적절할 것 같았다. 아무렇지 않게 넘어갈 때
도 있지만, 문득 시리게 오는 기억과 비슷해 보였다. 끊어졌다가, 새로
또 오는 인연과 닮아 있는 듯했다.

오늘 나를 비춘 해는 내일 또 오지만 결코 오늘의 것이 아니듯, 사랑은 떠나가고 또 오긴 하지만, 그때 그 사랑은 아닌 거니까.

처음 에일리의 데모에 이 '저녁하늘 트라우마'를 주제로 가사를 쓰고 나서는 내심 걱정이 들었다. 너무 사적인 감정이라, 나만 아는 이야기가 되면 어쩌나 싶어서.

하지만 1차적으로 작곡가(박근태님)가 좋아해주었고, 무엇보다도 대중들이 많이 들어주었다. 신기했다. 아무리 사적인 감정이라도, 사람들이 느끼는 감정의 컬러라는 건 비슷하구나, 하는 사실을 깨달은 첫 경험이었다.

저녁하늘

작곡 박근태, Tommy Park
작사 김이나
노래 에일리

verse 1)
어떤 날에든 저녁하늘은 못 올려보는 습관이 있어
온 세상이 날 떠나는 듯한 이상한 그 기분이 싫어

멀리 떨어지는 저 해는 내일 다시 올 텐데
나를 비쳐줬던 햇살은 아닐 것 같아

후렴 1)
니가 가도 사랑은 다시 오고
소란스런 이별을 겪어봐도
이렇게 너는 너는 너는 자꾸 맘에 걸려

가끔씩은 좋아서 웃긴 하고
더 가끔씩은 행복의 맛을 봐도
아직도 너는 너는 너는 Deep in me

verse 2)
누군가에게 맘을 줄 때면 반을 남기는 습관이 있어
다 줘버리면 떠날 것 같은 이상한 그 예감이 싫어

반쯤 아껴둔 이 맘 누구 줄 수조차 없는데
반쯤 고장나버린 나를 들키긴 싫어

후렴 1) 반복

d bridge)
너의 맘은 어디쯤일까
나를 맴돈 적은 있을까
나처럼 아주 가끔
시간이라는 게
다 지우지는 못 하나봐
아직도 네 이름은 편히 말하질 못해

후렴 2)
니가 아닌 누군가 나를 안고
내가 아닌 누군가 너를 안고
이렇게 오래 오래 오래 나날들이 가도

하지 못한 말들이 입에 남아
다 주지 못한 사랑이 맘에 남아
어쩌면 너는 너는 너는 Still in me

트라우마는 나쁜 습관을 남긴다. 이 가사에서 그 나쁜 습관은 '누군가에게 맘을 줄 때 반을 남기는' 것이다. 떠나는 순간이 두려워서 현재를 반밖에 쓰지 못하는 심리는 방어가 아닌 '고장'이다.

당신에게는 어떤 트라우마가 있는가. 스스로 인지하지 않는다면 이상한 종류의 공포로, 또는 두려움으로, 심지어는 자격지심으로 변질되어 당신을 못난 사람으로 만들고 있을지도 모른다. 스스로의 모습을 솔직하게 대면해보자. 그래서 몇 가지 트라우마가 발견된다면, 일석이조의 행운이 오는 셈이다. 좋은 가사 테마와 조금은 건강해진 자아!

전지적 고양이 시점

내가 꾼 꿈 중에 가장 기억에 오래 남는 걸 꼽자면 내가 길바닥에 붙은 껌이 된 것이다.

(꿈속에서) 눈을 떴는데 사람들의 발바닥이 보였다. 내가 어디 누워 있는 거지? 몸을 일으키려 했지만 아무것도 움직이지 않고 목소리도 안 나왔다. 흔히 눌리는 가위가 아니었다. 꿈속에서 난 내가 껌, 심지어 바닥에 붙은 지 오래된 껌이 돼 있다는 걸 알고 절망했다.

언뜻 듣기엔 웃기지만 지금 생각해도 너무 무섭다! 생명줄이 끊길 일조차 없는 바닥에 붙은 껌이라니, 거기서 평생을 붙어 있어야 하는 데다 아무한테도 내가 나라고 말할 수 없다. 하다못해 나무라면 변화라도 하고 사람들에게 가끔 그늘이라도 주지.

이와 비슷하게 황당한 꿈으로 길고양이가 된 꿈을 꾼 적이 있다. 고양이를 키우기 전이었는데, 꿈속에서 시점이 굉장히 낮아져서 처음엔 내가 난쟁이가 된 줄 알았다. 그런데 앞발을 내려다보니 고양이였다. 이런, 나는 이 길 위에서 남은 몇 년을 위태로운 생명줄을 붙들고 먹이를 찾아 헤매야 하는구나. 껌만큼은 아니지만 막막한 기분이 드는 꿈이었다.

어딘지 모르게 고양이의 워킹이 떠오르는 데모를 받았다. 브라운아이드걸스 제아의 솔로 앨범이었다.

길고양이 이야기로 풀되 '길고양이에 대한 이야기'가 아닌 '길고양이가 하는 이야기'가 되면 어떨까 생각했다. 쓸쓸하고 외롭지만, 사람에게 애정을 갈구하진 않는 도도한 고양이. 겁이 많아서 나타나는 날카로운 모습은 예민한 사람의 성향과도 많이 닮아 있다.

고양이를 키워본 사람들은 알겠지만 집고양이들은 그렇게 창밖을 많이 내다본다. 막상 데리고 나가면 벌벌 떨면서, 마치 바깥 생활을 동경이라도 하듯 늘 길을 내다본다. 그렇다면 길고양이 시점에서 보는 집고양이들은 어떨까? 또한 귀엽다면서 잠깐씩 관심을 보이고 가는 사람들에게는 어떤 감정이 들까? 태생이 길냥이가 아닌 누군가에게 버려진 고양이라면 특히 어떨까?

인간이 아닌 생명체에 화자를 이입한 가사는 생각보다 많다. 심지어 히트곡도 많다. 카니발의 〈거위의 꿈〉이 그렇고 신형원의 〈개똥벌레〉도

우리집 고양이 봉삼이. 봉삼이의 SNS가 나의 것이라고 오해하는 사람들이 많은데 천만의 말씀! 봉삼이는 자신의 초상화도 가지고 있는 특별한 고양이임.

있다. 모두 그 특정 생명체의 시점으로 이야기를 풀지만, 사람들에게 공감을 살 만한 포인트를 잘 잡아낸 가사들이다. (여기서 잠깐, 패닉의 〈달팽이〉나 넥스트의 〈날아라 병아리〉 같은 경우 내가 든 예와는 다르다. 그 가사들은 사람이 바라보는 달팽이, 병아리에 대한 이야기이지 달팽이나 병아리의 시점이 아니기 때문에.) 〈길고양이〉는 〈거위의 꿈〉이나 〈개똥벌레〉처럼 인간의 심정과 닮은 모습을 훌륭한 시처럼 그린 가사는 아니다. 곡의 분위기나 수록곡이라는 포지셔닝의 강점을 살려 덜 거시적이면서 아기자기하고 재미있는 느낌을 주고자 했다.

녹음할 때 제아에게 고양이들 특유의 유연하고 관능적인 워킹의 느낌을 노래로 살려달라고 했는데, 노래 잘하는 가수와 녹음할 때 제일 좋은 건 이런 이상한 요구도 잘 소화해서 실현시켜준다는 것이다.

길고양이

작곡 삼박자
작사 김이나
노래 제 아

verse 1)
밤이 오면 난 길을 나서지
아무도 소유할 수 없는 나는 멋져
불이 켜진 창문 틈 사이로
부러워 날 보는 너와 그걸 보는 난 다르지

아무도 나를 간섭할 순 없어 oh no, oh no
함부로 날 길들이지 마, 마 할퀴어버릴지 몰라

후렴 1)
I'm a kitty on the street
oh, 난 자유로워, uh
If you see me on the street
나를 알아볼지 몰라

verse 2)
밤이 오면 난 더 잘 보이지
춤추듯 가벼운 내 발걸음 참 멋져
불빛보다 더 밝은 내 눈빛
어둠 속 웅크린 너와 그걸 보는 난 다르지

내일 일 나는 걱정한 적 없어 oh no, oh no
함부로 날 걱정하진 마, 마 나는 내 미래를 봐

후렴 1) 반복

d bridge)
easy come, easy go
오고가는 사람들
항상 떠나가지
이제는 누구도 나를 못 버려
어디에도 난 머물지도 기대지도 않으니까

후렴 2)
I'm a kitty on the street
oh, 난 자유로워, uh
If you see me on the street
나를 알아볼지 몰라

I'm a kitty in your town
가끔 마주칠걸 uh
If you see me in your town
나를 그냥 지나가줘

길고양이들은 추운 겨울날 따뜻한 조명 아래 밖을 내다보는 같은 고양이과 동물의 모습이 조금은 부러울 때가 있지 않을까. 그래도 그들의 태연한 표정을 볼 때면 왠지 여우와 포도 이야기에서의 여우처럼 '난 저런 삶 하나도 안 부러워' 하면서 애써 외면하고 있는 것 같다는 생각이 든다. 물론 길고양이들이 집고양이를 부러워할 것이라는 이런 추측도 인간의 오만한 생각일지 모른다.

어쨌든 이 가사는 일반적으로는 쓸데없다고 치부되는 생각이나 관심에서 비롯된 이야기다. 살면서 보고 겪는 모든 것들은 바라보는 사람의 생각에 따라 좋은 이야기 소재가 될 수 있다. 당신의 망상과 공상은 소중하다.

반전 동화

『어른을 위한 잔혹동화』라는 책을 기억하거나 들어본 적이 있는가.

사실 그 책이 아니더라도 우리가 아는 많은 동화들은 어린이용으로 각색되기 전엔 꽤나 잔혹하고 선정적인 이야기였다. 그 사실을 알았을 때의 충격이란……

원작들의 수위는 어째서 이런 이야기들이 애초에 아이들이 읽는 용도로 각색된 건지 궁금할 정도로 높다. 이야기가 담고 있는 교훈들은 사실 어른들이 되새겨야 할 점이 많긴 하더라.

표현의 수위는 각색으로 조절된다 하더라도, 이야기의 큰 흐름은 기본적으로 같다. 어른이고 아이고 할 것 없이 어렴풋한 줄거리는 다들 알고 있는 게 바로 '동화'다. 널리 알려진 이야기를 주제로 잘 다루면, 이야기가 이미 가지고 있는 '대중성'이 무대가 되어 훨씬 더 입체적인 이야기를 짧은 시간 내에 할 수 있다.

책이든 영화든, 나는 결말의 뒷얘기나 덜 소개된 캐릭터의 진짜 모습 등에 대해 혼자 상상하곤 했다. 그런 상상에서 출발해 훌륭한 작품이 된 이야기들은 꽤 많다. 대표적인 것이 뮤지컬 〈위키드〉로 더 잘 알려진 『서쪽 마녀 이야기』일 테다. 소설 『서쪽 마녀 이야기』는 세상에 절대 선, 절대 악은 없다는 생각을 새삼 일깨워주고, 외형적인 이미지라는 것이 얼마나 의미 없으며, 대중들이 생각하는 '이미지'라는 것이 대단한 허구일 가능성이 있다는 점을 이야기한다. '동화'로 알려진 이야기 속의 악인들이 대체로 밑도 끝도 없이 악하다는 점에서 『서쪽 마녀 이야기』는 나의 간지러운 구석을 시원하게 긁어준 이야기였다.

'이야기'에는 언제나 스포트라이트를 받는 쪽이 있다. 그 스포트라이트로 인해 드리워지는 그림자에 관심을 기울이면, 여러 가지 재미있는 이야기가 가지 칠 수 있다. 특히나 'Happily Ever After' 식의 장밋빛 엔딩에 불만을 품는, 어찌 보면 반골 기질을 가진 사람들이 쓴 이야기는 늘 매혹적이다.

이 장에서는 어떤 이야기의 후일담이나 미시적으로 들여다본 조연들의 진짜 모습에 대한 흥미에서 시작된 가사를 소개하려 한다.

사실 이것은 대단히 창의적인 질문이라기보다는 노력하는 자에 비해 타고난 자가 성공할 확률이 훨씬 높은 현사회를 패러디하며 등장한 질문이다.

써니힐의 타이틀곡으로 받은 데모는 후렴구 가이드에 '링가링가링'이 가득 차 있었다. 프로듀서와 작곡가는 그 부분을 그대로 살려두길 원했다. 그 파트는 그런 요구가 없었다 해도 애초에 살리는 것이 베스트일 확률이 높은, 브아걸이 부른 〈어쩌다〉의 '어쩌다' 파트 같은 부분이기도 했다. 하지만 전반적인 분위기는 음울하고 슬프다. 신나는 비트가 깔려 있긴 하지만 그런 분위기로 가득 차 있으니, '링가링가링' 파트가 어쩐지 신나려고 애쓰는 듯한 느낌으로 들렸다. 띵까띵까 노는 쪽으로는 국민 캐릭터인 베짱이 입장에서의 이야기를 쓰면 재미있게 맞아떨어질 것 같았다. 게다가 써니힐은 사랑, 이별 이야기가 아닌 색다른 주제를 노래해온 팀이기도 했다.

'베짱이는 개미 입장에서 보면 얄밉고 한심한 논다니였지만, 그에게도 나름의 철학이 있었을 것이다'. 이야기는 이런 가정하에 시작되었다.

실제로 1년의 대부분을 겨울 한철을 위해 희생하며 사는 개미처럼은 살기 싫은 사람들이 있고, 지금 당장의 행복을 추구하는 것이 결국엔 행복한 인생이라는 신념을 가진 사람들도 있다. 나의 경우 한탕주의 정도야 아니지만, 먼 미래를 위해 희생하는 오늘의 양이 인생의 절반을 넘어서야 되겠느냐는 생각은 있다. 개미와 베짱이 이야기로 따지자면, 개미도 이기적인 것은 마찬가지 아닌가! 일할 때 조용한 것보다는 노래가 들리는 게 더 흥이 났을 수도 있는데, 오며 가며 본 정이 있어서라도 베짱이가 굶어 죽지 않을 만큼의 식량은 좀 나눠줄 수도 있는 것 아닌가. (아주 진지한 톤으로 얘기하고 있는 건 아니다……)

파고들자면 나이브한 생각이지만, 나는 결과적으로는 개미와 베짱이가 다 같이 행복할 수 있는 세상을 얘기하고 싶었다. 물론 베짱이가 개미의 인생에 조금이라도 도움이 된 거라는 전제하에 말이다.

나에게도 창작의 고통이 있다구!
각자의 역할 속에서 행복할 수도 있지 않음!?

베짱이 찬가

작곡 이민수
작사 김이나
노래 써니힐

verse 1)
미루고 미루다 행복은 없어
오늘은 또다시 없어
어느덧 시간은 벌써
Come On and Wake You Up

이렇다 저렇다 거짓된 희망은 치워
싸우고 다투고 살다간 지쳐

습관이 돼버린 경쟁에 미쳐
똑같은 틀 안에 갇혀
아무도 모르게 묻혀
Come On and Wake You Up

어렵게 포장된 거짓된 이론은 치워
입맞춰 줄 맞춰 살다간 미쳐

Ring Ring Ring-a-Ring-a
Ring Ring Ring-a-Ring-a
노래나 부르며 손뼉을 치면서
웃으며 살고 싶어

후렴)
Ring-a-Ring-a-Ring Ring-a-Ring-a-Ring

둥글게 살고 싶은 메아리야
Ring-a-Ring-a-Ring Ring-a-Ring-a-Ring
너와 내가 웃고 싶은 멜로디야
Ring-a-Ring-a-Ring Ring-a-Ring-a-Ring
잡히지 않는 행복은 신기루야
Ring-a-Ring-a-Ring Ring-a-Ring-a-Ring
빙글빙글 어지러운 세상이야

verse 2)
고개를 들어봐 아무도 없어
네 위엔 아무도 없어
눈치볼 필요가 없어
Come On and Wake You Up

죄인이 돼버린 춤추고 노는 사람들
여기로, 여기로 다 같이 뭉쳐

그 누가 뭐래도 네가 더 멋져
즐기는 그런 게 멋져
내 눈엔 네가 더 멋져
Come On And Let Me In

이렇다 저렇다 떠들면 뭐라도 된 듯
피곤한 사람들, 이거나*
Ring Ring Ring-a-Ring-a
Ring Ring Ring-a-Ring-a
노래나 부르며 손뼉을 치면서
즐겁게 살고 싶어

* 2절의 '피곤한 사람들이거나'로
알려진 부분은 사실 '피곤한
사람들, 이거나'가 맞다.
'피곤한 사람들, 이거나 먹어라'에서
'먹어라'가 생략된 문장이라는
말이다. 그 부분을 부르는 멤버 코타의
안무도 이를 표현하는 동작이 살짝
숨어 있다. 틀리게 전달되어도 흐름에
지장 없는 선에서라면,
이런 재밌는 디테일을
숨길 수도 있다.

김이나의
작사노트

318

후렴) 반복

d bridge)
또 어딜 바삐 바삐 가 세월이 바삐 가*
쉬었다 같이 갑시다 둥글게 갑시다
모든 게 바삐 바삐 가 흘러가 바삐 가
노래나 같이 합시다 놀면서 합시다

또 어딜 바삐 바삐 가 세월이 바삐 가
쉬었다 같이 갑시다 둥글게 갑시다
모든 게 바삐 바삐 가 흘러가 바삐 가
노래나 같이 합시다
Please Refill the Battery

난 참 바보처럼 살았군
쳇바퀴 속을 돌고 있었군
다 흘러 흘러 흘러 놓쳐버린 시간만

후렴) 반복

* 아무 노래나 흥얼거릴 때 나오는
느낌으로 "따라다 다띠다띠다,
따라다 다띠다"로 불러 있었다.
그 느낌을 그대로 살려주는 게
좋을 것 같아서 발음이 비슷한
'바삐 가'로 만든 부분이다.

김이나의
작사노트

319

모든 동화 속 여주인공들은 남자 주인공(대체로 왕자님)이 찾아올 때까지 하염없이 기다리다가 언젠가는 조우하여 행복한 결말을 맞이한다.

기다리고 기다리는 간절한 마음은 언젠가 행복으로 맺어진다는, 현실과는 다소 동떨어진 엔딩이다. 그런 엔딩을 굳게 믿고 살다보면, 현실 속에서 맞이할 이별이 너무 크게 다가오지 않을까. 아이유의 〈잔혹동화〉는 그런 모티브로 쓰여진 가사다. 아이유의 이미지가 '동화'와 유난히 잘 어울리기도 했고, 웅장하면서도 슬픈 왈츠 느낌의 데모는 어쩐지 『신데렐라』에 등장하는 파티를 연상케 하기도 했다. 우리는 모두 헤어진 후 누군가를 기다릴 때 비극적인 드라마 속 주인공이 되곤 한다. 이는 어릴 때 봤던 동화처럼 해피엔딩이 될 수도 있다는 기대감이 무의식적으로 남아 있기 때문은 아닐까.

이 노래의 가사에는 총 다섯 개의 동화 테마가 들어 있다. 『신데렐라』『라푼젤』『인어공주』『헨젤과 그레텔』『잠자는 숲속의 미녀』.

곡의 구성이 독특해서 벌스와 후렴구를 따로 나눠놓기가 애매하다. 그냥 verse 1, 2로 표기하겠다.

잔혹동화

작곡 세인트 바이너리
작사 김이나
노래 아이유

verse 1)
이 밤 지나고 나면은
날 깨울 그대 올 테죠*
한 방울씩 흘려놓은
눈물 즈려밟으며**

저 문 열리면 또다시
빛이 내게 닿을 테죠***
그 이후론 영원토록
행복하게 살 테죠

열두시 종이 울리면
꿈속에서 눈뜨죠****
사람들의 축복 속에
춤추고 있는 우리 둘

난 숨을 쉬죠 (You will never know)
난 살아 있어요 (Everyone fails to love)
그 사실만은 나 믿어도 되는 거겠죠

Nothing lasts forever, Nothing really matters

*『잠자는 숲속의 미녀』 모티브.
**『헨젤과 그레텔』 모티브.
***『라푼젤』 모티브.
****『신데렐라』 모티브.

김이나의
작사노트

verse 2)
날 찾는 길이 험해서
헤매고 있나봐요*
언젠가는 웃으면서
그대 품에 잠들겠죠

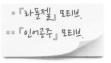

난 갈 수 없죠 (I will never know)
날 못 찾을까봐 (Everyone tells me so)
이 기다림이 다 물거품 돼버릴까봐**

Nothing lasts forever Nothing really matters (반복)

기적을 노래하는 사소한 방법

〈SBS 가요대전〉 PD로부터 연락이 왔다. 아니 웬 가요대전 PD님이? 일단 높은 분이니 예의바르게 응대했다. (그렇다, 난 이렇다……)

2013 〈SBS 가요대전〉에서 'Miracle'이라는 테마로 노래를 제작할 예정이며, 국내의 내로라하는 가수들이 다수 참여할 프로젝트에 참여해줄 수 있느냐는 용건이었다. 음원 수익은 기부금으로 쓰일 선행 프로젝트라고 했다. 덜컥 맡겠다고 했다. 실은 지드래곤이 참여한다고 하기에 마음이 움직…… 아니다. 좋은 일을 하고 싶었다.

좋은 일에 쓰이는 곡이니만큼 진심으로 좋은 마음을 담아야 할 것 같았다. 하지만 이 '좋은 마음'이라는 것이, 진심만 다한다고 좋은 가사로 나와주던가. '그대의 행복을 위해 내가 있어요' 같은 뻔한 말만 자꾸 나왔다. 무난하게 흘러가는 가사를 쓰기엔 이 프로젝트에 참여하는 가수들의 이름이 무거웠다. 무엇보다 이 기회를 통해 사람들에게 조금이라도 좋은 생각을 심어보고 싶은 욕심도 났다. 그만큼 조심스러웠다.

비슷한 취지의 곡 중 대표적인 예로는 마이클 잭슨 외 다수가 부른 〈We are the world〉가 있다. 나는 새삼스럽게 그 위대한 가사를 펼쳐보았다. 죽어가는 사람들이 있고, 선행은 우리가 할 수 있는 최고의 재능이며, 베풂은 우리 스스로를 살린다는 큰 세계관이 담긴 이야기였다.
다수의 가수가 부르는(이쪽에서는 '떼창'이라는 고급 표현을 쓴다) 선행성 곡 하면 이 노래가 너무 깊이 각인되어 있어서인지 이 프레임을 어설프게 좇는 글만 자꾸 나왔다.
나는 내 그릇에 맞는 글을 써야 남들의 마음도 움직일 수 있다고 믿는다. 더 좋은 가사를 쓰려면 더 큰 사람이 되어야 한다는 나의 신조는, 대단히 훌륭한 취지보다는 현실적인 욕심에 기초해 있다. 남들의 마음을 움직여야 '작사만' 하는 사람으로서 살아남을 것이 아닌가.

일상에 조금 더 밀접하게 닿아 있는 이야기를 쓰기로 마음먹었다. 나는 내가 다룰 수 있는 사이즈의 이야기를 하면, 그 이야기를 노래할 가수들이 세계관을 넓혀줄 것이다. 세계 평화에 대한 염원은 그렇게 해서 조용히 내려놓았다.

나는 내가 무의식적으로 다수가 참여하는 선행의 노래에 대한 어떤 프레임을 갖고 있다는 사실을 깨달았다. 이 노래를 듣는 사람, 부르는 사람이 '베푸는 사람'이고, 어딘가에 우리의 베풂을 받는 '누군가'가 있다는 프레임. 〈We are the world〉 같은 경우 아프리카의 난민을 돕자는 취지에서 만들어진 곡이니 그런 프레임일 수밖에 없었던 것인데, 워낙 그 분야의 대명사 같은 곡인지라 내게 그 '프레임'까지 각인되어 있었던 것이다. 프레임에서 벗어나고 나니 그제야 '내 생각'이란 걸 할 수 있었다.

행복에 대해서 새삼 생각해봤다. 뭔가 마음 수련을 하는 기분도 들고 묘했다. 팔릴 감정에 대해서만 생각해온 세속적인 뇌가 정화되는 기분이었다. 어쨌든 그것에 대한 나의 생각은 거창하지 않았다.
내가 생각하는 행복이란,
1. 당장의 사소한 행복을 실시간으로 느낄 줄 아는 사람이 행복하다.
2. 내가 행복해야 누군가를 행복하게 할 수 있다.
이 두 가지로 정리된다.

'내가 남을 위해 할 수 있는 게 뭐가 있을까?'라는 의문을 품는 사람에게 '당신은 이미 누군가를 행복하게 하고 있다'고 말해주고 싶었다. 부모님이든 애인이든 친구든 하다못해 오늘 아침 내가 반갑게 인사를 건넨 슈퍼 아저씨라도 나로 인해 잠깐 행복했을 수 있다. 이런 사소한 행복이 쌓여야 결국 다 함께 원대한 행복을 이야기할 수 있다고 생각한다.

내가 남을 위해 뭘 할 수 있을까 하는 의문을 가지는 사람은 이미 누군가를 웃게 하고 있을 가능성이 크다. 예를 들어, 유기견을 돕는다는 사람에게 "그럴 돈이 있으면 아프리카에서 굶어 죽는 애를 도와라"라고 말하는 사람은, 아프리카에 기부하는 사람에게 가서는 "그럴 돈이 있으면 한국에 못사는 사람이나 도와라"라고 말할 것이다. 그러고는 국내 기부를 하는 사람에게 가서는 "그럴 돈 있으면 나나 줘라"라고 말하겠지. 그런 말 하는 사람치고 돈 생긴다고 누구 위하는 꼴을 본 적이 없다. 당장 내 옆의 가까운 사람 하나라도 도울 마음이 있는 사람이 지구 반대편의 생명도 소중히 여길 줄 알고, 주인 없는 동물을 위할 줄 아는 사람이 사람도 위할 줄 안다. 그러니, 사소한 행복을 느낄 줄 알고 또 줄 수 있는 우리가 되었으면 좋겠다. 타인의 행복으로 행복함을 느끼는 사람들이 많아지면 좋겠다.

나눔은 습관이다. 대단한 액수의 기부금을 대단한 취지의 무엇에 주지 않아도 지금 당장 한 사람의 기분을 좋게 만들어줄 수 있다면, 당신은 세상이 조금 나아지게 하는 씨앗을 하나 뿌린 셈이다. 아주 잘 살고 있는 것이다. 기적은 결국 어떤 대단한 일이 아니라, 당신 자체일 수 있다.

You are a miracle

작곡 김도현, 김형석
작사 김이나
노래 2013 〈SBS 가요대전〉 Friendship Project

verse 1)
서둘러 온 겨울 서러워서 어제 별이 그리 밝았는지
서두르는 시간 아쉬워서 어제 꿈이 그리 길었는지

사랑하고 있나요 그대의 하루들을
사랑하고 있나요 그대의 사람들을

난 믿어요 그대 소중한 마음이 만들어낸 기적

후렴)
그대가 이미 하고 있어요 세상에 있는 것만으로
그대는 이미 누군가의 Miracle 아름다운 Miracle
오늘도 누군가를 웃게 하겠죠
우리는 이미 알고 있어요 무엇을 사랑해야 하는지
그대 눈이 닿는 모든 곳에서 시작되고 있어요
아마 내일은 더 눈부시겠죠
그대라는 이유로 There can be no greater love

I am the light of world, You are the light of world
We are the light of world, We're shining bright together

verse 2)
혹시나 세상이 같이 슬플까봐 고요히도 내리는 빗물들
행복해서는 안 될 사람처럼 어디론가 떠밀린 사람들
모든 것이 어려워 사는 것이 서러워
Don't be afraid my friend, I'm your fan Your biggest fan
난 믿어요 그대 작은 손길로 멈출 눈물을

후렴) 반복

d bridge)
잊지 말아요 그대로 인해
세상에 내린 빛이 있어
어떤 어둠도 결국에는
찰나의 그림자일 뿐이란 걸
부디 잊지 말아요

후렴) 반복

(후략)

- 각 파트별로 가수가 정해져 있어서 해당 가수의 캐릭터를 많이 참고했다. 예를 들어 도입부의 성시경과 아이유는 직선적인 얘기보단 소외된 쓸쓸함에 대한 은유적인 이야기가 어울린다. 반면 더 브릿지의 케이윌은 직선적인 이야기를 할 때 힘이 실린다.
- 후략된 지드래곤과 Tiger JK&윤미래 파트의 랩은 아티스트들이 직접 썼다. 각자 만들어온 이야기가 하나의 메시지를 이야기하게 되어 기뻤다. 특히 윤미래씨가 내레이션으로 한 "and we're gonna shine together like diamonds and pearls"는 더없이 아름다운, 전체 이야기를 관통하는 한 줄이었다.
- 이승철의 보컬은 치유 그 자체였다. 많은 사람들이 이런저런 이야기를 던지는 듯한 분위기 속에서 모든 걸 정리해주는 역할을 해주었다.

김이나의
작사노트

뮤직비디오와의 케미

작사가로서 뮤직비디오 감독과 가깝다는 사실은 큰 행운이다. 가사를 완성해나갈 때 감독의 의견이 물꼬가 되는 경우도 있고, 뮤비 스토리를 완성해나갈 때 나의 의견이 참작되기도 한다. 내가 가사를 쓸 때 상상한 그림이 확장되는 과정을 지켜볼 수 있다는 것은 무척 흥분되는 일이다. 이 장에서는 뮤직비디오와 가사가 합을 이룰 때 나오는 '케미'가 좋았던 프로젝트에 대해 이야기해보려 한다.

브아걸의 〈아브라카다브라〉를 기획했던 조영철 프로듀서는 그 곡이 큰 흥행을 거둔 이후 스태프 간의 케미를 통해 나오는 시너지를 많이 활용했다. 일단 큰 방향성을 잡은 후 모든 분야(작곡, 작사, 안무, 뮤직비디오, 스타일리스트 등)의 헤드 스태프들이 작업중에 충분히 소통하게 하는 방식을 고집했다. 이런 프로듀서의 성향을 떠나서도 나는 황수아 감독과 개인적으로도 가까운 사이이기에 특별히 누가 시키지 않아도 늘 붙어 있곤 해서 재미있는 디테일들을 수시로 건질 수 있었다. 이런 시너지가 극대화됐던 프로젝트가 몇 개 있는데, 그중 가장 대표적이었던 곡이 가인의 〈돌이킬 수 없는〉이다.

탱고라는 장르를 중심점으로 잡으니, 많은 것들이 자동적으로 방향을 잡아나갔다. 탱고는 기본적으로 극적이고 처절하기 때문에, 다른 곡에서라면 다소 오그라들 수 있는 격정적인 표현들도 여기엔 잘 어울렸다. 탱고라는 큰 정서는 그 자체로 많은 것을 관통시킬 수 있었다.

황수아 감독은 '탱고풍 곡의 뮤직비디오라면 다리를 붙잡고 매달리는 전형적인 신파의 한 장면을 넣고 싶다'고 했다. 현실적으로는 헤어진 후 '다리를 붙잡고' 매달릴 일은 거의 없다. 그럴 정도의 '심경'일 순 있어도, 우리는 웬만해선 진짜로 다리를 붙들진, 차마 그러진 못한다. 하지만 극중이라면 가능하다. 마치 영화 같은 뮤직비디오가 나온다면, 그런 극적인 가사가 붙어도 괜찮을 것 같았다. 몰입할 수 있는 스토리를 보면 화자에게 더 쉽게 동의되니까. (드라마 OST에 감정 몰입이 더 잘되는 현상과 같다.)

황수아 감독은 가사와 뮤직비디오의 싱크로율이 100프로에 가깝게 만들면 재미있겠다는 의견을 냈고, 나는 가사의 벌스 파트를 영화 지문 형식을 흉내내어 썼다.

지문이란 대본에서 대사 사이사이 감정이나 상황을 설명하는 글이다. '다리를 붙들고, 팔에 매달린 채' 같은.

자존심이 티끌만큼이라도 남아 있는 한 할 수 없는 행위들을 나열했다. 자존심이란 건, 정말 벼랑 끝에 몰렸을 때에나 내팽개칠 수 있다. 물론 현실에선 벼랑 끝에 내몰릴 정도로 감정을 내어놓으며 사랑하는 일이 어렵긴 하지만. 스토리로서는 이 자존심 다 내려놓은 사랑 이야기가 드라마틱하고 좋지만, 이런 사랑은 결국 파국이 되고 만다. 이런 사랑을 하라고 개인적으로 권유하고 싶진 않다. 가사 속의 가인은 자기의 자아 자체가 상대방으로 인해 완성된, 상대에게 병적으로 집착하는 극단적인 여자다. 매달리기까지 하는데도 자기를 떠나려는 남자를 보며, 여자는 남자가 자신을 더러운 피가 흐르는 사람 보듯 생각한다고 여기고 더 폭주한다. 피해의식 과잉 상태.

하지만 꽤 많은 사람들이 감정적으로는 이 비슷한 경험을 해본 적 있지 않을까? 떠나가는 상대를 잡고 싶은 게 아닌, 그 사람과 완성한 자신이 망가지는 것 같아서 오는 두려움. 그리고 그 두려움으로 인해 나오는 비정상적인 행동들. 결국엔 모든 걸 그르치는 '폭주'.

어쨌든 이런 병적인 캐릭터가 잡히니, 단어 선택들도 극단적인 쪽으로 잡혔다. '까맣게 탄' '칼이 되어 내 귀에 박히는' '독이 걸린' 등등. 가사는 전반적으로 감정이 최고조로 오른 상태를 유지한다. 기-승-전-결이 아닌, 기-결-결-결의 구조 안에서, 자해를 하기 직전의 엉망인 심경을 따라갔다.

개인적으로 나는 가인이가 병적인 캐릭터를 표현할 때의 모습을 아주 좋아한다.

돌이킬 수 없는

작곡 윤상, 이민수
작사 김이나
노래 가 인

verse 1)
떠나려는 너의 다릴 붙들고
나를 밀어내는 네 팔에 매달린 채
더는 이러지도 못해 저러지도 못해 나를 욕보이고
더럽혀질 빈 곳도 안 남은, 내 몸엔 나쁜 피만 흐르는*
그저 짧은 한숨, 가볍게도 가는 너의 한 걸음

kill me, or love me
둘 중에 하나
지치고 지쳐도 또다시 빌어도 넌 또
나를 밀쳐 또
1초 2초 3초 4초……
이럴 바에 난 죽을래

후렴 1)
lie, don't lie, don't lie
다 새빨간 거짓말로 들리는, 난 벼랑 끝에 몰리는**
lie, don't lie, don't lie
이 스토리엔 좋은 끝이란 없어
널 놓고 말고란 없어

째깍째깍 달리는 저 바늘 끝은 내 맘을
또 찌른다 날 울린다
왜 날 이렇게 만들어, 왜 돌이킬 수 없게 만들어

* 어디에 쓰든 이 가사에 꼭 쓰고 싶었던
표현이다. '태생적인 단점'으로
느껴지기도 하는 말이고,
가장 자기 비하적인 표현이
될 것 같았다.
** 당김음이 많은 곡이라 리듬을
잘 타는 가사가 필요했다.

김이나의
작사노트

네가 하는 말 다 lie and lie

verse 2)
기어이 난 너를 잡고 버티고
나를 파고드는 상처마저 모른 채
더는 망가질 수조차 부서질 수조차 없이 무너지고
까맣게 탄 눈물만 흐르는, 칼이 되어 내 귀에 박히는
너의 짧은 한숨……
그리고 또 독이 걸린 한 걸음

kill me, or love me
선택은 하나
울고 소리치고 빌고 애원해도 넌 또
걸음을 뗐고
1초 2초 3초 4초……
네 안에서 난 죽을래

후렴 1) 반복

후렴 2)
째깍째깍 시간은 또 흘러 흘러 내 맘을
또 흔든다 날 흔든다
끝으로 달린 니 말이
날 여기까지 오게 만들어
내게 하는 말 다 lie and lie

이 곡에 관심이 많았던 사람이라면, 마치 커플링과도 같은 〈진실〉이라는 동 앨범 수록곡도 알고 있을 테다.

알려진 바와 같이 이 곡은 윤상, 이민수 공동 작곡인데, 1차적인 밑그림은 윤상 작곡가에게서 먼저 나왔다. 여기에 퍼포먼스를 하는 데 필요한 리듬과 멜로디 등을 이민수 작곡가가 작업해서 완성된 곡이 〈돌이킬 수 없는〉이고, 윤상 작곡가가 단독으로 완성한 곡이 〈진실〉이다. 〈돌이킬 수 없는〉에 비해 다운템포인 버전이고, 편곡이 많이 다르지만 코드 진행과 메인 테마는 같은 곡이다. 뮤직비디오가 십 분을 넘기는 장편이 될 예정이었는데, 곡 없이 칠 분 가까운 시간을 채우긴 힘들었다. 그래서 뮤비 후반부 스토리를 이 〈진실〉을 이용해서 풀기로 했다.

〈돌이킬 수 없는〉이 표면으로 분출되는 감정에 대한 이야기라면, 〈진실〉은 똑같은 상황에서 내면으로 흐르는 이야기다. 남자가 어르듯이 얘기할수록 화자는 이 사람이 날 정말 떠나고 싶다는 사실이 느껴져 더 참혹하다. 겉(〈돌이킬 수 없는〉)으로 표독스럽게 굴고 말할수록 속(〈진실〉)으로 드는 생각은 처절하고 가여운 법이다. 화자는 운명이란 건 없었고 그저 '긴 우연'만 있었다는 사실에 좌절한다. 가사는 '세상에 모든 달콤한 것은 거짓'이라고 가르쳤던 남자의 말이 자기에게 적용될 줄은 몰랐다는 이야기로 마무리된다. 두 제목이 하나의 문장으로 완성될 수도 있어서 더 마음에 들었다.

진실

작곡 윤 상
작사 김이나
노래 가 인

verse 1)
어디부터 꿈이라고 믿어야 하나
사랑했던 그 시간들을 아님 지금 이 얘기를
시든 줄도 모른 채 품어온 약속들
뿌리째 흔들려 망가진 추억, 덩그러니 나만 이곳에서

후렴)
너와 나 그저 다
길어져버린 우연일 뿐이라고
너와 나 사이에
그 어디에도 운명은 없었다고

진실뿐이었던, 위로는 없던 니 말이 귓가에 들려
세상에 모든 달콤한 것은 거짓이라고

verse 2)
타이르듯 날 달래려는 너의 목소리
여유로운* 그 표정들은 무얼 말하려 하는지
내 말들이 너에겐 들리긴 하는지
이렇게 많고 또 많은 말 속에, 이해될 말이 단 하나 없어

후렴) 반복

> * 작곡가가 3음절로 부를 수 있는
> 4음절이면 좋겠다고 했다.
> '타이' '여유'는 한 음절에 넣어
> 불러도 괜찮은 발음들이다.
>
> 김이나의
> 작사노트

이 모든 콘셉트는 가수가 제대로 소화해주지 않으면 그냥 오버밖에 되지 않는다. 가인이가 연애 경험이 별로 없는 아이라 모든 감정을 말로 설명해야 했으나, 흡수력이 좋기도 하거니와 오히려 스스로 상상해 내는 감정이라서인지 표현이 더 풍부하기도 했다. 비슷한 감정선을 연기하는 캐릭터가 나오는 영화들을 말해주기도 했고, 그렇게 대화와 영화 감상을 통한 '학습' 후 가인이는 아주 멋진 캐릭터를 탄생시켜주었다. 무대 퍼포먼스에서의 맨발과 한쪽 귀걸이도 본인이 몰입해서 나온 아이디어였으니.

나는 내가 작업에 참여한, 또는 참여할 가수들의 팬덤 반응을 꽤 열심히 모니터하는 편이다.

그들이 원하는 바가 나에게 모티브가 될 때도 있고, 대중들은 몰라도 그 팬덤만 아는 요소를 삽입하여 코어 팬층을 즐겁게 해주는 파트를 만들어낼 때도 있다. 일례로 아이유의 〈너랑 나〉 가사 중 "지금 내 모습을 해쳐도 좋아"라는 부분은, 아이유의 다소 격렬한 팬덤인 디시인사이드 아이유 갤러리에서 콘서트 축하용으로 보내온 화환 문구에 대한 일종의 화답이었다. 커뮤니티 특성상 말투가 다른 팬들에 비해서 거칠 때가 많다는 걸 스스로 알아서인지, "우리는 아이유를 해치지 않습니다"라는 문구를 써서 보냈는데, 그 모습이 참 귀엽고 재밌었다. 역시나 이 곡이 나왔을 때 그쪽에서도 눈치를 채고 문의해와서, 그 의도가 맞다고 확인도 해줬다. 전체적인 내용을 해치지 않고 맥락에 맞는 선이라면, 앞으로도 가끔은 써먹어볼 생각이다.

신인 아이돌 그룹의 경우 어느 한 가사 속 캐릭터 콘셉트가 좋은 반응을 얻은 경우 이후 다른 곡에서 그 캐릭터를 더 강조해서 이미지를 굳혀주는 게 좋다. 빅스와의 작업이 그랬다.

빅스의 소속사는 독특하게도 다른 것보다 비주얼 콘셉트를 먼저 잡고 작사 의뢰가 온다. 나와의 첫 작업이었던 〈다칠 준비가 돼 있어〉도 그랬다. 수트 입은 뱀파이어 콘셉트였다. 하지만 가사에서 '뱀파이어'가 직접적으로 나올 필요는 없고, 오히려 현실적이었으면 좋겠다고 했다. 나는 뱀파이어가 밤에만 활동한다는 점에 대한 비유로 '달빛'이 들어가는 약간의 부분을 제외하고, 나머지는 색다른 방식의 집착에 대한 이야기를 쓰기로 했다. 발을 동동 구르며 매달리거나 망부석처럼 기다리는 캐릭터가 아닌, '그럼에도 불구하고 사랑하는' 로맨틱한 마초를 그리고 싶었다.

상대 캐릭터는 나쁜 여자의 전형이다. 희망고문을 하는 듯 묘한 태도를 유지하며 거리를 두고, 포기할라치면 여지를 남기는 여자. (쓰면서 이 어린 가수들에게 이런 교활한 여자 캐릭터를 상대하게 하는 데 죄책감이 살짝 들기도 했다.) 남자는 이런 여자를 사랑하면 언젠가 크게 다치리라는 것을 본능적으로 안다. 그럼에도 불구하고 이 한 몸 다치더라도 지금 당장은 그대를 사랑하겠노라고 고백하는 것이 이 가사 속 캐릭터의 핵심이다.

이야기로 풀어 쓰자니 손발이 조금 오그라드는 캐릭터 같긴 하지만, 무대에서는 과장된 캐릭터일수록 가수가 다채로운 표현을 할 수 있게 되므로 시너지가 날 때가 많다. 비주얼 콘셉트와 좋은 노래, 화려한 안무 거기에 멤버들의 가창력과 표현력이 더해지니 상상 이상의 결과물이 나왔다. 이 곡으로 빅스는 아이돌 그룹 타깃층으로부터 좋은 반응을 얻었고 기존 팬들의 사랑 또한 확인할 수 있었다. 그때 봤던 재밌는 피드백 중 하나가 "우리 오빠들 너무 호구다ㅜㅜ 멋있는 호구ㅜㅜ"라는 말이었다. 다칠 준비가 돼 있으니 갖고 놀기라도 해달라는, 간 쓸개 다 빼가도 좋다는 이야기이니, 호구라는 표현이 아주 정확하긴 했다. 이후로 나는 빅스의 가사를 쓸 때 〈저주인형〉까지 그 '호구' 캐릭터를 놓지 않았으니, 이 지면에서라도 빅스 팬덤에게 고맙다고 해야겠다. 나쁜 남자나 나쁜 여자에게 당할 때는 모르고 당하는 캐릭터가 있고 알고 당하는 캐릭터가 있다. 〈다칠 준비가 돼 있어〉는 정확히 알고 당하는 캐릭터다. 적어도 바보 호구가 아닌, 로맨틱한 호구랄까.

데모는 어둡고 비장하게 가다가 후렴에서 시원하고 박력 있게 터지는 느낌이었다. 그 시원하게 터지는 느낌은 무대 표현으로 크게 좌지우지된다. 후렴구 직전 구간에서 '또다시 울컥'이라는 부분은 감정이 터지기 직전의 도움닫기 같은 역할이 되길 바라며 썼다.

후렴에서는 이전의 감정선과 확 달라지는 표현이 필요할 것 같았다.

앞부분은 비유와 상황 서술로 흘렀으니, 처음으로 화가 터지면 효과적일 것 같았다. 이를테면 기-승-결 구조인 것이다. 사실 가사를 글자로만 놓고 보면 후렴구에 별게 없다. "나한테 왜 이러는데 난 너한테 왜 이러는데." 하지만 저런 말이 '터지는 멜로디'에 붙으면 괜히 세게 쓴 말보다 훨씬 살아 있게 느껴진다. '나한테 왜 이래'라는 말은 진짜 화났을 때 나오는 말이기 때문이다.

각 절의 엔딩은 똑똑 끊어지는 느낌의 원 코드 멜로디였다. 흐르는 발음을 최소화하고 그 끊어지는 느낌이 최대한 사는 발음을 찾았다. 그렇게 탄생한 구간이 "또 무릎 꿇는 난 다칠 준비가 돼 있어"였다.

다칠 준비가 돼 있어

작곡 황세준, Ricky Hanley,
Kirstine Lind, Albi Albertsson
작사 김이나
노래 빅 스

verse 1)
나를 또 찌르고 달아나고 있어*
Can't let go. She does it on and on and on
날 부르고 돌아서고 있어
위험하다고 말해도 들리질 않아

분명히 나를 향한 눈빛 때마침 내린 달빛
넌 모든 걸 다 아는 듯이 나를 조롱하듯이
나를 다 흔들어봐
또다시 울컥

* 화려한 퍼포먼스를 하는
댄스곡일수록 도입부에 강한
표현이 나오는 게 좋다.
무대에서도 이 부분이
안무로 표현되었다.

김이나의
작사노트

후렴 1)
나한테 왜 이러는데
난 너한테 왜 이러는데
너는 말끝을 또 흐리고 난 눈물이 흐르고
또 무릎 꿇는 난 다칠 준비가 돼 있어

verse 2)
또다시 돌아온 나를 보고 있어
Can't let go. I do this on and on and on
나 잡아본 니 손끝에서 난
사랑이라곤 어디도 보이질 않아

조금씩 변해가는 눈빛 사라져가는 달빛
넌 이 모든 게 재밌는지 나를 비웃는 듯이
내게서 멀어진다
또다시 울컥

후렴 1) 반복

d bridge)
(uh uh) I need therapy, Lalalalala therapy (× 3)
알고 또 빠진 난 다칠 준비가 돼 있어

rap)
난 너를 위한 장난감 목숨은 늘 간당간당해
불안해 확실해 넌 딴 놈에게로 갈아타려 해
오늘은 날 제대로 가지고 놀아줘
머리부터 발끝까지 전부 다 가져 ah
거칠게 놀다 버려줘 다칠 준비 끝났어

후렴 2)
왜 하필 나한테만 이러는데
난 너한테만 이러는데*
다시 여지를 또 남기고 묘한 말만 남기고
또 떠나가는 널 바라보며 울고 있어

* 같은 '이러는데', 다른 의미.
1) 못되게, 나쁘게 구는데.
2) 이렇게 잘하는데.

(uh uh) I need therapy, Lalalalala therapy (× 3)
또 기다리는 난 다칠 준비가 돼 있어

이 곡에는 이후로 〈Hyde〉 등의 곡을 지나 〈저주인형〉이라는 곡이 있었다.

'부두인형'이라는 메인 콘셉트가 정해져 있었다.

저주를 거는 흑마술, 부두 콘셉트는 〈아브라카다브라〉 때 한번 다룬지라 똑같은 시점에서 다루기가 꺼려졌다. 그렇다면 아예 화자가 부두인형이라면 어떨까 하는 생각으로 가사를 풀기 시작했다. 데모 자체도 마이너코드 특유의 슬픈 느낌이 있었으니(빅스의 히트곡들이 대체로 그런 정서가 있다), 저주를 거는 입장보다는 저주가 걸리는 쪽이 잘 어울릴 것 같았다. 물론 모든 이야기는 '비유'이지만 말이다. 자기를 사랑하지 않는 여자가 다른 남자 때문에 가슴 아픈 게 너무 싫은 화자는 '그놈 이름만 대라, 내가 다 해결해주마'라며 팔을 걷어붙이고 나선다.

이 가사로 호구의 끝을 본 것 같다. 알고도 속아주는 것도 모자라 이제는 다른 사랑을 위해 자기를 이용하라고 하는 캐릭터. '이용가치가 있다면, 버려질 일은 없을 거야'라는 생각까지 간 호구 중의 호구.

이 곡 역시 후렴구가 사이다처럼 터지는 시원한 느낌이 있다. 〈다칠 준비가 돼 있어〉 때와 마찬가지로 그 터지는 느낌을 살리고자 벌스에 비해 갑자기 감정선이 확 달라지는 문장을 사용했다. 그리고 〈다칠 준비가 돼 있어〉가 빅스가 거론될 때 아직도 빠지지 않는 곡이라는 사실을 감안해서, 모르는 사람들에겐 '우리가 그 노래 부른 그 가수다!'라고 알리고 팬들에게는 익숙한 정서를 다시 떠올리게 하려는 목적으로 후렴 직전에 그 제목을 다시 가사로 썼다. 마침 멜로디 음절에도 딱 맞았다.

저주인형

작곡 신혁, 이재훈, 2xxx!,
Re:One, Deanfluenza
작사 김이나
노래 빅스

verse 1)
나를 불러 네가 맘이 아플 때
내게만 털어놔 누굴 원하는데
시간을 돌려줄까 마음을 갖다줄까
잊을 수 없을 땐 가져야 하잖아*

나를 믿고 따라 해봐 그는 내게 돌아온다
시간은 너의 편 넌 그냥 기다려라
그가 널 울린 만큼 내가 다 울려줄게
(째깍째깍) 다 이뤄지리라

가질 수 없다면 그냥 널 위해 살겠어
얼마든지 너라면 다칠 준비가 돼 있어

후렴 1)
이제부터 잘 봐 내가 뭘 하는지
너라면 한 몸 아깝지 않은 나
이름만 대 누구든
내가 다 데려올 거야

(째깍째깍) 다 이뤄지리라**

* 그룹의 경우 파트를 나눠 부른다는
사실을 반드시 유념하여 짧은
문장들로 가사를 완성해야 한다.
각 멤버가 각각의 '대사'를
가지는 게 좋기 때문이다.
** "다칠 준비가 돼 있어"처럼
한 줄로 콘셉트가 상상될 수 있는
가사가 필요한 부분.
말하자면, 티저용으로
이 구간만 떼어가도
임팩트가 있어야 한다.
                              김이나의
                              작사노트

verse 2)

안길 수 없다면 날 밟고 일어서
누구도 함부로 널 못 대하게
어떠한 이유라 해도
넌 내가 필요하다

널 위해 싸우는
인형이 돼줄 나

아픈 눈을 질끈 감고
너를 위해 달려간다
제발 나를 떠나지만 마라
네가 원하는 건 다 가져다줄게

(째깍째깍) 다 이뤄지리라

망가진다 해도 너의 손끝에서라면
온 세상의 눈물을 다 흘릴 내가 여기 있어

후렴 1) 반복

rap)*
Yeah 지옥의 문을 열어라
그녀를 눈물 흘리게 만든 죄인아 피눈물 흘려라
불러라 저주의 노래 네 내면에 감춘 분노들을 말해봐
내 육신은 널 위한 제물이 돼 네 행복에 나를 바칠게

d bridge)
웃는 너의 얼굴 한 번이면 족해
내가 대신 다 해, 네가 바라는 것
내 남은 시간들이 줄어든대도

후렴 2)
누가 됐든 잘 봐 그녈 울리지 마
더이상 잃을 무엇도 없는 나

그 누구도 모르는 내 가슴속의 슬픔은

(째깍째깍) 다 사라지리라

다 이뤄지리라

* 빅스 노래의 모든 랩메이킹은
멤버인 라비가 하는 걸로 알고
있다. 가끔씩 가사와 상관없는
랩이 나오면 아쉬울 때가 있는데,
이 친구가 가사 캐릭터를
잘 분석해주는 것 같아서,
늘 랩으로 내가 못다한 이야기를
해주어서 참 좋다.

김이나의
작사노트

호구라는 표현이 자꾸 나왔지만, 기본적으로 나는 빅스에게 부여된 이 캐릭터가 멋있게 느껴질 수 있는 이유는 이 호구성 캐릭터가 굉장히 높은 자존감을 가지고 있기 때문이라고 생각한다. 상상해보라. 실제로 저런 사랑을 하려면 대단한 자존감이 있어야 하지 않겠나. 보통 자존감과 자존심은 반비례하는데, 일반적으로는 자존심이 상해서 도저히 저런 입장을 자처할 수가 없을 테니까 말이다.

아빠에게 보내는 딸의 편지

　부모님에 관한 질문을 받으면 걱정이 앞선다. 뭔가를 말하기 싫어서 걱정이 되는 게 아니라, "제가 어렸을 때 부모님이 이혼하셨어요"라는 말을 들은 사람의 어쩔 줄 몰라 하는 리액션 때문에 걱정이 된다. 그렇다고 거짓말할 이야기도 아니고.

　부모의 이혼이란 그런 것 같다. 당사자보다 이런 사연을 듣는 사람들이 더 어려워하는 이슈. 나에게 이 이슈는, 털어놓을 이야기나 무거운 이야기가 아니다. 그러니, 괜히 무거운 마음을 갖고 읽진 않기를.

　내가 세 살 때였다고 하니, 아예 기억에 없는 일이다. 그때 나의 부모님은 이혼했다. 결론부터 이야기하자면 아빠는 미국에서 새 가정을 꾸려 행복하게 살고 있고 나랑 사이도 좋다. 엄마도 자매들과 여행 다니며 행복한 솔로 생활을 즐기고 있다. 나의 어린 시절, 엄마는 내 엄마이자 아빠 역할을 훌륭히 해내주셨다. 부족함은 딱히 없었다. '아빠'라는 사람이 물리적으로 내 눈앞에 애초에 없었기 때문에, 상실감 같은 게 있지도 않았던 것 같다. 아빠의 새 가족들은 '새'라는 표현을 굳이 쓰지 않아도 될 만큼, 지금은 그냥 나의 가족이기도 하다. 나는 고등학교 때 미국 유학 시절을 아빠의 가족과 지냈다. 딸 홀로 타지생활을 하게 두고 싶지 않았던 엄마의 생각이었고, 아빠와 새엄마도 의논 끝에 동의해주었던 것 같다. 지금 생각해보면, 아빠보다 새엄마한테 가장 고맙다. 가장 어려운 입장이었을 테니까. 물론 갈등 같은 게 없었다면 거짓말이겠다. 하지만 고등학생 시절에 겪는 가족과의 갈등은, 굳이 '새엄마'나 '이복동생'과의 관계에서만이 아니라 모두가 흔히 겪는 일이 아니겠는가.

뜬금없이 웬 가족사를 풀어놓느냐 하면, 이 장에서 소개할 글이 '아빠'와 관련되어 있기 때문이다. 내가 받아들이는 감정이 이렇고저렇고를 떠나서, 아빠 입장에서는 딸에게 미안한 감정이 늘 있는 것 같다. 그 미안해하는 감정이 불편해서, 나는 그 마음을 한동안 모르는 척했다. 게다가 내가 뭔가가 드라마틱해지는 것에 심한 거부감을 느끼는 성격이기 때문에, 다른 딸들은 흔히 아빠에게 하는 말들을 많이 못한 게 사실이다. 하지 못한 말이 많아서일까, 가사는 잘 나왔다. 세상 이치란

게 그런 거 아니겠나. 결핍된 무언가가 있으면, 그만큼 다른 곳이 남들보다 채워지게 되는 것.

아빠란, 더 높은 곳에 손을 닿게 해주는 사람

영화 〈눈부신 날에〉의 OST 의뢰가 왔다. 시놉시스를 받아보니, 부녀간의 이야기였다. '나의 이야기'가 아닌 박신양과 서신애의 이야기를 가사로 쓴 것이지만, 아무래도 앞서 열거한 나의 상황이 조금은 영향을 끼쳤겠지.

아역배우인 서신애가 가창에 참여한다고 했다. 그녀의 파트에선 그녀의 목소리에 맞는 '아이의 화법'이 필요했다. 그리고 남자(이지훈 노래)의 화법 역시, 어린 서신애에게 눈높이를 맞춰주려는 마음이 드러나는 쉬운 화법이 좋을 것 같았다. 가사는 그래서 유난히, 아주 쉬운 표현들로 쓰여 있다.

아이들의 눈에는 아빠의 별것 아닌 점들이 대단하게 비친다. 드라마나 영화에 등장하는 초등학교에서의 '아버지' 관련 발표시간에 아이들이 '우리 아빠'가 왜 대단한지 열거하는 것을 보면, 참 귀여울 만큼 별게 아닌 것들이다. '우리 아빠'는 힘이 세서 음료수 뚜껑을 한 번에 딴다든지, '우리 아빠'는 나를 업고 공원 한 바퀴를 돌 수 있다든지 하는.

351

그런 면에서 착안하여, 서로가 어떤 사람인지를 표현하는 구간에서의 가사를 썼다. 서신애에게 아빠란 '더 높은 곳에 손을 닿게 해주는 사람'이다. 키가 작아서 무언가가 손이 닿지 않는데, 아빠가 번쩍 들어올려줄 때 드는 아이의 감정을 표현하고 싶었다. 아이는 있는 그대로를 이야기하는 것이지만, 청자들은 아이의 순수한 마음까지 읽히기에 다르게 받아들일 수 있다. 또한 '더 높은 곳'이 단순히 물리적인 의미만으로의 높은 곳이 아니라고 느낄 수도 있다.

아빠가 설명하는 딸은, 그럴듯한 미사여구가 아닌 '최고'라는 단어로 표현했다. 딸이 듣기에 가장 좋은 표현을 쓰고 싶은 아빠의 심정을 청자가 느꼈으면 했다. 또한 날 '웃게 해주는 사람'이라고 표현했는데, 고단한 어른에게 나를 '웃게 해주는 사람'이란 굉장히 소중하고 귀한 존재이기 때문이다. 부모들이 아이들에게 "너 때문에 웃는다"라고 툭 뱉는 말엔, 많은 심경이 들어 있지 않은가.

극중의 부녀는 안타깝게도 영영 이별하게 되기에, 가사의 후반에는 슬픔을 암시해야 했다. 하지만 극 내용을 떠나서도, 변하지 않는 사실을 쓰고 싶었다. 눈앞에 서로가 보이지 않는 날이 오더라도, 눈이 볼 수 없는 소중한 것이 있음을 기억하라는 마무리께의 내용은 그렇게 나왔다.

아나요 (《눈부신 날에》 OST)

작곡 안정훈
작사 김이나
노래 이지훈, 서신애

이지훈 ▬
서신애 ▬

verse 1)
아나요 알고 있나요
나도 그대 마음을 알 수 있단 걸
아나요 알고 있었나요
말로 하긴 모자라서 아낀 맘

함께 있을 땐 무서울 게 하나 없어요
뭐든 할 수 있는 날 처음으로 나 알게 했어요

후렴)
기억해요 어디에서라도
세상이 그댈 울게 할 때면 나 곁에 있단 걸
기억해요 그대라는 소중한 사람
내게 주어졌던 많은 것 중에 최고였다는 걸

verse 2)
아나요 나도 가끔은
기대 쉴 수 있는 나 돼주고 싶어
아나요 있는 것만으로도 내게는
많은 힘이 되는 걸

더 높은 곳에 손을 닿게 해주는 사람
웃게 해주는 사람 혼자 아닌 날 알게 한 사람

후렴) 반복

약속해요 혹시 먼 훗날
돌아본 곳에 내가 없다 해도 겁내선 안 돼
세상에는 눈에 보이는 많은 것보다
눈이 볼 수 없는 소중한 것이 꼭 있으니까
이미 그런 사랑 난 가졌죠

아빠 베개

옥주현의 앨범을 거의 통째로 작업하게 되었다. 2013년 발매된 미니 앨범 'reflection'이다. 전 곡을 내가 다 쓰는 건 아니었지만, 많은 곡이 왔다. 옥주현씨는 '본인의 이야기' 같은 내용으로 채워지길 바란다고 했다. 나는 타이틀곡인 〈그림자놀이〉〈집〉〈아빠 베개〉, 이렇게 세 곡의 가사를 썼다. 앨범의 수록곡이 총 네 곡이었으니, 통째로 작업한 것에 가깝긴 하다. 뮤지컬배우로 활동한 이후 옥주현의 가창 스타일은 스토리텔러로서의 강점이 세졌다. 특유의 드라마틱함이 더해진다면, 아주 개인적인 톤 앤 매너의 가사를 써도 멋진 결과물이 나올 것 같았다.

그녀에 대한 개인적인 정보가 부족했으므로 인터넷으로나마 찾아보았다. 그 와중에 그녀의 가족사를 접했다. 아버지를 일찍이 여읜 사연이 있었다. 가족에 대한 이야기를 쓰고 싶었는데, 아버지가 세상에 없으시다니. 이 이야기를 다루려면 본인의 동의가 있어야 할 것 같았기에, 나는 회사를 통해 옥주현의 동의를 얻은 뒤 작업을 시작했다. 정석원 작곡가가 쓴 곡에는 슬픈 동요 같은 정서가 있었다. 작곡가 또한 〈섬집 아기〉처럼 짠한 동요 느낌이 나오길 기대했다. 동요 정서의 슬픈 가사란 뭘까 고민하다가, 나름대로의 정의를 내렸다. 맑은 단어를 선택하고, 가사가 그림처럼 그려질 수 있는, 화자가 심경을 말로 표현하는 게 아닌 상황 묘사만 열거하는 가사. 즉, 부르는 사람은 청아하게 노래를 부르지만, 듣는 사람의 가슴은 찡한 그런 가사를 쓰고 싶었다.

또한 가사를 쓸 때 종종 쓰는 테크닉적인 요소를 완전히 배제하고 싶었다. 이를테면 두 음절의 멜로디에 가끔 세 음절의 부드러운 단어를 넣으면 스타일리시하게 리듬을 탈 수 있지만, 이 곡에서는 정직하게 정박을 타는 쪽을 택했다.

상황은 이렇다. 아빠와 영영 헤어진 뒤, 아빠를 그리워하는 여자는 아빠가 쓰던 베개를 베고 누워 있다. 아빠 냄새가 난다. 가사는 '새벽달'이 뜨는 시간에서 시작하고, '저녁달'이 떠오르며 마무리된다. 반나절을 훌쩍 넘기는 시간 동안 가만히 누워서 이런저런 생각만 하는 심경을 듣는 사람의 피부에 가닿게 하고 싶었다.

나는 앞서 '애초부터 아빠가 눈앞에 없었기에 상실감은 없었다'고 말했다. 그리고 고등학교 시절, 약간의 갈등과 함께 아빠와의 시간을 보냈다고 했다. 그 시간이 있은 후에는, 상실감이 있었다. 아빠에 대한 원망이 담긴 상실감이라기보다는, 그때 왜 더 잘하지 못했을까 하는 후회로서의 상실감이었다. 아무리 돌이켜보고 미화해서 생각해보려 해도 그냥 내가 다 잘못했던 게 맞다. (물론, 갈등의 시간만이 있었다는 건 아니다!) 내가 왜 아빠의 심정, 복잡한 입장을 이해하지 못했을까. 아빠 또한 '섬세한 남자'였음을 왜 간과했을까. 나와 떨어져 있던 시간을 보상하고 싶었던 아빠의 마음을 나는 왜 짐으로만 여겼을까. 상실감을 안고 유년기를 보낸 것도 아니면서 마치 그런 것처럼 아빠한테 말대답할 때 죄책감을 자극하는 말도 했었는데, 어쩜 그렇게 못된 짓을 했을까.

만약 아빠를 더는 볼 수 없게 된다면, 아빠한테 하고 싶은 말이 뭘까 생각해보았다. '나는 당신 때문에 이렇게 잘 컸다'라는 말이었다. 노래가 가장 고음으로 치닫는 부분, 즉 절정에서 그 말이 가사로 등장한다. 잘 있고, 잘 컸고, 사랑한다. 이 세 가지 말이 지금도 멀리 있는 아빠에게 작은 위안이 되길 바란다.

다만 가사는 어디까지나 픽션이므로, 어릴 적 아빠와의 기억은 '만들어내야' 했다. 일상 속의 사소하고 귀찮은 많은 것들은, 그 주체가 사라져버렸을 때 가장 그리워지게 마련이다. 사랑하는 사람과 헤어졌을 때에도, 둘이 큰맘 먹고 여행을 다녀온 기억보다 괴로운 것은 일상 곳곳에 스며 있던 사소한 기억들이다.

'아빠'라는 사람을 일반화해서 그려봤을 때, 늦은 시간 술을 마시고 퇴근해서 잠든 아들 딸을 귀찮게 굴며 깨우는 모습이 가장 먼저 떠올랐다. 나는 중학교 때 엄마랑 방을 같이 썼는데, 엄마가 방에 들어오면 훅 하고 바깥의 바람 냄새 같은 것이 엄마의 향수 냄새와 함께 느껴졌던 기억이 난다. 그리고 까치발로 걷는 것이 분명한 엄마의 발소리. 아빠들은 자식들을 깨우고 싶어하고, 엄마들은 깊이 재우고 싶어하고. 지금 생각해보니 흥미로운 차이다. 어쨌든 가사에서는, '찬 볼 비벼 나를 깨우던, 눈감고도 알 수 있었던 그 향기'가 그런 사소하지만 소중한 기억이다. 엄마 냄새라는 게 분명히 있었듯이, 아빠 냄새도 있을 테니까.

아빠 베개

작곡 정석원
작사 김이나
노래 옥주현

verse 1)
머리카락 쓸어넘긴
고운 손길 바람이었나
못다 밝은 하늘 속에
새벽별이 날 내려본다*

기다리다 잠이 든 밤에
찬 볼 비벼 나를 깨우던
눈감고도 알 수 있었던
그 향기가 난다

후렴 1)
어두운 길은 걷지 마라**
야단맞으며 아빠랑 걸었던 길엔
이젠 불빛 밝았어도
혼자 걸을 땐 바람만

verse 2)
또박또박 눌러쓴 글자
하고 싶은 많은 얘기들
우표 없는 편지봉투만
차곡 쌓여간다

후렴 1) 반복

* 밤의 끝, 새벽의 시작.
** 후렴 1, 2의 첫 구절을 다르게 쓴
이유는 후렴 1의 첫 구절은
아빠가 화자에게
했던 말이고, 2의 구절은
화자가 아빠에게
하는 말이기 때문이다.

김이나의
작사노트

d bridge)
창문을 닫아봐도
바람이 스며들고
가슴을 여며봐도
기억이 파고든다
그리운 기억이

후렴 2)
어둔 길은 걷지 마요**
꿈에서라도 그 얼굴 가리울까봐
들릴까요 나의 맘이
이렇게 잘 있어요
이렇게 잘 컸어요
이렇게 사랑해요

못다 내린 어둠 위로
저녁달이 또 떠오른다***

*** 낮의 끝, 밤의 시작.

청자를 대놓고 고려한 가사가 있고(대체로 심경을 상세히 서술하여 동의를 끌어낸다), 청자에게 부연설명 없이 상황만 주어서 스스로 유추하게 하는 가사가 있다. 이 두 가사는 전자의 성격이 아주 없진 않지만 후자의 성격에 많이 기울어 있다고 볼 수 있겠다.

연극에서의 '독백'과 '방백'의 미묘한 차이처럼, 이런 차이는 가사의 색깔을 차별화한다. 때로는 일일이 설명하지 않는 것이 더 묵직한 감정을 느끼게 하는 데 효과적이다. 릴케나 니체의 연애편지에는 작가들의 심경이 고스란히 지문으로 쓰여 있진 않지만, 각자가 상대에게 전하고 싶은 행간의 마음이 읽혀서 더 절절한 것처럼. 물론 가사는 책처럼 한 캐릭터를 이해하는 데 청자가 시간을 충분히 쓸 수 없는 장르이므로, 매번 그렇게 쓰는 게 반드시 옳다고는 할 수 없지만 말이다.

나는 가사에 나의 개인적인 기억을 넣지 않으려고 하는 편이다. 개인적인 감정풀이를 하는 데 가수를 도구화하는 것 같은 이상한 죄책감이 들기 때문이다. 어쩔 수 없이 나의 세계관이 조금씩 묻어나긴 하겠지만, 최대한 가수에 대한 검색과 관찰을 하는 이유는 '그 사람의 이야기'를 만들어주고 싶기 때문이다. 하지만 때로는 이렇게 나의 개인적인 경험이 적잖이 영향을 미친 가사가 나오고, 결과물이 좋을 땐 왠지 가수와 내가 운명적으로 통한 것 같다는 거창한 생각이 들기도 한다. 아빠에게 이 곡을 보내줬더니, 많이 울었다고 답장을 보내셨다. 아빠를 울리려고 쓴 가사는 아니다만 아빠의 마음이란 그런 거겠지. 또 부른 사람의 감정이 고스란히 전달되어 그렇게 느끼셨을 법하다. 나는 아빠의 이메일을 받고, 단어 하나하나를 섬세하게 표현해준 옥주현씨에게 새삼스럽게 감사했다. 이 노래가 나 같은 딸들에게 평소에 전하지 못하는 소중한 마음들을 이야기하는 데 부디 작은 보탬이 되길 바란다.

작사가 정월하는 "시는 자연에서 왔고, 노래는 대중의 가슴에서 왔다"는 말을 한 적이 있다. 시는 어떻게 쓰는 것이냐고 묻는 사람들에게 나는 자연이 말해주는 것을 받아썼더니 시가 되었다고 말해왔다. 그럼 노랫말이 어떻게 쓰이는 걸까 궁금해하는 사람들에게 나는 앞으로 김이나 작사가처럼 '대중의 가슴'에서 흘러나오는 말들을 자연스럽게 받아쓰면 노래가 될 것이라고 말해주겠다.

시는 노래다. 좋은 시가 노래로 만들어지고 좋은 노랫말은 다 시다. 작사가 김이나는 시인의 감성을 가진 작사가이다. 처연한 저녁하늘이 노래 가사가 되고, 쓸쓸한 길고양이의 이야기를 노랫말로 만들고야 마는 그는 그저 영민한 상업작사가라고 하기보다, 우리의 마음을 오래 붙들어놓는 시인이다.

"별처럼 수많은 사람들 그중에 그대를 만나 꿈을 꾸듯 서로를 알아보"는 순간의 기적에 대해 김이나 작사가가 썼던, 이선희의 노래 한 구절을 들으며 정신이 번쩍 들던 때를 기억한다. 시란 노래란 어려운 말이나 글이 아니라 사람들의 마음속에 고인 말을 끄집어내어 절절하게 만들어주는 것이다. 이 세상엔 수많은 책들이 만들어지고 있지만, 당신이 이 책을 알아본다면, 이 책은 당신의 일상을 새롭게 탄생시켜주는 감동을 선사할 것이다. 당신만의 시와 노래가 싹트는 작은 기적이 시작될 수도 있으리라.

_김용택(시인)

멜로디는 듣는 이의 상황에 따라 느낌이 다를 수 있지만 글은 하나의 주제로 표현된다. 표현이 적확하다. 그래서 멜로디에 붙이는 가사는 곡을 완성하는 화룡정점 역할을 할뿐더러 곡의 느낌을 결정짓는 가장 중요한 역할을 한다. 김이나 작사가와 같이 만든 첫 곡은 성시경의 〈10월에 눈이 내리면〉이었다. 데뷔작임에도 불구하고 그는 내 곡의 느낌을 내가 생각했던 것보다 훨씬 더 아름다운 가사로 빛내주었다.

모티브는 감성이 중요하지만 멜로디에 글을 입히는 작업은 감성과 구조적인 스킬, 즉 이성 또한 중요하다. 한마디로 좌뇌와 우뇌가 같이 돌아가야 한다는 것. 그만큼 쉽지 않은 작업이다. 또한 곡의 장르에 따라 단어의 선택 또한 전혀 다른 관점에서 봐야 한다.

김이나는 작사가로서 다양한 장르를 소화할 수 있는, 그것도 최고로 소화할 수 있는, 그리고 그것을 통해 인간의 마음을 여는 마스터키를 가진 작사가이다. 그녀의 소중한 경험으로 쓰인 이 책이 감성과 이성을 잘 활용하는 멋진 작사가가 되는 첫걸음이 될 수 있다는 걸 확신한다.

_**김형석**(작곡가)

김이나 작사가님은 내가 좋아하는 이성적인 어른들 중 가장 감성적이다. 작사가님이 만든 이야기는 걸그룹의 목소리로 들어도, 가왕의 목소리로 들어도 자연스럽다. 가벼운 얘기라고 그냥 적당히 풀지 않는다. 그 와중에도 어떠한 캐릭터와 '이게 다 했네' 싶은 한 줄을 반드시 만들어주기 때문에 노래를 부르는 입장에서는 정말 든든한 이야기꾼이다. 이미 많이 알려진 대로 외모와 능력을 다 갖춘, 질투가 날 법한 사람인데도 이상하게 내 편 같은 느낌이 든다. 혼자 가사를 쓰다가 막힐 때, '이나 이모라면 어떻게 풀었을까' 하고 생각해보는 나로서는 진심으로 이 책이 반갑다.

_**아이유**(가수)

멜로디와 가사를, 가수와 콘셉트를 밀착시키는 능력은 작사가에게 중요하다. 김이나는 그 강력본드만 가지고 있는 게 아니라 사람의 마음을 움직이는 문장을 쓴다. 그냥 잘 쓴다, 가 아니라 칼날처럼 마음을 따끔하게 하는 문장은 그 사람이 사물을 보는 방식이다. 그래서 나는 항상 김이나의 뇌 속이 궁금했다. 나도 이 책을 기다렸다.

_**양재선**(작사가)

이 책을 읽으면서 비논리적인 나의 감정을 누군가 논리적으로 설명해준 듯한 기분이 느껴졌다. "이렇게 말하고 싶었지?"라는 듯한…… 나도 새 곡을 쓸 준비가 된 것 같다.

_윤상(가수, 작곡가)

슬프고 처량하고 그립고 눈물 많고 샘 많고 뾰족하고 세련됐고 의리 있고 섬세하고 치밀하고 따듯하고 걱정 많고 똑똑하고 예리하고 빠르고 욕심 많고 남자 알고 여자 알고 속 깊고 사랑스러운 작가 김이나. 그녀는 작사가가 갖추어야 할 덕목을 다 갖추었다.

_윤종신(가수, 작곡가)

김이나는 교활한 작사가다. 그는 창작자로서의 자존감을 경계하는 대신 직업인으로서 산업의 톱니바퀴이기를 자처한다. 나는 그것이 아름다운 태도라고 생각한다. 그런데 그러한 노력으로부터 또한 그만의 야심찬 작가적 인장이 드러난다는 점은 묘한 일이다. 읽을 것이 아닌 들을 것이라는 일의 속성에 대해 그만큼 간파해내고 있는 작사가를 본 적이 없다. 작사는 그저 곡의 빈칸을 채우는 일이 아니다. 박자와 운율을 창조해 곡에 부여해내는 작업이다. 나는 그걸 이제야 알았다.

_허지웅(작가, 평론가)

김이나의 작사법

우리의 감정을 사로잡는 일상의 언어들

ⓒ김이나 2015

1판 1쇄 2015년 3월 19일
1판 11쇄 2022년 2월 7일

지은이 김이나
기획·책임편집 이연실 | 편집 고선향 | 독자모니터 이순정 | 디자인 김선미
마케팅 정민호 이숙재 박보람 한민아 김혜연 이가을 안남영 김수현 정경주 이소정
브랜딩 함유지 함근아 김희숙 정승민
제작 강신은 김동욱 임현식 | 제작처 영신사

펴낸곳 (주)문학동네 | 펴낸이 김소영
출판등록 1993년 10월 22일 제406-2003-000045호
주소 10881 경기도 파주시 회동길 210
전자우편 editor@munhak.com | 대표전화 031) 955-8888 | 팩스 031) 955-8855
문의전화 031) 955-8895(마케팅), 031) 955-2697(편집)
문학동네카페 http://cafe.naver.com/mhdn | 트위터 @munhakdongne
북클럽문학동네 http://bookclubmunhak.com

ISBN 978-89-546-3560-8 03810

* KOMCA 승인필

www.munhak.com

김이나의
작사법